新潮文庫

第三阿房列車

内田百閒著

7449

目次

第三阿房《あほう》列車

長崎の鴉《からす》　長崎阿《あ》房《ほう》列車

一

長崎へ行こうと思う。

行っても長崎に用事はないが、用事の有る無しに拘《かかわ》らず、どこかへ行くと云《い》う事は、用事に似ている。だから気ぜわしない。

そう思い立ってから、いつ迄《まで》も立たずに、便便と日を過ごすのは、誠にじれったい。しかし一人旅をする勇気がないので、旅空に一人でいれば心細くなって、きっと動悸《どうき》が打ち出すだろうと云う事を、あらかじめ、先廻りして考える性分だから、矢っ張り道連れがなければ立てない。今迄の続きで、因果と諦《あきら》めて貰《もら》って、今度も天の成せる雨男、ヒマラヤ山系氏を煩《わずら》わそうと思う。

少し前からその打合せはしてあったのだが、丁度こちらで、そろそろ出掛けようかと思う時に、彼は、長崎へ行く途中の岡山まで、自分のお役所から出張を命ぜられた。

帰って来るまで、待つより外はない。

ところが彼の出張の使命は、同じく東京の本庁から出かけた上司と共に、野外の運動競技を主催するに在ったが、名にし負う不世出の雨男が備前の岡山へ現われると同時に、雨師《うし》は忽《たちま》ち雨陣を布き、吉備《きび》の野一帯が大雨になった。それが何日も降り続いたので、予定の行事が皮切りも出来ず、日程は崩れ、切り上げも遅れ、関係の諸氏一同大いに迷惑したそうであるが、それが彼、ヒマラヤ山系のなせる業だと云う事は、或《あるい》は人は知らなかったかも知れない。

今迄の阿房列車を読んで下さった方は、お気づきかとも思うが、阿房列車のどこを開いても雨が降っている。そうしていつでも山系君と一緒である。私は雨は一向構わないと云うのは、旅先で宿から出掛けた事は滅多にないし、汽車には屋根がついていて、私の家の様に雨漏りはしない。

山系君がいつ迄も岡山に居坐《いすわ》っているから、雨の方が息切れがして、何日目かにお天気になったそうで、それからやっと行事を済まして、彼が東京へ帰って来た。帰って来てからも、まだお役所の用事があって、その翌《あ》くる日にすぐ、私が連れ出すと云うわけには行かなかった。もともと勤務のある者を、その余暇で引っ張り出そうと云うのに、萬事が私の考え通り運ぶ筈《はず》がない。

彼が帰ってからは、毎日秋晴れの好天気が続いた。雨男の通力は、どこかへ出掛けなければ自在に発すると云うわけに行かないものらしい。天気がいいばかりでなく、時候も今は申し分ない上に、元来壮健とは云われない私の身体《からだ》の調子が、ここの所ずっといい。それで私は段段不安になった。なぜと云うに、今こう云う風であっては、次の順序は病気になる外はない。もともとがたぴしした身体で念ずるのは、一病息災と云う事であって、無病息災なぞ、自分の事としてはもとより、だれにだってそんな馬鹿《ばか》げた事がある筈のものではない。うっすらと、軽く故障があった方が、萬事に心安く、事を処するに締め括《くく》りがいい。出発を前に控えて、天気がよく、時候がよく、身体の調子がよくては、丸い大きなつるつるした物を撫《な》でている様で、心許《こころもと》ない。

漸《ようや》く予定が立って、次の日曜日に出掛ける事にした。

今度の汽車は、長崎行二三等急行、第三七列車「雲仙」である。「雲仙」は初めの内、寝台車がなかったが、一年余り前から連結する事になった様である。二三等急行だから、寝台も二等寝台であるが、この「雲仙」と東北本線の「北斗」には、コムパアトになった特別室がついている。コムパアトの寝台に寝て行こうと思う。

汽車で一番いいのは一等であって、その次にいいのは、二等ではなく三等である。三等よりは二等が高いから、高いだけのいい所もあるけれど、だれも乗っていなければいいが、ぐるりにいる二等客と云うものがよくない。大体その顔つきが気に食わない。高いお金を払って、気持を悪くするよりは、三等の方がいい。三等は窮屈で身体が痛くなるが、それはお互様である。しかしお金の都合がついたら、損得の事を云っているのではない。ただその場の遣《や》り繰《く》りさえつくなら、奮発して一等に乗るのが一番いい。一等は設備がよく、乗っている諸氏も概してお行儀がいい。諸氏の中には無賃パスなぞで、丸丸お金を払っていないのもいるかも知れないし、それで遠慮して謙《けん》遜《そん》に振舞うと云うわけであるかないか、それは知らないが、車内の立ち居は礼儀正しく、通路で行き合えばきっと道を譲る。

だから一等で長崎へ行きたいと思うけれど、「雲仙」に一等車がないのだから仕方がない。長崎までは二十八時間掛かる。一昼夜よりまだ長い。一晩寝ずに旅程を通すと云う事は、私には困難である。三等には、戦前の三等寝台はまだ復活していない。仕方がないから、二等に乗り、二等寝台に寝て行く事にした。

出発当日の日曜日、照れ臭い様な秋晴れの上天気である。お午《ひる》まえに、雨を含めるヒマラヤ山系君がやって来た。いつでも私の所で荷ごしらえをしてから出掛ける。旅具を詰める鞄《かばん》は、すでに借りて来てある。鞄は交趾《こうし》君の所有であるけれど、こう度度、いつもきまって私が使うなら、私の物だと考えてもおかしくはない。私がそう考える事は、少しも他に影響する所はない。又行く先先の宿屋の女中や、列車ボイや赤帽が、一一《いちいち》借り物だよと私がことわらない限り、勿論《もちろん》私の鞄だと思っていると云うのは、客観性の裏打ちである。人がそう思い私自身もそう考えるなら、貰ってしまってもよさそうに思う。「交趾君、貰おうか」と云ったら、彼はいやだと云った。いやなら貰わなくていい。私が使わない時、彼が使う時、彼の手許に在るのは一向差支ないから、私が貸したつもりになってもいいし、そう云う考え方はいけないなら、そう思わなくてもいい。

その鞄の、柔らかい光沢のある皮が、はちきれるほど詰め込んでから、さて、出掛ける事にした。

二

東京駅は段段広くなり、と云うのは新らしい線路が出来て、新らしい歩廊が出来て、従来遠くへ行く長距離列車が出発した九番線十番線のまだ先に幾本も線路とホームが出来て、長崎行三七列車「雲仙」は十五番線から発車する。

すでに這入《はい》っている列車の最前部二等コムパアトに神輿《みこし》を据え、長崎へ行く様な大きい顔をしていると、恒例の見送亭夢袋《けんそうていむたい》さんがやって来た。

人の顔を見て、「どうも、どうも」と云う。

それは、どう云う意味と云う事はないと云う事を承知している。会えば、「どうも、どうも」左様ならの代りにも「どうも、どうも」或は、代りにでなく、左様ならに重ねて、「左様なら、どうもどうも」電話で相手を認識すると、その途端に「どうも、どうも」

見送亭夢袋氏一個の口癖でなく、役所の彼の周囲の諸君は皆「どうも、どうも」と云う。世間が狭いので、一般的の観察は出来兼ねるが、方方の会社等でも云い出したのではないかと思う。何でもない時に、ちっとも耳ざわりでなく、意外の人から「どうも、どうも」と云う挨拶《あいさつ》を受ける。何の事だか解《わか》らないと云う程の事ではない。あな、ああ、おおなどの間投詞の代用であろう。しかし以前はこう云う風には云わなかった。矢張り人心弛緩《しかん》の一つの証左かも知れない。

わざわざ見送りに来てくれた夢袋さんが、「どうも、どうも」と云ったからと云うので、人心の弛緩を慨嘆するわけではない。まだ早過ぎるから、一緒に車外へ出たり、又這入って来たり、窓の向うに展《ひら》けたホームの外れの青空をまぶしそうに眺める山系君をこっちへ向かせて、お天気の話をしたり、要するに時間が有り余って始末が悪い。この前の時も気にしたが、どうも汽車に乗るのに飛んでもなく早くから来るのは、利口ではなさそうで、はきはきした人は、こんな事はしない。

漸く発車時刻になって、電気機関車の曖昧《あいまい》な汽笛が鳴り響き、それは郵便車と荷物車とを隔てただけですぐに機関車だから、よく聞こえる。そうして漫然と腰を掛けているその腰の下から、何となく動き出した。大黒頭巾《だいこくずきん》だかベレ帽だかを脱いだ夢袋さんの頭が、横に流れて見えなくなると同時に、ホームの屋根の下を離れた車窓に、午過ぎの美しい秋の日が射《さ》して来た。

さて、走り出したが、乗り心地は大変いい。新橋には停まらない。ぼんやりしている内に、新装の品川駅に著《つ》いた。品川は停まっても通過しても、暗い影を蹈《ふ》む様な気のする駅であったが、今度は新らしくなって、白っぽくなって、だから明かるい。

品川を出て大森蒲田《かまた》を過ぎる頃から、段段に速くなった。線路の継ぎ目を刻む音で計算して見ると、八十四粁《キロ》の時速である。その勢いで六郷川を渡ったと思うと、不思議な事に抜ける程晴れ渡っていた空の一隅から、不意に暗い雲が流れて来て、車窓に雨滴を叩《たた》きつけた。時候から云えば時雨《しぐれ》であるが、空模様は夕立である。

「貴君《きくん》、雨が降って来た」

「はあ」

彼は窓の硝子《ガラス》を伝う雨の筋を数える様な目つきをしている。

子供の時、道ばたで聞いた富士の巻狩、曾我《そが》兄弟仇討《あだうち》のでろれん祭文《さいもん》の中に、幾日も降り続く雨空の一点が、指で突いた程青く霽《は》れたと思うと、見る見るその青空がひろがり、忽《たちま》ちにして一天からりと晴れ渡ったと云う。それにも似た通力をヒマラヤ山系君はそなえている。雨男だから雨を降らしたので、晴陰、趣きを変えても富士の巻狩の空の不思議に劣らない奇蹟《きせき》を彼は示現《じげん》した。

間もなく大雨の中の横浜駅に著いた。乾いたホームが、屋根から跳ねる繁吹《しぶ》きの霧の中に白けている。そうして横浜を出たが、どこ迄も雨は降り続いている。空はすっかりかぶさり、いよいよ本物の雨天になったかと思う。懇意な版元の若い社員が、お天気のいい晩に新宿の飲み屋で山系君に会った。一緒に飲んだわけではなく、ただ顔を合わせただけの話で、そうして帰ろうと思って外へ出たら、思いも掛けない雨が降っていたそうである。翌くる日その社員が、山系と懇意な社内の編輯員《へんしゅういん》に向かって、雨男だと云う噂《うわさ》は聞いていたが、あれ程いやちこの通力だと思わなかったと感嘆これを久しゅうしたと云う。

急行「雲仙」は雨男を乗せて、明かるい湘南《しょうなん》の雨の中を、ひた走りに走る。「雲仙」は急行列車の中で、そう速い方ではないと考えていたが、停車駅は多いけれど、走り出せば随分快速であって、見直した。しかし国府津《こうづ》を通過し、酒匂川《さかわがわ》を渡る前後の特別急行「はと」の勢いに思い比べると、矢張り乗っていて緊張感が足りない様な所もある。

小田原を出て熱海《あたみ》へ行く中間の、いくつもある隧道《ずいどう》を丁度抜け出した所で、同じ「雲仙」の上リ第三八列車と行き合い、お互の電気機関車が嘶《いなな》き交わして擦れ違った。雨はもう余り降っていない。熱海を出て、丹那《たんな》隧道を抜けて、駿河《するが》湾《わん》の縁に出たら、もとの通りの、うその様な秋晴れになった。

さっき迄の雨は、出立ちに際して天道様《てんとうさま》が雨男山系の顔を立てた御《ご》祝儀《しゅうぎ》だったかも知れない。沼津を出てから空が広くなる。秋晴れを区切る裾《すそ》野の雄大な曲線の仕舞の所が、向うへ逃げて行きそうで、線路がカアヴする度に目が離せない。日曜日だから、沿線の学校がどこでも運動会をしている。走って行って日が傾く頃までに、四つも五つも見た。みんな校庭の真中に日の丸を立ててぐるりを大人が取り巻いて、雨男が通るのも知らぬげである。

由比《ゆい》駅の前後に見る清見《きよみ》潟《がた》の海波は、今日はいつもより大分高い様であったが、水は美しく澄んで、磯辺《いそべ》の風情《ふぜい》を点綴《てんてい》する波間の岩に、真白い繁吹きを打ち上げていた。安倍《あべ》川《がわ》でも大井川でも、それから随分行った先の天龍川でも、おのおの色合いは違うが、どの川も川上の空に夕暮れの色を残していた。天龍川では大分暗くなりかけた靄《もや》の中に赤い筋が流れて、心無き阿房《あほう》列車の旅心をそそった。

浜松を出てから、薄い夕闇《ゆうやみ》の中を驀進《ばくしん》する「雲仙」が、余りに速い様に思われたので、時計で計って見ると、百粁であった。しかし特別急行の制限速度が九十五粁だから、そんな筈はないだろう。私の数え違いかも知れない。

つい半年ばかり前まで、浜松駅で電気機関車を蒸気機関車につけ換えたが、この頃は名古屋まで電気機関車の儘《まま》で行く事になっている。色色の点でその方がいいに違いないけれど、昼間から汽車に乗っていて、段段車窓が薄暗くなり、汽車が次第に濃い夕闇の中へ走り込んで行く時に聞く汽笛の響きは、鼻へ抜けたかさ掻《か》きの様な電気機関車の声よりも、蒸気機関車の複音汽笛が旅情にふさわしい。

遠州平野の遠い向うの山の端《は》に、光は消えてただ色ばかりが残っている大きな落日の沈んで行くのを見入っている時、風圧で窓を押し曲げる様な擦れ違い列車が来た。一瞬で通り過ぎたのに、その後にもう落日はなかった。

三

戦後の恩給の事はよく知らないけれど、私共の時分は十五年で貰える様になった。しかしその間に何かあると年限が短縮されるので、私は後《あと》もう一年と一寸《ちょっと》と云う時に、官職、つまり官立学校の教授をやめた。

　なぜそう云《い》う時にやめたかと云う話に花が咲いて、食堂車の尻《しり》が長くなった。

　食堂車に長居をすると云うのは、いいお行儀ではない。日外《いつぞや》、仙台から帰って来る時、仙台上野間七時間の内、四時間半食堂車にいた事がある。上野に著く間際《まぎわ》まで杯を離さなかった。ああ云う事は甚だいけない。食堂車はお酒を飲みに行く所ではない。以後必ず心得ようと思ったのに、ついした機《はず》みで、今度はあの窮屈な小さな腰掛けに、静岡の先から大阪の少し手前まで、ずっとその儘《まま》六時間、居坐って動かなかった。「雲仙」の食堂車は定食時間を八釜《やかま》しく云うと云う事を聞いていたので、事に処するには遠謀深慮が必要であると思い、あらかじめ偵察を試みた。午後の何でもない時間に出掛けて、お茶を飲み、その序《ついで》にカウンタアにいる女の子に尋ねた。「定食時間は定食を食べる時間だね」「そうです」「定食を食べて、それから外の料理も食べていいかい」「結構です」「外の料理を食べて、定食を省略してはいかんかね」「さあ、それはその時の都合ですけれど」

　この頃の定食と云うのは、ちゃんとしたコースでサアヴィスすると云う意味でなく、大きなお皿に盛り切った宛《あ》てがい扶持《ぶち》に、珈琲《コーヒー》や水菓子を添えると云うだけの事である。その御馳走《ごちそう》は見た目が大体あぶら濃く、お酒の肴《さかな》には適しない。人がみんな食べる物に異を樹《た》てて我儘を云うつもりはないが、腹の底に思う所があって、その目的にかなわないから敬遠したくなる。

ずっと以前の、夕方七時半発神戸行一二等急行の食堂車は精養軒の請負で、夏の晩の定食時間には、菊判ぐらいの小さな花氷を一つずつ全部の食卓に飾ってサアヴィスした。食事中の喫煙は厳禁であって、不行儀のお客が煙草《たばこ》を取り出すと、ボイが来て差し止めた。

もっと後の、段段世間が窮屈になった戦前の列車食堂では、先《ま》ず前以《も》って、座席にいるお客から、定食時間の予約を取って行く。昔の銭湯の湯札ぐらいの小さな紙札をくれて、それに幾かわり目の番だと云う指定が書き入れてある。そうして時間になると、今の様な車内放送の拡声機はまだなかったから、一一《いちいち》食堂車から案内に来る。躊《ちゅう》躇《ちょ》なく、ついて行かなければならない。後から行くよ、なぞと云ってはいられない。なぜと云うに、一かわりの時間は四十分であって、それが済むと、つまり時間が経過すれば、一人残らず追い出してしまう。そうして五分間ぐらいで全部の食卓を片づけ、掃除をし、新らしく銀器を列《なら》べて、次のかわりのお客を入れる。大概三かわり位で定食時間は終った様である。

私はそう云う定食時間の客になって、四十分のコースの間に、あわてる事なく麦酒《ビール》を三本飲み、澄まして帰る事が出来た。或《あ》る時、そのつもりで先ず一本飲み、ボイに後を持って来いと云うと、お一人様一本限り、それを召し上がったのだから、もう駄目だと云う。それならそうと、初めから云ってくれればこんな中途半端《はんぱ》な気持にならずに済んだのにと怨《えん》じたが、飲んでしまった後だから、已《すで》に遅い。例外、格別の計らいなぞと云う事が一切利《き》かなくなった国内の大勢、以《もっ》て如何《いかん》ともする事は出来ない。ボイが気の毒がって、その列車は上りであったが、従前は神戸から麦酒を四百五十本ずつ、この食堂車の為《ため》に積んだのが、只今《ただいま》ではせいぜい百本と少ししか入れられないのです、と云った。

その時分まで列車食堂の給仕は男ばかりであった。後《のち》に男が不自由になり、女車掌女改札、女の理髪師なぞが全盛を極めたが、又段段に影をひそめた今日、列車食堂は今以って若い女の子で百花撩乱《りょうらん》、あんまり沢山いるので、踏み潰《つぶ》しそうで、足許《あしもと》があぶなくて仕様がない。列車食堂で女の子のサアヴィスを初めて受けたのは、明治四十何年、私がまだ学生の時分に、大阪から和歌山へ行く私設鉄道の、短かい距離の短かい時間だから、本式の食堂車と云う程の物ではなく、喫茶程度の設備であったけれど、貫通式の幾輛《いくりょう》編成かの短かい列車の中央部に、その一台を連結してお客を呼び、女の子の給仕がお茶やお菓子を運んだ。当時は珍らしかったので、今でも覚えている。そんな真似事《まねごと》の様なサアヴィスなら兎《と》も角《かく》、今日の長距離列車の食堂車勤務は、区間区間で交替はするにしろ、女の子には荷が張り過ぎるだろう。だから大勢いなければ間に合わない。お客に取ってお色気の色取りでない事もないか知れないが、訓練した男の給仕だったら半分の人数で済むと思う。そうなれば、踏み潰す心配もない。今、カウンタアの向うに起《た》ち、私の偵察に婉然《えんぜん》と応対している彼女を、踏み潰すなぞと云う了簡《りょうけん》は毛頭ない。又カウンタアの台が間にあるから、踏み潰せるものでもない。「それでは又夕方になったら来るからね、何分頼むよ」「お待ち申して居《お》ります」随分愛想がいい。通路で揺られながら、コムパアトへ帰って来る途中、山系君が云った。「彼女はこの前の時もいましたね」「貴君は見覚えがあるの」「向うがこっちを覚えているらしいです」

何時《なんじ》から何時《なんじ》まで、食堂車内の張り出しには五時から七時までとなっている、先方でそうきめた定食時間に、その時間になってから割り込んで、構えて規則を破り、摩擦を起こすのはよくないし、利口でもない。腹加減はどうあろうと、それはこちらの我儘と云うものであると観念して、思い切って早くから出掛けよう。規定の時間に触れない内から神輿《みこし》を据えている儘で、ついその時間に這入っても、まあ勘弁してくれるだろうじゃないか貴君、と山系に相談を持ち掛けた。大丈夫ですよ、きっと何も云いません、と彼が請け合う。それではそうしよう、さあ行こうと起ち上がったのが四時半前である。だから安倍川大井川の川上の夕空を眺めたのは、コムパアトの廊下を隔てた窓からであったが、天龍川の時はすでに一盞《いっさん》を傾けていたので、なお更旅情をそそられた。

いつの間にか窓が真暗になり、窓硝子に響く汽笛の音が、蒸気機関車C62の複音に変っている。

「いいお天気で結構です」

「はあ」

「尤《もっと》も外は見えないけれど」

「大丈夫です」

「長崎の道は長いなあ」

「何、まだ出たばかりです」

「子供の時に話をして貰《もら》うだろう」

「何の話です」

「お伽噺《とぎばなし》さ」

「はあ」

「余り短かいとつまらないから、もっと長い話をしてくれと云うと」

「先生がそう云うのですか」

「だれだって構わないが、そう云うんだよ」

「まあいいです」

「譲歩してくれなくてもいい。長い話がよかったら、長い長い話をしよう。貴君は知ってるかい」

「知りませんね」

「長い話なら、天道様からふんどしが垂れて来た」

「そんなの知りませんよ、僕は」

「長崎からお強飯《こわ》が届いた」

「何ですか、それは」

「そんなに遠いのだよ、貴君」

「僕がですか」

「何を云ってるんだ」

「ああもうこれはありません。あっこれもない。おい君君。頼む。お銚子《ちょうし》を途切らさない様にしてくれたまえ」

どこかの小さな鉄橋を渡ったらしい。腰掛けの下から持ち上げる様な響きで、ぐわっと云ったと思うと、すぐにもとの通りレールの継ぎ目を刻む規則正しい音が返って来た。大分酔っている様だけれど、酔眼で時計を見つめて速度を計った。八十五六粁《キロ》、或《あるい》は九十粁近く走っているらしい。遠くの暗闇の中に、一つだけいやにきらきら光る燈火がある。気にして見入っている内に、カアヴの加減か、ふっと消えてしまった。

「貴君《きくん》はついこないだ岡山から帰ったばかりで、今日は長崎で、西奔西走、お忙しい事だな」

「長崎も西ですか」

「大体西だろう。九州を西海道《さいかいどう》と云うじゃないか」

「そんなの知りませんよ。僕たち」

「知らないかも知れないが、しかしながら、知らざるを以って威張ってはいかん。東海道、北海道は知ってるだろう」

「はあ」

「北陸道《ほくろくどう》に東山道、山陽道山陰道、四国は南海道だよ。御存知か」

「まあ、そうですね、そりゃ知っています」

「それでみんなで八道だ。もう一ぺん云って見ようか」

「まあいいです」

後から這入《はい》って来た二人連れのお客が、山系君の肩を敲《たた》いた。

「おや、どうも」と云って中腰になりかけたが、その儘お二人を請《しょう》じて同卓する事になり、彼は私から古い地理を教わらなくても済み、急に目の前が賑《にぎ》やかになった。

どちらも山系のお役所の知り合いだそうで、出張の途次の邂逅《かいこう》である。私は初対面だから紹介されて、それから四人で飲み出した。若いのが甘木《あまき》君、年配の方は何樫《なにがし》君と云う。何樫君は役所の恩給の係だそうで、だから私に恩給の事を尋ねる。

「なぜ恩給をお貰いにならなかったのですか」

「なぜって」

「おきらいですか」

「きらいにも好きにも、まだ貰わない前だから、味は解《わか》りません」

「それにしても惜しいではありませんか。もうすぐだったのでしょう」

「一年と少しばかり」

「惜しかったですね」

「そうですね、段段思い出して来た。僕が恩給になっても、恩給証書を高利貸に取られるばかりで、それが解っていたから、惜しくはなかったのです」

「高利貸がどうしました」

「高利貸が僕の俸給に転付命令を掛けていたのです。その状態の下で僕は高利貸に対抗していましたから」

「高利貸に対抗と申しますと」

「そうだな、対抗と云ったら、高利貸の方で生意気だと云うかも知れない。いじめられて反噬《はんぜい》したのです。官職を退き、恩給を棒に振って初めて対抗出来たと云うわけかな。その結果、転付命令はふいになり、恩給証書なぞと云うものには、勿論《もちろん》お目にも掛からず」

何樫君はその方の専門だから、私の云う事が、その儘尤もだとは思えないかも知れない。人が納得しないとなると、こっちも疑わしい気が起こる。昔の事を蒸し返して、惜しかったなどと云う意味は丸でないが、利口であったか馬鹿《ばか》であったかの判断は別の事に属する。

段段お酒が廻って来て、私だけでなく、食卓の上が、銀器やお皿までが酔っているらしい。甘木君が山系にこんな事を云っている。自分は夏目漱石《そうせき》の崇拝者である。漱石先生を神様の様にも思う。しかしそれだからと云って、一一《いちいち》、夏目漱石先生の吾輩《ワガハイ》ハ猫デアルと云わなくても、漱石の猫で冒瀆《ぼうとく》にはならない。或は猫の漱石でもいい。

内田百閒先生の阿房《あほう》列車なんて長過ぎる。百閒の阿房でいいだろう。或は阿房の百閒でもいいね。

四

戦前の一等寝台のコムパアトは四人室であって、その中に寝ていると、よく後から剣をがちゃがちゃ云わせて、中佐や大佐が這入って来た。人の事を階級で兎や角云ってはいけないが、私の根性がそうなっているので、気に食わなかった。軍人の癖に、佐官の癖に生意気だと云う気持と、当時の人を人とも思わない彼等の跋扈《ばっこ》が癪《しゃく》にさわった。

今の一等コムパアトは全部二人室である。上段の天井裏にどぶ鼠《ねずみ》の山系君が這い上がり、下の段で私が鼾《いびき》をかいていればいいので、だれに気兼ねをする事もない。ところが今夜の特ロネ、二等寝台のコムパアトは四人室である。片側の上下段が私と山系君の寝床であるが、向う側の上下段へはだれか知らない人が這入って寝る。いつ頃、どこから乗り込むかとボイに尋ねたら、大阪からだと云ったので、大阪は夜の十一時、それ迄《まで》には食堂車を切り上げて帰って、人の来ない内に早くから寝ていようと思った。

食堂車の窓が、きらきら綺麗《きれい》に光ったのが京都であって、おやおやと云いながら、まだ尻《しり》を据えていた。悠久六時間、道のりにして三百数十粁を居坐《いすわ》った挙げ句にコムパアトへ帰ったら、もう大阪が近い。大阪に著《つ》けば人が這入って来る。あわてて洋服を脱ぎ、山系君も寝支度をして上段に上がろうとする時、大阪へ著いてしまった。止《や》んぬる哉《かな》、早く早くとせき立てて、ちらくらしている内に、廊下に足音が近づき、ドアの外に人影が射《さ》した。急いでカアテンを引き、横になったが、余りせかせかしたので、中中寝つかれないと思ったけれど、いつの間にか震動のタクトに誘い込まれて、汽車がどこを走っているかなぞ、気にならなくなった。

随分ぐっすり眠った様である。目がさめたら枕許《まくらもと》のカアテンの隙間《すきま》が明かるくなっている。寒くて目がさめたのだと云《い》う事が、目がさめてからわかった。朝になって、ボイが換気の為に廊下の窓を少しずつ開けたらしい。そこから吹き込む風で車内の温度が急に下がり、コムパアトの中の寒暖計でも十七度である。シャツを著《き》て、ずぼん下を穿《は》いて、さて、まだ早いけれど、もう起きようかと思う。私が寝ていても、山系君で弁ずる様にはなっているが、今朝は用事がある。下ノ関の手前の停車駅厚狭《あさ》に一人の青年が出ている筈《はず》である。彼は私の死亡診断書を書いて貰う筈の主治医、寧《むし》ろ差し当たっては生存証明書を書いて戴《いただ》きたい主治医の博士の二男坊であって、最近に東京の本社から厚狭の工場へ転勤している。私が今度そちらを通るので、何かおことづけはないかと博士に尋ねたら、テニスのラケットを届けてやってくれないかとの事で、預かって来た。厚狭は一分停車の九時四十八分発である。多分起きられるかと思うけれど、若《も》し寝ていたら山系君が計らってくれる事になっていたが、私が起きてしまったので、山系君も起きて来て、向う側は上段下段ともまだ寝ているのに、こっちは二人共すっかり支度を済ました。

それから大分たって、厚狭に停まった。私がラケットを持ってデッキに出て見ると、朝風の渡る無蓋《むがい》のホームに、半鐘泥坊《はんしょうどろぼう》の様なのっぽが突っ立っている。小さかった子供の時以来会っていないから、顔はよく覚えていないが、彼に違いない。向うでも私を見覚えているか否《いな》かは疑わしいけれど、何しろ私は彼が目をつけていた寝台車から出て来た上に、ラケットの形をした包を持っているから、解らぬ筈はない。すぐに手渡しして、二言三言話して、一分停車だからもう発車ベルが鳴っているので、車内へ帰った。

それでいくらか気に掛かっていた用事は済んだが、へんに思ったのは、私が彼にラケットを渡し、起ち話しをしている間じゅう、昨夜の同卓の甘木君がその傍に食っつく様にして起っていた。なぜだろう、おかしな人だよと山系に話した。

「甘木君は心配してたのでしょう」

「何を」

「先生がうまくラケットを渡すか、どうか」

「それは僕が気に掛けた事で、彼が知っているわけはない」

「あれ、あんな事云ってる、先生は。昨夜何度でも同じ事をみんなに話したじゃありませんか。心配だ心配だって」

「そうかね」

「はあ」

「して見ると、酔ったかな」

「まあよかったです」

今日もお天気がいい。遠くの山の襞《ひだ》まで、はっきり見える秋晴れである。朝はあんなに寒かったが、時間がたつに従い、又汽車が段段先へ行くにつれて暑くなった。関門隧道《ずいどう》を抜け、博多《はかた》を過ぎて、筑紫《つくし》平野を驀進《ばくしん》する頃は、コムパアトの寒暖計が二十九度に昇った。雷九州阿房列車の大水害の後の稔った田面《たのも》に、七夕様の銀の短冊《たんざく》の様な物が一面に光っている。雀《すずめ》を逐《お》う案山子《かかし》の代りなのであろう。日ざしに映え、風になぶられて、ぴかぴか、きらきら、ちかちか、まともに反射すると目が痛い。昭和二十年の春から初夏に掛けて、幾度も受けた東京大空襲の後で、こちらの電波を乱す為《ため》に敵機が落としたのだと云う銀色の錫《すず》の長い短冊が、町中の森の梢《こずえ》に引っ掛かって、きらきらしていたのを思い出した。

博多の次の停車駅鳥栖《とす》から鹿児島本線を離れて長崎本線に這入り、今まで知らない初めての所を走り出した。肥前山口で又長崎本線から岐《わか》れて佐世保線に這入り、武雄《たけお》駅で後部に補助機関車をつけた。勾配《こうばい》があって後押しをする為だけでなく、早岐《はいき》で列車が二つに割れて、長崎行と佐世保行とに分かれる時、後部から千切れる佐世保行を引っ張る為ではないかと考えたが、だれにも尋ねて見たわけではなく、これは私一人の邪推である。

その早岐で佐世保線から岐れて大村線に這入り、大村湾の沿岸を走り出した。美しい水の色と、その水に照り映える空とを区切った向うの西彼杵《そのき》半島の山の姿をよく眺めたいと思うけれど、傾きかけた西日が車窓一杯に射し込むので、みんな窓の日除《ひよ》けのカアテンを下ろしている。私はまぶしくても、暑くても構わないが、しかし日が低くなっているから、開けておけば奥まで射し込み、他人が迷惑する。止むを得ずカアテンを引いたので、ろくろく景色が見られなかった。

大村線の大村駅から、今度は前部に補助機関車をつけた。前につけたのはどう云うわけか、引っ張る為か回送か、私にはわからない。そうして諫早《いさはや》で又もとの長崎本線に戻り、まだ明かるい四時四十五分、定時に長崎に著いた。考えて見れば明石《あかし》の子午線から随分西へ来ている。長崎の夕暮れは東京より三十分か、或はもっと遅いのだろう。

五

駅から自動車で宿屋へ行く。往来の通っている人人の歩き方が、何だかだらしがない。電車や自動車の走る道を横切る時のざまの悪さ、見ていて何度もはらはらした。町の中に丘陵があるらしい。登って降りて宿屋の前に著いた。

通されたのは、廊下の勾欄《こうらん》で庭を抱いた二十畳の広間である。仕切りもなく控えの間もなく、見はるかす向うの床の間まで畳ばかりで、海の中におっこちた様である。しかし狭いよりはいい。私は家が狭いので、旅に出て、こう云う座敷で浩然《こうぜん》の気を養う。

何だか取りとめがなくて、締め括《くく》りがなくて、気が散りそうなのを引き締め、悠然と眺めていた庭が暗くなって、晩になった。鉄道の関係のお客が二人、杯を交じえて嬉《うれ》しくなかった試しはない。いい加減の時にいい加減に寝て、空中から垂れた褌《ふんどし》に頸《くび》を巻かれた様な気がして、目をさました。

一体寝ていられるものではない。二十畳敷四間《けん》の縁側八枚の障子と、床脇《とこわき》の小障子四枚に、一ぱいに夜が明けて朝になった。雨戸もカアテンもないから、天道様《てんとうさま》のなすが儘《まま》である。間もなく障子の腰板に近いあたりから日なたになり出した。雨男の影薄く、今日もお天気の様で、屋根の上の空を鶺鴒《せきれい》の渡る声が頻《しき》りに聞こえる。しかし、いくら旅先でも、私はまだ寝が足りない。もう一度、又寝《またね》をしようと思う。無理に寝るつもりになって寝返りをすると、宿屋の蒲団《ふとん》と云うものが気になる。どこの宿屋で寝ても、蒲団は厚くふかふかとしていて、綿の中に溺《おぼ》れた様な気がする。薄くてかたい煎餅《せんべい》蒲団は困るが、うんと厚く入れた綿が、程よく固くなっているのが寝心地がいい。しかし行く先先の宿屋にそんな我儘を云っても通らない。身体《からだ》が沈む様なのを我慢して無理に寝たら、矢っ張り眠ったけれど、今度目がさめて見ると、障子は下半分が一面の日なたで、又寝の為に却《かえ》って身体の方方が痛くなっている。下に敷いた所に深い皺《しわ》が出来たらしい。もう寝ていられないから起きた。眠ったと云っても二度寝はきっと浅い鼾《いびき》をかいただけの事だろう。

今日一日は長崎で過ごすつもりである。別に予定はなく、勿論人が訪ねて来る約束もない。二十畳の座敷の天井に、ふかりふかりと煙を揚げていると、山系君が出て見ませんかと云う。

何となく外へ出た。宿屋の近くに食べ物屋が一ぱいある。食傷新道と云う様な所かも知れない。例によって要領の悪い歩き方で、人が大勢通っている。空に荒い大きなだんだら雲が出た。きたならしいどぶがあって、青ばなを垂らした小さな男の子が、岸に積んだ空き箱の釘《くぎ》に著物の裾《すそ》を引っかけている。気に掛かるから見ていたら、もっときたない子が三輪車に乗って、横から私にぶつかった。何となく四辺が臭い。

「貴君《きくん》、我我はどこかへ行っているのか」

「はあ」

「もう帰ろう」

「この先が大浦の天主堂です」

彼は手に地図を持っている。そのつもりなのなら、それでもいいから、ついて行った。途中に西洋の化物屋敷の様な日本郵船の長崎支店があった。外国航路の船が長崎に寄航しなくなったので、荒れ果てたのであろう。

大浦天主堂は、石畳を敷いた丘の上の、その又上の石段の上にある。億劫《おっくう》だから中には這入らなかったが、外から覗《のぞ》いた薄暗い床の上に、歩き出してまだ間のない位の小さな女の子が跪《ひざまず》き、胸に十字を切っているのが見えた。そばに若いお母さんが起っていた。

丘を降りて、ちんちんごうの市電に乗り、長崎駅で靴を磨かせてから宿屋に帰った。

夕方又出掛けて、昔から有名だと云う旗亭へ行き、お酒を飲み、芸妓《げいぎ》が歌を歌った。「春雨にしっぽり濡《ぬ》るる鶯《うぐいす》の」はこの家で出来た歌だそうである。だから箸袋《はしぶくろ》にもその文句が書いてある。何の気なしに読んで見ると、その次が「葉風ににほふ梅ヶ香や」となっている。おかしいなと思う。ここがこの端唄《はうた》の本場だと云うから考えて見た。梅の花が咲く時に、葉はまだ出ていない。葉風が起こる筈がない。矢張り鶯の羽風だろう。君はどう思うかと、傍にいる芸妓に尋ねた。それは歌の事だから、それでそう云う気持をあらわしたのでしょうとわけの解《わか》らぬ事を云う。後で持って来た唄本《うたぼん》には、羽風となっていた。箸袋の方は書き違えたのだろう。それで納得したが芸妓の方で不思議がって、なぜそんなつまらない間違いがすぐ気になるのでしょうと云う。彼女は私共が校正恐る可《べ》き暮らしをしている事を知らない。

宿屋へ帰って畳の海に浮かんで寝た。何かの拍子で朝早く目がさめた。まだ薄暗い。明け鴉《がらす》が浅い声で、け、け、けと啼《な》きながら空を渡った。今日は出立《しゅったつ》が早い。又寝をしないで、暫《しば》らくしてから起きた。雨が降っていたらしい。それが小降りになり、間もなく歇《や》んで半曇の空になった。

長崎を立った朝の汽車が、大村湾の浜辺にかかる頃は、すっかり晴れ渡り、ちりめん波が磯《いそ》に寄せて、背黒鶺鴒《せぐろせきれい》の脚を濡らしていた。

六

鳥栖《とす》で鹿児島本線の下り三五列車「きりしま」に乗り換えて、八代《やつしろ》に向かった。午後二時二十一分八代駅著、宿の女中頭御当地さんが出迎えた。山系君の顔を見て気の毒そうに、昨日の夕方から雨が降り続きましたのに、つい先程上がりまして、と云った。

自動車で馴染《なじ》みの道を通り、前に門田のある乳鋲《ちびょう》を打った門の松浜軒へ来た。阿房《あほう》列車の行く先先で泊まった宿屋の名前は、文中に書かない様に心掛けているが、八代の松浜軒はこれで四度目である。読者の中にどんな所かと思う人があるかも知れないから、自分で通した前例を破って記して置く。

松浜軒は二百六十余年前の元禄《げんろく》元年、八代城第三代城主松井直之が創建して今日に及んでいる。八代市は空襲を受けなかった。もと赤女《あかじょ》ヶ森《もり》の在った所を伐《き》り拓《ひら》いたので、今でもお庭に赤女ヶ池が残っている。昭和二十四年五月、九州巡幸の時の行宮《あんぐう》となった。後に旅館を開いてから、私なぞが遠い所をフリクエントする。お庭は蒼蒼《そうそう》として平澄《へいちょう》、池を隔てた吹上に突兀《とっこつ》と聳《そび》え立つ老松は、いつ来ても微《かす》かな松韻をかなでている。このお庭に関する私の叙述は、単行阿房列車の「鹿児島阿房列車後章」に始まり、同じく単行第二阿房列車の「春光山陽特別阿房列車」と「雷九州阿房列車」の何《いず》れにも載せた。そうして又今日も来た。

飛んでもなく大きな長い脇息《きょうそく》がある。それに倚《よ》ってお庭を眺める。すっかり晴れ切った空を鵯《ひよどり》が渡り百舌《もず》が横切り、出島の茂みからお池に垂れた小枝に、羽根の綺麗《きれい》な翡翠《かわせみ》が来てとまり、水の中から頭を出した岩に黄鶺鴒《きせきれい》が降りて尾羽根を動かす。後から背黒《せぐろ》も来た。

晩になると、旧暦九月十四日の月が、露を載せたお池の浮萍《うきくさ》に照りそい、きらきら光って水の面がまぶしい様である。

夜が明けたら、又秋晴れで、山系君は立つ瀬がない。照れ臭いからだろう、城址《じょうし》へ行って見ないかと云う。松浜軒の門の傍から見える位近いから、一緒に出掛けた。行きがけに松井神社の境内の臥龍《がりょう》梅を見た。樹齢三百余年と云う。黒くなった幹が地面を舐《な》める様に這《は》い廻って、うねくねして、梅の木とは思われない。大輪の花が咲くそうで、満開したら奇観だろうと思う。銘に曰《いわ》く、何物カ驪龍《リリヨウ》、化シテ老梅トナル。珠《タマ》ヲフクミ粲爛《サンラン》、花光争ツテ開ク云云《うんぬん》。こう云う調子は山系君に訴えない。往来を渡って城址へ這入った。石垣と老木があるばかりである。奥にお宮があるけれど、向うへ向いているから、広前へ廻らずに帰った。

城址の中は矢張りしんしんとしている。外へ出たら目がぱちぱちする程明るい。恵《え》比《び》須《す》様のお祭の花火が、ぽんぽん揚がって青空で炸裂《さくれつ》し、丁度そこを渡りかけた八代《やつちろ》鴉の群が、列を乱して散らかった。花火の煙は消えたけれど、鴉の影は残っている。城址のお濠《ほり》から藻のにおいがする。

午後八代を立った。熊本を過ぎてから、晴れ渡った向うの遠い山の端《は》に、薄い赤味を帯びた硬そうな雲が懸かっている。一寸《ちよつと》押して見たい様な気がする。

大牟田《おおむた》駅を出た所で、夕方五時半、まだ明かるい山の上に、大きな黄色い月が出た。今夜は旧九月の満月である。

久留米《くるめ》の先で、月が光りを増した頃、西の空にはまだ赤い夕焼が残り、帯になった雲が青黒く伸びて、次第に細く長くなった。

そうしてとっぷり暮れた博多から、増結した一等寝台車のコムパアトに乗り移って、一路東京へ帰って来たが、さて阿房列車に御乗車の皆さん、中には心配性の人がいて、汽車に乗れば一等コムパアト、たまたま二等で我慢したかと思うと矢張り特別室のコムパアト、宿屋に著《つ》けば二十畳の座敷に寝て鼾をかき、或《あるい》は何尺もある箆棒《べらぼう》に長い脇息に靠《もた》れて殿様の様な顔をする。それでお金は間に合うのかと気になさるかも知れない。そう云う人は「ファウスト」の第二部で、メフィストフェレスが云っている事をお聴き取り下さい。

メフィストフェレス

あなた方がお入り用のお金は作って進ぜましょう、いやお入り用以上のものを。
全く造作もない事で御座いますが、さてその造作もない事が六ずかしいので、
お金は現にもうそこにある、そのそこにあるお金を手に入れるのが
術と云うもので御座います。さてどなたにそれが出来ますかな。

Mephistopheles

Ich schaffe, was ihr wollt, und schaffe mehr;
Zwar ist es leicht, doch ist das Leichte schwer;
Es liegt schon da, doch um es zu erlangen,
Das ist die Kunst, wer weisz es anzufangen?

房総鼻眼鏡　房総阿《あ》房《ほう》列車

一

今度は向きを変えて、手近かの房総へ出掛けようと思う。

東京やその周辺に住んでいる人人に取って、房総半島は馴染《なじ》みの深い所だろう。鉄道の沿線なら、大体どこでも日帰りが出来るし、東京へ通勤している人もある。しかし私は、千葉へすら行った事がない。況《いわ》んやそこから先は、どこへ行くにしても初めてと云《い》う点で、長崎や青森と変りはない。あっちの方の線では、千葉の手前の市川、船橋までしか知らないので、その先の旅程を考えるのは、大変新鮮な興奮を覚える。

房総で手近かだと云うのは、東京にいてそう考えるだけで、日本中の東京でない所にいる人人には丸で意味はない。私は東京にいるけれども、今まで房総に対して東京にいる事を利用しなかったから、未踏の地へ出掛けると云う意味で、だから、気持の上では千葉も秋田も博多も同じ事である。

さて旅程を考える。総武線の電車は御茶ノ水から出るが、汽車は両国駅が起点である。両国駅始発の汽車に乗り、千葉までは電車も走っている同じ線路の総武本線で千葉を過ぎ、成東《なるとう》を廻って銚子《ちょうし》へ行く。銚子から犬吠岬《いぬぼうさき》へ出る。それを第一日の旅程とする。

次の日は、銚子から成田線で成田を廻り、昨日通った千葉へ戻って一泊する。

三日目は千葉から房総西線で館山《たてやま》を廻って安房鴨川《あわかもがわ》まで行き一泊する。

四日目に安房鴨川から房総東線で勝浦、大網を通って又千葉へ帰り、稲毛《いなげ》に一泊して、五日目に東京へ帰ると云うつもりにした。

近い近いと云っても、前後五日の行程で、天皇陛下の御巡幸よりも手間が掛かる。陛下は朝早くお立ちになるが、こっちはそうは行かない。従ってこの日割りを縮める事は出来ない。

初めの日に千葉を通って成東へ出て銚子へ行き、次の日に銚子から成田を廻って千葉へ帰って来るので、そっちの側に楕円《だえん》を一つ描く事になる。

三日目と四日目で千葉から出て千葉に帰るもう一つの楕円を、東京湾沿いの内房州と太平洋岸の外房州とで描くから、楕円が二つ出来て、千葉を鼻柱とした鼻眼鏡の様な旅行である。

その全部の粁程《キロてい》は、両国を出て両国に帰る迄《まで》で、〆《しめ》て四百六十五粁、東海道本線で東京から西へ行くとすれば、大体米原《まいばら》の少し先ぐらい迄の距離である。特別急行の第一列車又は第三列車では、六時間余りしか掛からない。それを今度の旅行では五日に割って、知らない所へ方方で泊まり、お蔭《かげ》で随分草臥《くたび》れる事だろう。

この前長崎へ行った時は、東京駅を発車して長崎に著くまで、二十七時間四十五分の間同じ汽車に乗り続けた。それが今度は一日の内に、二時間半か三時間ぐらい汽車に乗ると、その日の行程を終って宿屋に泊まる。翌《あ》くる日又物物しく支度を調《ととの》えて出発し、少し走るとすぐに降りて、又知らない所に寝る。じれったい様だが、無理に汽車を乗り継ぎ、或《あるい》は夜汽車で走って急いで見たところで、どこ迄行ってもどこにも用事があるわけではないから、ただ鼻眼鏡の縁をぐるぐる廻って、余り急げばすぐにもとの両国駅へ戻ってしまう。両国から立って両国へ帰るのが早いのがよかったら、初めから行かない方がいい。

房総半島の線路は、先に挙げた様に、総武本線、房総東線、房総西線、成田線、まだその外に色色の名前の線があるが、勿論《もちろん》どれも所謂《いわゆる》幹線ではない。急行列車は走っていない。寝台車をつないだ列車もない。全線が大体三等編成で、たまに半車の二等車を聯結《れんけつ》した二三等編成の列車があるだけである。三等旅行はきらいではない。あんまり混んで来るのは迷惑だが、それも止《や》むを得なければ、止むを得ない。

三等と云っても昔の東海道線の神戸行三等急行、特別急行「富士」「桜」の出来た当初の三等ばかりの特別急行「桜」、今の特別急行「つばめ」「はと」「かもめ」に聯結する三等車なぞは、設備がよく掃除も行き届いて申し分ないが、田舎の岐線の三等車はきたない。古くてきたないのも止むを得ないけれど、その古い車輛《しゃりょう》の編成の中へ、木に竹をついで、きたない木造車の間に、鋼鉄車のびっくりする程きれいな新らしいのが混ざっていたりする。段段きれいな車輛ばかりにする途中の一時的の事に違いないが、見た目は古い車ばかりの編成より、なおいけない。

しかしそう云う汽車に乗って見ても、そこいらで乗り降りする田舎の人は、特に新らしい綺麗《きれい》な車にばかり集まると云う風でもない。田舎の汽車がきたない、きたないと口八釜《くちやかま》しく云うのは、都会から田舎へ出掛けた人の文句であって、綺麗なのに越した事はないが、古いのを捨ててしまうわけにも行かないだろう。

一昨年の秋、鉄道八十周年の行事で、私は東京駅の名誉駅長になった。当日そのつもりで駅長室に這入《はい》って行くと、新聞社や放送局の諸君が待ち受けていて、インタヴイウをすると云う。

その時書き留めておいた文章がある。私自身が書いたものだから、遠慮なく引用する。

『燐寸《マッチ》箱ぐらいな四角い物を手に持って、後についた紐《ひも》を伸ばして引っ張って、私の口の傍へ持って来た。

それは何だと云うと、録音ニュウスのインタヴィウだと云う。私は今までラジオはみんなことわって、一度も応じた事はないが、ニュウスとして取ろうと云うの迄ことわる筋はないだろう。それで観念した。

「よく云われる事ですが、東海道線や山陽線の様な幹線の列車は、設備もよくサアヴィスも行き届いている。然《しか》るに一たび田舎の岐線などとなると、それは丸でひどいものです。同じ国鉄でありながら、こんな不公平な事ってないでしょう。そう云うのが一般の輿論《よろん》です。これに就いて駅長さんはどう思いますか」

「表通が立派で、裏通はそう行かない。当り前のことでしょう」

「それでは駅長さんは、今の儘《まま》でいいと云われるのですか」

「いいにも、悪いにも、そんな事を論じたって仕様がない。都会の家は立派で、田舎の百姓家はひなびている。銀座の道は晩になっても明かるいが、田舎の道は暗い。普通の話であって、表筋を走る汽車が立派であり、田舎へ行くとむさくるしかったり、ひなびたり、いいも悪いもないじゃありませんか」

感心したのか、愛想を尽かしたのか、四角い物を持って、向うへ行ってしまった。』その時のはずみで、そうは云った様なものの、余りにむさくるしい三等車は恐縮する。

しかし出掛けた先に、そう云う汽車しかなければ止むを得ない。何しろ今回は鄙《ひな》びた阿房列車、先《ま》ず詰め合って乗り込む事にする。

二

スケジュウルはヒマラヤ山系君と合議してきめる。彼はそれに従って行動を起こし、面白くもなさそうな、面白くなくもなさそうな曖昧《あいまい》な顔をして、私をせき立てに来る。借りて来てある交趾《こうし》君の鞄《かばん》に旅具を詰め、自分の鞄の様な顔をして、と云っても中身は私と山系との物ばかりだから、人目に触れる部分だけが人の物なのを自分の物の様な顔をすると云うのに骨が折れるわけもない。そうして近所の町角で自動車を拾い、両国駅までと命じて、さて一服する。

自動車の窓から眺める向うの空は、半晴である。今年の冬は暖かい。師走《しわす》の半ばを過ぎているのに、今朝の室内温度は十五度半であった。ストウヴに火をつけたら、すぐに二十度を越した。こうして厚い外套《がいとう》を著て出るのが可笑《おか》しい様である。

厚い外套にくるまって出立ちの自動車に揺られる。少少寝が足りないけれども、それはどこかへ出掛ける時はいつでもそうなのだから仕方がない。両国駅は両国橋の向うにある。両国橋までは、私の家を出た所から一本道であって、九段の通を九段坂上に出て、神田の表筋を通り、柳原を通り、浅草橋を通り、両国橋に掛かる。大正十二年の大地震の時、本所《ほんじょ》石原町で焼死したらしい私の女弟子を、何度目かに探しに行った帰りに、両国橋の袂《たもと》から俥《くるま》に乗ろうと思った。市内電車はまだ動いていなかったので、歩くのがいやだったら人力車に乗る外はない。しかし私の家は小石川の雑司ヶ谷なので、その間をみんな乗ると高そうである。懐《ふところ》工合を考えた挙げ句、俥屋にここから小石川雑司ヶ谷へ行く間の、どこでもいいから七十銭だけ乗せてくれないかと云ったら、すぐに梶棒《かじぼう》をあげて走り出し、九段の坂下まで来て、はいこれで七十銭と云った。

自動車が九段坂を降りた時、車内で山系君にその話をした。

「ここから両国橋まで、その位の距離なんだよ」

「その位って」

「人力車で七十銭さ」

「人力車の料金なんか、僕には解《わか》りません」

「ああ、そうか、人力車に乗った事はないんだね」

「乗った事はありますよ」

「どうだかな」

「そうですね、一ぺんか二へんくらい」

「僕は両国駅は初めてなんだ。電車で通った事はあるけれど」

「何だか、ごちゃごちゃした感じです」

「貴君《きくん》は千葉は知ってるの」

「知ってるって、何遍行ったか解らない位です」

「何しに」

「仕事を持って出掛けたり、会議をしたり、だから町の様子なぞ、あすこの曲りっ角がパチンコ屋で、その隣りが葬儀屋で」

「いやだね、向うから霊柩車《れいきゅうしゃ》が来たじゃないか」

「はあ」

「あれが目についたので、そう云ったのではないか」

「違いますよ、千葉へ行ったらその葬儀屋へ御案内しましょう」

往来から這入って行って、見当違いの所に入口がある様な気のする両国駅へ来た。

もう改札の前に人が列《なら》んでいる。出札口で三等切符を買い、荷物を持ち分けてその行列に列んだ。なんにもする事がなく、ぼんやり突っ立っていると、寝が足りないのがよく解る。

列の横で大きな声がするから振り向いたら、いい年をしたルンペンが、頭が少しおかしいらしい、向うにある売店の前に突っ起《た》ち、手を振り足を踏ん張って、演説を始めた。売店の中にいる者に向かって云っているのか、行列に列んでいる我我に聞かせる様に、説を述べているのか、その見当はよく解らない。何を云うのか、その言葉も丸で聴き取れないが、調子は素晴らしく立派で、堂堂たる抑揚と、高く挙げた手を斜にさっと下ろした後の頓挫《とんざ》の語勢なぞ、崇拝す可《べ》きものがある。私が解らない演説に聴き惚《ほ》れて、伊太利《イタリー》語の独唱を鑑賞する様な気持になっていると、どこかで所論が一段落に来たと見えて、彼は起っている位置でくるりと向きを変え、入り口の方へ向かって肩を怒らして、大手を振って闊歩《かっぽ》して行った。

出て行くと同時に、その同じ入り口から、もじり外套を著《き》た、見馴れぬ風態の見送亭夢袋《ていむたい》氏が這入って来た。金貸しの手代然としている。

傍へ来て、「ども、どうも」と云う。

来るとは云っていたが、現にこうして来たのは恐れ入る。

「三等旅行のお見送りで、済みませんな」

「いえ、今日は日曜ですから」

「おかしな様子で、僕は初めてお目に掛かる」

夢袋氏は自分で片袖《かたそで》を引っ張って見せて、

「僕はもとから、これが欲しかったのです」と、どこかの釣るしを掻《か》っ払《ぱら》って来た様な事を云った。

婦人用和服コオトに男子用とんびの襟を附けたような形の物、と云うのが金田一編明解国語辞典のもじり外套の定義である。

山系と私ともじりの紳士と三人列んで、改札を通った。行列の長さから考えて、余りこむ様ではないが、しかし三等車で座席が無くては困る。山系君だけ一人、先にどんどん馳《か》け出し、窓から首を出しているからそこへ来いと云った。

私だって気がせかないわけではないが、馳け出すのは苦手である。階段を登り、又登り、ホームに出たら三一九列車が乗客を待っている。最後部が荷物車で、その横腹を伝って歩いて行くと、次は半車の二等車である。おかしいなと思う。二等の青い帯の青が、色があせて剝《は》げて、頼りない水色になっている。一寸《ちょっと》立ち停まって、窓から中を見た。何かの都合で特別に聯結したのかと考えて見たが、そんな風でもない。三等代用の二等車と云うのがある。それかとも思ったが、そんな札は懸かっていない。中にはまだだれも乗っていない。がら空きだから好都合である。遠慮なく這入って、古ぼけた天鵞絨《ビロード》の座席を占拠した。

それはいいけれど、山系君はずっと先の三等車に乗り込んで、窓から首を出しているだろう。夢袋氏が、僕が呼んで来てやると云って、そっちへ馳け出した。

山系君が帰って来て、

「二等車があったのですか」と不服そうに云う。荷物をそこに置き、そそくさと又出て行った。「切符を代えて来ます」と云った。

ホームを行ったり来たりしていたが、大分経《た》ってから、鮨《すし》とサンドウィッチとキャラメルとお茶を買って帰って来た。

「まだ車掌が出ていないのです」

「切符の事なら、後でいいだろう」

「はあ。しかし切符は三等ですから」

「変な物を仕入れて来られたな。キャラメルはだれがなめるのだ」

「僕が食べます」

「へえ、これは驚いた」

「咽喉《のど》が少し変ですから」

列車の進行中に、窓の外を見ながらキャラメルをしゃぶり、しゃぶり終ったら空箱を座席の横の通路に投げ棄《す》てる。これが三等旅行の風情《ふぜい》であって、彼はその気分を出そうと思ったのかも知れない。

後から二三人這入って来たが、まだ方方の座席が空いている。半車の車内がそれで広広しているだけでなく、向かい合った座席と座席の間が馬鹿《ばか》に遠い。余程古い型式なのだろう。

車内に這入っていた夢袋氏は、お茶を飲んでから出て行った。

十二時四十四分、ここは最後部から二輛目だからずっと前の方で、C57か8からしい汽笛の音がして、銚子行三一九列車は見送亭見送りの裡《うち》に発車した。

三

両国駅を発車してから、汽車は人家の屋根の上に架かった橋の様な所ばかり走る。つまり高架線なのだが、東京駅から新橋又は神田へ行く高架線とは工合が違う。走っていて橋を渡る様な音がするから、何となく旅情を誘う。今日の行程は銚子まで百十七粁《キロ》余、二時間四十五分でお泊りとなる。

汽車が地面に下りてから、今度は本物の川に架かった大きな鉄橋を幾つか渡って、曾遊《そうゆう》の市川、船橋を過ぎ、電車区間はどこにも停車せず走り続けて千葉に著いた。初めて見る駅だが大きな構えで、無闇《むやみ》に人がごみごみしている。一廻りして来て明日の晩降りる事になっているけれど、余り気持のいい所ではなさそうな気がする。尤《もっと》も千葉にしろその他どこの駅でも町でも、私なぞの気持とその存立とは、丸で関係はない。

千葉を出て、暫《しば》らく走ってから、いよいよ田舎へ来た様な気分になった。線路に近い雑木林が車窓を辷《すべ》り、鴉《からす》が土くれの上にとまっている。そう云《い》う物を見ていて、大体汽車が走っていると云う気はしない。しかし、じっとしてもいない証拠に、いつの間にか又次の駅が来る。ゆっくり揺られながら、馬が走るよりは早いかも知れないと思う。つい子供の時教わった唱歌を思い出した。

汽車の走るは馬より速し
またたく暇に五里十里
ごとごと、ごとごと
便利の機械も学問の
力を借らでは成り難し

両国駅発車以来、ヒマラヤ山系君はキャラメルの小函《こばこ》を一人でしゃぶり尽くし、稲荷鮨《いなりずし》を一折平げ、サンドウィッチは後の楽しみかと思ったら、続け様にむしゃむしゃ食べてしまった。驚いてそのわけを尋ねずにはいられない。或は腹を立てて食っているのではないかとも案じた。

「貴君《きくん》はふだん、なんにも食べないじゃないか」

「はあ」

「今日はどうしてそんなに無分別に食う」

「風を引きそうなのです」

「永年《ながねん》のおつき合いだが、キャラメルを食うのを見るは今日が初めて」

「はあ」

「キャラメルをしゃぶる顔じゃないね」

「そうでもありません」

「稲荷鮨はどう云うわけだ」

「風を引きそうだからです」

「それで稲荷鮨を食って、それでどうなる」

「つまり、風を引きそうだからです」

「サンドウィッチも風の薬か」

「兎《と》に角《かく》食べた方がいいのです」

「なぜ」

「腹がへっているといけません」

「すると、前提として、腹がへっていたわけか」

「腹なぞへっていません」

「あんまり食うから、立腹しているのかと思った」

「僕がですか」

「それでいろいろ召し上がった後の腹加減はどう」

「いいです」

「まだもっと食べようと考えていそうに見える」

「飛んでもない、もう沢山です」

「そうかね」

「はあ」と云って曖昧《あいまい》に窓の外を眺めた。「先生は犬吠岬《いぬぼうさき》と云う事を知っていますか」

「犬吠岬は今日行く所だろう」

「その犬吠岬と云う意味です」

「わからないね」

「歌を歌って調子が外れるのがいるでしょう」

「音痴か」

「そう云うのを犬吠岬と云うのです」

「どうもよく解らない」

「銚子《ちょうし》の外れにありますから、だから調子っぱずれです」

なあんだ、貴君の様なのかと云いかけたが、失礼だからよした。

「昔からそう云いますよ」と云って山系氏は澄ましている。

成東《なるとう》を出てから、車窓が明かるくなった。半晴の空に残った雲が次第に消えて、右手遥《はる》かの向うに長く延びた森の先は、見えないけれども空の明かりの工合で太平洋らしく思われる。

小さな駅やいくらか大きな駅を幾つも過ぎて行ったが、ここいらの駅はどこにも陸橋がないらしい。汽車で通学する中学生が五六人、二等車に這入《はい》って来て、窓を開けたり閉めたり、座席を跳び廻ってうるさく騒いでいたが、どこかの駅で停車すると、銘銘降りる仕度をし、鞄《かばん》なぞを抱えておとなしくなった。しかしだれも降りて行かない。汽車は停まったなりで、じっとして静まり返っている。向うから来る汽車を待つのだろうと思う。その内に遠くの方から微《かす》かな地響きが伝わり、短かい汽笛が一声聞こえたと思うと、その合図を待っていたらしく、中学生の一団がさっと起ち上がり、急いでホームへ出て行った。交換の列車が来る迄《まで》は、車外へ出ても、陸橋がないから線路を渡る事が出来ないのを彼等は承知しているのだろう。

段段に銚子に近づき、少し風が出て、間もなく銚子駅の構内に這入った。終著《しゅうちゃく》の大きな駅であるが、本屋《ほんおく》全体の感じが倉庫か格納庫の様で、少し薄暗く、よその駅とは丸で工合が違う。駅長室に小憩して、呼んで貰《もら》った自動車で犬吠岬へ向った。

駅前の広い通を走って行って、道が曲がると屋根の向うに帆柱が見える。海辺かと思ったら利根川の河口に近い川岸であった。黒龍江《こくりゅうこう》やアマゾン河を見た事はないし、又それに比べる話ではないと思うけれど、それでもこの河口程の大きな景色は私には珍らしい。向うの沖から太平洋の背の高い浪《なみ》が、浪頭に繁《し》吹《ぶ》きを散らしながら逆巻いて来て、利根川の水を押し戻そうとする。河口が九十九里浜と鹿島灘《かしまなだ》との境だそうである。

太平洋の暗い空に圧せられた様なその川岸を過ぎ、漁師町を通り抜けて、自動車が砂の丘を登って行くと思ったらじきに荒寥《こうりょう》たる浜辺の道に出た。暗い色の砂原がどこまでも続いている。一たん晴れかけた空に又雲が垂れて、荒荒しい浪の音が自動車の窓に響いて来た。

横手の砂浜から、大きな黒い犬が砂煙を蹴立《けた》てて跳び掛かって来た。自動車の車体に嚙《か》みつきそうに吠《ほ》え立てる。吠えながらどこ迄も追っ掛けて来た。その吠え声と浪の音とが一緒になって、車の中で心細くなり、早くお酒が飲みたいと思う。

銚子の燈台を左手に見て松林の中に這入り、宿屋の裏手の石段の上で停まった。

宿屋の建物は新らしい。設備も行き届いている様である。案内されて座敷に通ると、途端に頭の中が捩《ね》じれて、目先が縺《もつ》れた様な気がした。奥の間の海に向かった障子の桟が、みんな変な工合に曲がっている。曲げてあるので、捩じらして一つの効果を出そうとしたらしい。心理学の錯覚の円を見る様で、初めて通された者はだれでも面喰うだろう。いやだから開けひろげてしまった。そうして閉めて寄せれば何でもない。障子の外はヴェランダ風に張出した縁側で、硝子《ガラス》戸の向うは太平洋である。

綺麗《きれい》なお風呂《ふろ》があるらしいけれど、省略してすぐに始めた。今日の行程は疲れると云う程の事もなかったが、汽車があんまり走らなかったり、利根川が大きな川だったり、砂浜の色が暗かったり、犬が追っ掛けて来たり、いくらか気を遣わなかったわけでもない。山系氏も、早く始める事に異議はなかった。矢張り早いに越した事はない派であって、だからすぐに始めたが、彼が利根川や黒犬で疲れているとは思えない。

「そうそう、貴君はお風気味だったが、どうです」

と云って私が差した。

「もういいです」

「俳句に薬喰《くすりぐ》いと云うのがあるね」

「はあ」

「稲荷鮨やキャラメルが利《き》いたかな」

「そうです」

澄まして彼は私に酌をした。

御馳走《ごちそう》だったが、しかし女中は時化《しけ》で魚が不自由だと云った。海のそばだと却《かえ》ってそう云う事になるかも知れない。まだ明かるい内に始めたのが、じきに暗くなって、左に見える燈台が廻転しながら、ぴかりぴかり光り出した。

夜に入ってから雨が降り出した。雨滴が海の風に乗って、ぱちぱちと硝子戸を敲《たた》く。

「そうれ御覧」

「何ですか」

「雨が降り出した」

「はあ」

「はあは無責任だね」

「降ってもいいです」

傍にいる女中が、何のお話しだと聞く。

「この人は雨男なんだよ。この人が降らしているんだ」と云うと、怪訝《けげん》な顔をして山系の額《ひたい》のあたりをしけじけと見た。

暗い海に向かった左手の出鼻で光る燈台の明かりを見ながら、外の所の景色を聯想《れんそう》した。ここはこうして坐《すわ》っている所から燈台までの間が余りに近いが、それでも夜の浪を越えた左にあかりが見えると云うのが、何だか取りとめのない遠い昔の悲哀に通う様な気がする。東海道の由比《ゆい》、興津《おきつ》の夜は、線路につながった蒲原《かんばら》の辺りの燈火が、清見潟《きよみがた》の波の向うにちらちらする。青森の手前の浅虫では陸奥《むつ》湾《わん》の暗い海波の左手に、闇に沈んだ出鼻の岸を伝う夜汽車の燈火が隠見した。東須磨《すま》の夜は左に見える和田ノ岬の遠い燈が、明石《あかし》海峡の向うに明滅して、中学五年生の私の旅愁をそそった事を思い出す。

まだお膳《ぜん》が片づかない内に、と云うのはまだ杯をおかない内に、雨が歇《や》んだ様である。そうして浪の音が荒くなった。空が明かるくなったと思うと、切れ雲の間から、白いまん円い月が浪の上にきらきら光り出した。今日は旧暦の十一月十五夜である。

四

枕許《まくらもと》の桟のねじれた障子の向うで、夜通し濤声《とうせい》を聞いた様に思う。しかしその為《ため》に眠れないと云う事はない。いつもの通り、いやいつもよりはもっと長く、十時間半寝続けて、枕にひびく浪の音の中で目をさました。よく寝られるのは難有《ありがた》いが、あんまり長く寝た後では、根が利口ではない、のではないかと自分で疑わしくなる。

起き出してヴェランダの椅子《いす》に腰を掛け、外を見ると、昨日よりはもっと脊《せ》の高い大きな浪が打っている。空は綺麗に晴れ渡って、暖かい微風が海の方から吹いて来る。師走《しわす》の風とは思えない。

女中を呼んで、山系君にすでに起きている事を届け出てくれと頼んだ。知らない宿の朝、彼がどこにいるかと云う事は、私には見当がつかない。

間もなく雨が上った朝の様な顔をして這入って来た。下の別の座敷で朝食を済まし、もう朝風呂にも這入ったそうである。湯殿の隣りの砂浜の上に、硝子張りのサン・ルームがあって、そこの腰掛けに腰を掛けていると、小さな犬が向うの腰掛けに腰を掛けて、こっちを見たと変な事を云う。

「この下に見える、そらあすこに犬がいるでしょう。あの犬です」

「犬が腰が掛けられるかね」

「そうですね、しかし掛けました」

女中がお茶を持って来て、今日も沖は荒れていると云う。こんなにお天気がいいではないかと云うと、陸のお天気と海が荒れるのとは関係がないと云った。

丁度上げ潮で、宿のすぐ下まで大きな白浪が打ち寄せる。燈台の出鼻の下に、突怒《とつど》偃蹇《えんけん》と云った恰好《かっこう》の怒った様な岩が連なり、こっちから見ると向うの海を低く遮っている。その岩の向う側に敲きつけて砕けた大浪の繁《しぶ》吹きが、岩の蔭《かげ》から宙に舞い上がり、爆弾の様だと先《ま》ず思ったが、日清《にっしん》戦争の石版刷りの地雷火が炸裂《さくれつ》した所の様でもあり、又少し離れているし、硝子戸を閉めているので浪の音は聞こえないのに、そう云う壮烈な景色が展開するのが、昔の活動写真の戦争の場面を見ている様な気もした。

どこの宿屋の女中でもそうだが、私が起きたきりで、なんにも食べないから、いろいろと気を揉《も》んでくれる。いらないんだよと云っても、彼女の方はそれでは済まされないらしい。然《しか》らば牛乳はあるか、牛乳があるなら持って来てくれと云うと、畏《かしこ》まって降りて行った。

女中の持って来た牛乳を飲んでいる傍で、山系君が僕も飲もうかなと云い出した。

女中を呼んで、もう一本持って来いと彼が命ずると、気の毒そうな顔で、もう御座いませんと云った。

後で山系の偵察した所によると、「先生は、一本しかない女中の牛乳を飲んでしまったのですよ」と云うのであった。

なんにもしないで、と云っても、もともと何もする事がない、だからなんにもしないでいる内に午《ひる》になった。今日の汽車は二時五十一分の銚子発、三時に近い。まだゆっくりしていられるけれど、車中が二時間半余り、そうして夕方千葉に著《つ》き、宿に落ちついてお膳に坐る迄、さっきの牛乳一本きりで済ませるのは少しおなかの虫に気の毒である。面倒だったら我慢して出来ない事はないけれど、しかし相手の山系が、腹をへらして風を引いては困る。宿屋のお午のお膳に坐るのはまっ平だが、そんな事でなく、どうしようと相談を持ち掛けた。紅茶でトーストを食べておきましょうと云う。それがよかろうと云うので、女中を呼んだ。

紅茶があるかと聞くと、紅茶はないと云う。珈琲《コーヒー》もないと云う。紅茶も珈琲もなくてトーストを噛《かじ》るのは困難である。牛乳がもうない事はすでに判明している。しかし何も面倒な事を云い出したつもりではないので、それなら番茶でいい事にしよう。或《あるい》はただの水だって構わない。トーストの方は間に合うのかと聞くと、麵麭《パン》は今すぐ買いに走らせるけれど、バタが買えるかしら、と云う。銚子っ外れ程あって萬事が田舎びている様である。そう云えば昨夜もお膳の上でゆでた海老《えび》にマヨネーズをつけたいと思って、そう云ったけれどなかった。なければなくていいので、別に難題を持ち出してはいないのだが、女中の方はそうは行かないのだろう。一一《いちいち》恐縮して不行届をあやまる。

使が麵麭を買って来たそうだが、バタはなかったと云う。ありふれた物が間に合わないのは、今はここいらが繁昌《はんじょう》する季節でないからであろう。焼いた麵麭に塩をつけて、焙《ほう》じ茶で昼飯をすませる事にした。女中がコンデンスミルクを溶かして来てくれたので、ぽそぽそした麵麭がいくらからくに食べられた。

それから支度をして宿を立った。昨日は駅から海岸を遠廻りして宿屋へ来たが、今日は真直《まっす》ぐに駅へ行く。しかしその行きがけに、ついそこに見えている燈台の下まで寄って見る事にした。

昨日来た時は宿の裏から這入ったが、今日は表玄関から出た。松林の中の砂道で待っている自動車まで行く間、大浪がついそこへ打ち寄せている渚《なぎさ》の道を歩いた。瀬戸内海だったら小豆粒ほどの綺麗な小石が縮緬波《ちりめんなみ》に濡《ぬ》れている所に、ここの波打ち際《ぎわ》では湯婆《ゆたんぽ》ぐらいもある大きな石が、矢張りさざれ石の恰好に角は取れ平ったくなって、ごろごろしている。余っ程一つ二つ拾って来ようかと思ったけれど、これから鼻眼鏡の片方の後の半分を今日廻り、明日明後日はもう一つの楕円《だえん》を廻るのだから、その間大きな石ころの荷物を持っているのは利口ではないと考えたので、思い止《とど》まった。

一たん自動車に乗って、岬の鼻まで行って降りた。白堊《はくあ》の燈台は傍で見ると随分大きい。塔の中に九十九段の段梯子《ばしご》があって、登り切ると燈台のランプの所に出る。ランプの大きさは人の脊丈ぐらいだと云《い》う話であったが、登って行くのは面倒だから、話だけ聞いて済ませた。

自動車の助手席に一緒に乗って来た宿の番頭が、向うの下に見える曲浦を指さし、あれが君ヶ浜です。本当は霧ヶ浜と云ったのが、いつの間にか訛《なま》って君ヶ浜になりました。波打ち際の浅い所から沖へ流れる非常に速い潮流があって、水面は穏やかに見えていても、一たびその渦に巻き込まれるとどうにもならない。三富《みとみ》さんの別荘が君ヶ浜にありまして、坊ちゃんがお友達と二人で水死されましたと云った。

三富さんの坊ちゃんと云うのはよく解《わか》らなかったが、後で知った所によると、私なぞの古い記憶にも薄薄残っている早稲田《わせだ》派の新詩人三富朽葉《きゅうよう》と、その友達と云うのは今井白楊《はくよう》で、二人は大正六年、共に二十九歳の夏、この君ヶ浜の逆渦に巻き込まれたのであった。あすこにその涙痕之碑《るいこんのひ》が建っていると教わった。

五

銚子《ちょうし》駅仕立ての四二六列車がもう這入っていると云うので、駅長室から出て行った。銚子駅にも陸橋はない。勿論《もちろん》地下道なぞはない。線路の上を歩いて横切って、後部の三等車に乗り込んだ。今日の列車は本当の三等編成である。しかし私共の乗ったのは新車で綺麗ではあるし、混んでもいない。

二時五十一分、定時に発車した。今日のコースは成田経由の成田線である。これで夕方千葉へ著けば、鼻眼鏡の片方が成立する。

知らない所ばかり通るのだから、珍らしい筈《はず》だが、余り目先は変らない。車窓の右に水郷の景色を眺めた位のものである。

ただごっとん、ごっとんと走り続けて、時間が経《た》って、成田の辺りから暮色が迫って来た。

車窓から見る成田と云う町は、丘や谷の多い所らしい。その崖《がけ》の陰や、方方の凹《へこ》みから、無暗《むやみ》に夕餉《ゆうげ》の煙が立ち迷っている。成田に何の縁故も思い出もなかったと考えている内に、鈴木三重吉《みえきち》さんの事を思い出した。漱石《そうせき》先生の「坊ちゃん」の様な恰好で、三重吉さんが成田中学の英語教師に赴任したと云う事はその当時知っていたが、私が東京に出て来て、漱石先生の許に出入りする様になってから、或《あ》る木曜日の晩の漱石山房で、成田の三重吉さんを見舞って来た小宮豊隆《とよたか》さんが、その話を先生にしているのを傍から聞いたのを思い出す。

三重吉さんは成田で、お酒を飲んでいたのか、喧嘩《けんか》か、それとも単なる怪我《けが》か、その間の事情は私は知らなかったが、目の上に大変な負傷をして入院したと云う事件があった。

そのお見舞に小宮さんが成田の病院へ行っていると、その中学校の校長が矢張り見舞に来て、病室へ這入《はい》って来た。

「三重吉の奴《やつ》、畏《かしこ》まって、一《いっ》に私の不徳の致すところで、と云うのです」

小宮さんが面白そうに、いくらかその口跡を真似《まね》て話す。漱石先生も可笑《おか》しくて堪《たま》らない風であった。三重吉さんと云う人は正義感が強く、徹底派で、そう云う通り一遍の挨拶《あいさつ》なぞふだんは口にしない人柄であった。突然教育家振って、柄にない事を云い出し、不徳の致すところで、なぞと来ては当時の弱輩の私だっておかしい。

成田の丘の間では、今にも暮れてしまいそうであったが、それから先、まだまだいくら行っても中中暗くならない。薄明かりの田圃《たんぼ》に太い煙を流して、三等列車が一生懸命に走った。そうして到頭夜となり、昨日通った千葉駅へ帰って来た。

こちらの管理局の甘木《あまき》君に案内されて、町中の宿屋へ行った。雨が降ったと見えて、道が濡れていて、往来が狭く、明かるい所と薄暗い所とがあって、ごたごたしている。宿屋は有名な家だそうで、昨夜の犬吠岬の女中も知っていたが、来て見ると、何よりも廊下の狭いのが気になった。甘木君の外に、もう一人招待してわいわい燕語《えんご》しながら夜を更《ふ》かした。図に乗り過ぎて寝たのは丑満《うしみつ》頃である。中途で起《た》った時、廊下の硝子《ガラス》戸の外には雨が降っていた。雨が降っても構わないし、山系君が一緒にいる限りそれは亦止《またや》むを得ない。

翌《あ》くる日の朝は曇りで小雨が降り出し、後に本降りになった。寝不足と飲み過ぎで、ふらふらである。旅行に出るのもいいが、こう云う朝は実につらい。旅先でお酒は一切飲まない事にしたら、道中がどんなにさわやかだろうと想像する。

今日は千葉から房総西線で、木更津、館山《たてやま》を通って、安房《あわ》鴨川《かもがわ》まで行く。鼻眼鏡の一方の玉の縁を半分行く予定である。千葉駅の発車が十一時三分だから、大変早い。昨日一昨日の様なわけに行かない。雨は降るし、寝は足りないし、身のまわりが寒くしけた気持で、千葉駅の待合所の風の当たらない隅にちぢこまって、ふるえていた。

漸《ようや》くその時間になって、雨のホームに両国仕立ての一二三列車が這入って来た。今日のは二三等編成である。半車の二等車の座席に、塩をなめた目白の様な恰好でうずくまり、発車と同時に寝ようと思ったが、時時うつらうつらするだけで、中中本式には寝られない。前の席にいる山系氏も、こちらに劣らない不景気な顔をして、時時魚が死んだ様な目をしている。

知らない所を走って行って、内房州の海辺を伝い、景色は変って来るが眺める気もしない。午後遅くなってから、空が晴れて車窓に日が射《さ》して来た。上総湊《かずさみなと》と云う駅を出ると、それから先は小さな隧道《ずいどう》が幾つも続き、隧道と隧道の間に見える海面には、黒ずんだ雨雲が低く垂れて、立ち騒ごうとする波を押さえている様である。

南三原から和田浦に行く間に太平洋の岸へ出たらしい。しかし暗い遠くの沖の方に、山が連なっている様に見える。そんな筈はない。雨を残した雲が垂れているのだろう。

和田浦で、山系君の知人が駅にそう云ってよこしてくれた花束を貰《もら》った。黄菊白菊、赤いのも混じえた新鮮な色が、朦朧《もうろう》とした目を見張らした。花を貰って気がついて見ると、この辺りは車窓の両側が一面の花畑である。

六

鴨川では、陛下の行宮《あんぐう》になったと云う宿屋に落ちついた。その前で駅から行った自動車を降りて、輪奐《りんかん》の美に目を瞠《みは》った。こんな小さな漁師町に、なぜこう云う立派な宿屋があるのか、私には合点が行かない。

通された座敷の縁側の欄干から、すぐ下の太平洋の波打ち際を眺める。随分長く遠い渚で、砂の色も明かるい。大きな浪《なみ》が、後から後から打ち寄せて、その砂浜で崩れる。じっと見つめていて、浪は何をしているのだろうと思う。人の脊丈《せたけ》ぐらいあって、大きいけれど犬吠岬の浪の様に怒ってはいない様である。渚に近い海面から、小さい無数の波がこちらへ打ち寄せようとしているらしい。そこへ沖から大きい浪が来て、浪頭のうしろに小さな波を残し、自分だけ先に来て大袈裟《おおげさ》にどどどと崩れる。どう云う料簡《りょうけん》だか解《わか》らない。東京へ帰って二三日経ってから、ふとこの鴨川や犬吠岬の大浪の事を思い出した。私はもう帰って来てこうして外の事をしているのに、あの辺の浪は矢っ張り大変な姿勢で、浪頭を振り立てて、大きな音を立てて、寄せては崩れているのだろうと思うと馬鹿馬鹿《ばかばか》しい。丸で意味はない。無心の浪と思うのも滑稽《こっけい》である。

例によって早くから始め、中途からお客様もあって、暗くなった太平洋を見る目がうろうろして来た。向うの沖の遠い左手の方に、いさり火がずらずらと連なっている。何を捕っているのだと聞いたら、女中があれは浜続きの小湊《こみなと》の燈火だと云った。

この宿は廊下が広く手洗いも清潔である。白い朝顔が幾つか列《なら》んでいる。お酒が廻ってから、何度でもそこに立ったが、気がついて見ると、別に選択しているわけではないのに、いつ来ても同じ朝顔の前である。そう云えばどこの宿屋へ行っても、そうするらしい。そう云う事は私だけではない様で、つまり犬が同じ電柱に小便を掛け、小鳥が同じ枝を渡るのと同じ事かも知れない。

翌日は房総東線で、大原大網を経て千葉に帰り、これで鼻眼鏡の両方の玉が完成する。鴨川の発は午後二時二十九分の二二四列車である。しかしこの二二四列車と云うのは、実は昨日乗って来た一二三列車と同じ物であって、ただここで列車番号を変え、行先札を懸け代えるに過ぎない。昨日著いたのが二時二十二分、今日立つのが二時二十九分、だから矢張り半車の二等車がある。

その時間に合わして宿を立とうと思っていると、帳場からどうしても自動車が間に合わない、何しろこの町にタクシイは二台しかありませんので、と云って来た。幸いまだ時間があったので、山系君と二人でふらりふらりと町を歩いた。お天気はいいし、そう遠くもないので、苦にはならなかった。

定時に発車して、太平洋の海波を堪能《たんのう》する程眺め、無数の隧道を抜けて、段段夕方になり暗くなってから千葉に著いた。これで鼻眼鏡は出来上がったが、私はこの辺りを丸で知らないので、今夜は稲毛《いなげ》と云う所に泊まって見て、明日東京へ帰ると云うつもりにしている。千葉から自動車で稲毛へ行き、甘木君の案内でその宿屋へ這入った。

島崎藤村、徳田秋聲《しゅうせい》、上司小剣《かみつかさしょうけん》なぞが来て、小説を書いた家だそうである。尤《もつと》も看板は同じだが代が変って居《お》り、建物も昔の儘《まま》ではないと云う話だが、そんな事はどうでもいい。

中が大変ざわざわしている。方方の座敷に酔っ払いがいて、通された部屋の障子が破れている。著換えのどてらに真赤な紐《ひも》が添えてある。おやおやと思う。

兎《と》に角《かく》落ちつくと、台十《だいじゅう》に炭火を持って来た。火鉢に移すのに火箸《ひばし》でなく、杉箸を使う。だから先が焦《こ》げて段段煙って来る。あぶないなと思っていると、畳の上に火を落とした。あわてて杉箸で摘まみ上げたが、こぼれた灰はその儘にして拭《ふ》きもしない。

お膳《ぜん》が出たから杯を挙げた。甘木君を加えて三人である。その間に火鉢を一つずつ置いたから二つある。じきに別の女中が来て、あっちのお座敷に火鉢が足りないから、一つ貰って行くと云って持って行った。

お酌に坐《すわ》った女中が、真先に煙草《たばこ》を吸い出して、お膳の上に煙を吹き散らす。手洗に起つとスリッパがぐっしょり濡れていて、気持が悪くて穿《は》かれない。

「貴君《きくん》、逃げ出そうか」と云ったら、山系君が賛成した。

まだ夜が更けてはいない。稲毛駅から電車に乗った。電車の中で山系は私の神速果敢なる決心を褒めた。永年のつき合いだが、彼から褒められた事は滅多にない。

電車は速い。電車がこんなに速いとは思わなかった。沿線のあかりが火箭《かせん》の様に飛んで行く。電車の走るは汽車より速し、またたく暇に五里十里、ごとごと、ごとごと、と電車の床で足拍子を踏んだ。

隧道《ずいどう》の白百合《しらゆり》　四国阿房《あほう》列車

一

夜十一時に、阿波《あわ》の小松島港を出帆する関西汽船太平丸に乗り込んで、大阪へ帰る事にした。その時間になる迄《まで》、小松島の宿屋で休息したが、ぐったりした気持で、身体《からだ》の置き所がない。晩のお膳《ぜん》に坐《すわ》る元気もない。山系君に因果をふくめて、簡単に鮨《すし》だけで済ませる事にした。しかしその鮨も食べられなかった。吸物を吸ったばかりで止《や》めた。お酒も飲んで見たけれど、勿論《もちろん》味がなく、飲む気がしないから止めた。山系君がさびしそうな手つきで暫《しば》らく続けていたが、その内に彼も止めてしまった。

何もする事がない。いつもの旅先ではする事がないのが楽しかったが、今度は気分が重くて、身体がだるくて、何をどうすると云《い》う気も起こらないから、何もする事がないと云うのが、別に難有《ありがた》くもない。出来ないから、しないだけで、何かしようと思って見ても、する事がないと云うのとは違う。

しかし中中時間が経《た》たない。早くから桟橋へ出掛けて見ても仕様がない。汐風《しおかぜ》が寒いかも知れない。もう寒いと云う時候ではないが、昨夜は鳴門《なると》の宿で三十八度四分の熱が出た。風に当たらぬ方がいいだろう。時間つぶしに山系と将棋をさした。ふだんは時間をつぶすなどと云う事を、考えた事がない。じっとして、ぼんやりしていて、いくらでも時間をたたせる事が出来る。今日はそれが出来ないと云うのは、矢張り加減が悪いからで、これに由《よ》って観《み》るに、なまけるには体力が必要である。止むを得ないから将棋をさした。二番さして二番負けたそうだが、自分にその記憶はない。勝った覚えもないけれど、どっちだったのか丸で解《わか》らない。将棋をさしたと云う記憶があるのが取り柄の様なものである。

二

太平丸の出帆が迫って、物物しい銅鑼《どら》の音が船内に鳴り響いた。その音を聞くと戦争になる前に何度も乗った郵船の新田丸八幡丸《やはたまる》や鎌倉丸の事を思い出す。どれも皆一万七千噸《トン》前後の船であったが、太平丸は千噸に少し足りない。しかし寝室の設備なぞ狭いなりに纏《まと》まっていて不足はない。こう云う時は早く寝るに限る。サロンもある様だが出掛けて一杯試る元気はない。

港外に出て、段段に速くなり、ディーゼルエンジンの響きが規則正しいリズムで身体に伝わって来る。もう寝ようと思って、船窓から夜の海を覗《のぞ》いて見た。間近かの島影は淡路《あわじ》島だろう。由良《ゆら》の沖を通っていると思われる見当である。暗い山の上に薄明かるい空がひろがり、ぼんやりした春月が懸かっている。月がおぼろなのは汐風で船窓の窓硝子《ガラス》が曇っている所為《せい》か、空に夜の霞《かすみ》が流れているのか解らないけれど、今夜は旧暦弥生《やよい》の十四日である。一帯に海の上は明かるいが、明かりの届かない向うの島の陰は暗い。その暗い山の腹の、海に近いと思われる見当に、きらきら光る美しい燈火が、列になってどこ迄も続いている。燈火の列の中にいくつも燈台があるらしく、あっちこっちできらりきらり光る鋭い閃光《せんこう》が、遠い波の上を走っては消える。

舷側《げんそく》の反対の側は見えないけれど、多分そちら側にも紀州の和歌ノ浦や和歌山辺りの燈火が連なっているのだろうと想像して、両岸のあかりの中の波を走って行く夜の船の姿を熱っぽい頭の中に描いた。一昨昨日《さきおととい》の晩、高知へ渡った須磨《すま》丸の時と違って、船は殆《ほと》んど揺れない。寝台に横になって、枕《まくら》に頭をつけて見ると、列車寝台に寝たよりもっと動揺が少い。つぶった瞼《まぶた》の裏に、さっき見た由良の辺りの燈火が、きらきら光っている。

何だか浮かされた様な気持で目がさめた。馬鹿《ばか》にあつっぽい。又熱が出たらしいと思って、起き直って検温して見ると、今夜は三十九度三分ある。あんまり高いのでびっくりした。向う側に寝ている山系君に、「また熱が出た」と云ったら、すぐに起きてくれた。どうも今度の旅行では、ヒマラヤ山にお気の毒な事ばかりだが、止むを得なければお互に止むを得ない。彼は私の手から検温器を取って見た。「九度三分じゃありませんね」と云う。よく見て御覧と云ったが、「先生が見ちがえたのでしょう、八度八分です」と云って検温器を私の手に返した。

船室の電気が薄暗いので、目盛りの五分ずつの仕切りの太い筋を見誤ったかも知れない。それから又電燈の所為ばかりでなく、今度の旅行では出発の翌日から加減がわるく、なんにも欲しくなかったから、なんにも食べていない。咽喉《のど》を通ったのはアイスクリーム位のものである。その結果、目が見えなくなっていると云う事が、地図を見ようとして小さな字が丸で読めないので解った。検温器の目盛りをその為《ため》に見違えたかも知れないが、もう一つには、兎角《とかく》物事を大袈裟《おおげさ》に考える性分なので、熱が出たとなったら、成《な》る可《べ》く高い方が好みに合う。病気のひどい事を念ずると云うのではなく、吉凶ともにその外観は盛大な方がいい。同じく苦しいなら、熱が低くて苦しいよりも、高くて苦しい方がそれに堪《た》える張り合いがある。

しかし三十八度八分でも高熱である。山系君が船室を出て行ってボイをつかまえ、洗面器に大きな氷のかたまりを持って来させた。鳴門で買ったバイエルアスピリンをのんで寝た私の頭を、氷の手拭《てぬぐい》で一生懸命に冷やしてくれた。二晩続けた看護で誠に相済まんが、止むを得ないから止むを得ない。

一睡すると発汗して、寝なおすと又発汗したり、ぐっすり眠るわけには行かなかったが、朝になった。兎に角支度をして下船したけれど、足許《あしもと》のふらつくのは昨日よりもっとひどい。

三

大阪港の天保山《てんぽうざん》桟橋の前に、本船の入港を迎えてタクシイが一ぱい詰め寄せている。一足先に行った山系君が、客引きに来た運転手と契約した様である。二人が並んで歩いて行った。その後からとぼとぼついて行くのが、足が云う事をきかないので、ちっとも果《はか》が行かない。段段に後ろに離れてしまう。すると別の運転手が、幾人も近づいて来て、自分の車に乗せようとする。もう約束が出来ているんだと云う事を、一言《ひとこと》口に出して云うのが億劫《おっくう》で中中云えない。気分が重いだけでなく、口の中がかわき、舌がこわ張って、口を利《き》くと云うのが一仕事である。

又運わるく、契約した自動車は随分離れた遠くの方に停まっている。やっと辿《たど》り著《つ》いたら、へとへとになった。ぐったりして座席に落ちついて見ると、前面の硝子一面にひびが入って、目先がくしゃくしゃする。へんな車に当ったものだと思う。

朝風を切って、まだ余り人通りのない大路を走った。梅田の大阪駅の近くにある鉄道病院へ行こうと思う。山系君に紹介して貰《もら》って、そこで手当てを受けてから、九時発の「つばめ」に乗るつもりである。太平丸は定時より早く、六時に入港したから、今はまだ六時を少し廻ったばかりである。発車迄に時間は十分ある。病院で診察を受けて、その上は医者の云う通りに任せるが、発熱の処置として、多分ペニシリンの注射を受ける様な事になるのではないかと自分で考えた。そうして手当を受けてから「つばめ」に乗れば、東京には主治医が待っている。ただ、今まで話にはよく聞いたけれど、まだ一度もペニシリンの注射を受けた事がない。そうすると最初の第一回はよく利くそうだから、その内いつかは受けなければならない時の為の、取って置きのつもりでいたが、はからずも大阪でその処女注射を受けるめぐり合わせになったのかと、取り越しの感想を催しつつその病院の玄関に車を停めた。

山系君が一人で降りて行ったが、まだ早朝の時間外なので、外から見た様子でも、病院の中はひっそりと静まり返っているらしい。中中出て来ない。じっとしていると、何となく不安な気持がする。大分経ってから、宿直の守衛らしい男と一緒に玄関先に姿を現わした。そこでまだ何だか頻《しき》りに話し合っている。

自動車へ帰って来て云うには、ここは分院であって、宿直の医員も看護婦もいないから、時間外の処置は出来ない。天王寺の本院まで行かなければ駄目だと云うのです。それでは天王寺へ行こうと云う事になって、又フロントグラスのわれた自動車が走り出した。「つばめ」の時間はまだまだ大丈夫である。一体私の様な朝の遅い者に、下りの東京発も上りの大阪発も、朝の九時と云う「つばめ」に間に合う支度をするなぞと云うのは、難中の難事であって、先《ま》ずその見込みはない。初めから諦《あきら》めた方がいいので、だから東京大阪のどっちから乗るにしろ、「つばめ」の御厄介になる事はあるまいと考えていたが、船の入港が早かったので、その「つばめ」に乗るのにまだあっちの病院へ行ったり、こっちの病院へ廻ったりするだけの時間のゆとりがある。綽《しゃく》綽《しゃく》たる余裕とはこう云う気持だと考えた。何となく気分が軽い。自動車は朝露にぬれた御堂筋《みどうすじ》を疾駆している。座席で検温器を出して当てて見た。七度四分に下がっている。氷で冷やした手拭とアスピリンのお蔭《かげ》だろう。

天王寺駅の傍を通って病院に著いた。山系君の紹介で受け附けてくれたから、先ず安心した。時間外の早朝なので、中中手間が掛かる。待合所で休んでいたが、だるくて退儀で、身の置きどころがない。漸《よう》や く診察室へ這入《はい》れと云ってくれた。

医者が来る前に、婦長と思われる看護婦が現われていろんな事を尋ねた。検脈をして、検温器をあてた。どこがお苦しいかと聞くけれど、どこと云って苦しい所はない。ただ、どこもかしこも、どうにもならない気持だと答えた。

別の看護婦が検温器を取って見ている。婦長が私に云った。お熱は六度四分です。何だか恥ずかしくなって、きまりが悪くて、私を取り巻く様に起《た》っている二三人の看護婦達に合わす顔もない。どこと云って苦しくはない六度四分の患者が、早朝の時間外に病院を騒がし、大変らしく医者の手当を受けようとしている。昨夜だか今暁《こんぎょう》だかの高熱が、そんなに下がってまあよかったと思うよりも、この場のてれ臭さの方が先に立ち、何と挨拶《あいさつ》をして逃げ出そうかと云う、そのきっかけを苦慮した。

四

熱は下がったけれど、否《いな》、下がったからなお更、身体がだるい。天王寺の病院から大阪駅に帰って来たが、駅の中のホールを歩く足許がふらつき、一寸《ちょっと》一段高くなった所へ跨《また》ぐのも骨が折れる。構内の喫茶店へ這入ってアイスクリームを食べた。その外の物は欲しくない。

まだ大分時間が余っている。助役室の長椅子《ながいす》に靠《もた》れて発車を待った。

六度四分ではペニシリンは射《さ》さないだろう。あらかじめ、あれこれと考えた事が何の意味もない。要するに大袈裟なのである。しかし熱の動き方にも大袈裟な所がある。昔、陸軍砲工学校の教授をしていた時、講堂でタヒカルジイの発作を起こした。脈搏《みやくはく》が一分間に百八十から二百位になる。医務室に寝て軍医の来るのを待った。軍医はもう帰宅していたのを、日直の下士官が私の容態に驚いて呼び戻してくれたのである。苦しくて堪《たま》らなかったが、間もなく急ぎ足に板張りの廊下を蹈《ふ》み鳴らす軍医の靴音が近づいて来て、ドアの前で止まったと思った途端に、胸の中の発作が止んだ。発作が止めば普通の通りである。折角馳《か》けつけてくれた軍医から、手当てを受ける前に病気がなおって、誠に申し訳ない事をしたと思った。しかし脈にはそうした事もある。熱はそんなわけに行くものではないと思っていたが、矢っ張り同じ目に会った。

「つばめ」の発車の時間になって、ホームへ出た。二三の人に挨拶したけれど、幕を隔てた様な気持で、何だか取りとめがない。そうして発車した。

展望車の椅子に身体を沈めて、後へ後へと遠ざかって行く線路や沿線の景色を眺める。大阪駅を出てから間もなく、九時六分に大阪駅へ這入る京都発の山陽線特別急行「かもめ」と擦れ違った。去年の三月十五日、その処女運転に乗ったが、あれからもう一年過ぎた。一年たってもまだ二三等編成の儘《まま》で、一等車はついていない様である。

特別急行を呼号する癖に見っともないと思うけれど、どう云う都合なのか、まだ新造の展望車が出来上がらないのか、私には解らない。

特別急行本来の速さになって、途中の駅を飛ばして走る。ホームの屋根の影が射したと思うと、もう遥《はる》か後ろに残っている。その遠ざかって行くホームの端に、駅長や助役の服装をした人の姿が、こっちを向いて起立し、足を揃《そろ》えて通過した列車を見送っている。それはどこの線でも見受ける事で珍らしくはないが、不思議な事にその直立した人影が、さっと右手を挙げて、列車の最後部を指さす様な仕種《しぐさ》をする。非常な勢いで遠ざかって行く列車を目がけて、何かお呪禁《まじない》をしている様に見える。一ぺんだけでなく、その同じ動作を二度も三度も繰り返し、ホームに起つ人影が一人でなければ二人でも三人でも、銘銘別別に、しかし殆んど同時に、同じお呪禁を繰り返す。

後で教わった事だが、これは年来大阪の管理局管内で励行している「運転取扱確認要項」に定められた「列車監視」の項に依るのだそうで、車内の我我の耳には聞こえないけれど、右の動作と同時に、声に出して自問自答するのだと云う。通過した列車の後ろ姿を見送り、自問「後部標識」自答「よし」と唱える。その時挙げた手は列車の後部をきっと指ざし、一たん下ろしてもう一ぺん指ざし、更に又もう一ぺん同じ事を繰り返す。神経衰弱の癇《かん》が高《こう》じると、日常の身辺の何でもない事が、しっ放しでは気が済まなくなる。一たん封筒に入れた手紙の中身を、又取り出してもう一度入れなおさなければ気が済まない。人から来た手紙の中身を引き出した後、封筒の中をぷっと吹いて覗いて、何も残っていない事を確めなければ気が済まない。つまり神経衰弱の確認要項である。私なぞ若い時からのそう云う癖が今でも残っている。人が見たら可笑《おか》しいだろうと思うけれど、癇性なのだから仕方がないと諦めている。丸で魔が差した様な大阪管内の駅長さんや助役さんの仕種は、だから私の琴線に触れる。おかしいなぞとは思わない。但《ただ》しそう云って私が同感しても、彼等のする事が神経衰弱の癇の所為《せい》だと云うのではない。大阪管内で自慢する運転無事故成績は、この励行に負うものだと云われている。

京都に停まったが、一分停車で発車した。逢坂山《おうさかやま》の隧道を出れば、すぐに大津駅を通過する。大津には山系君の友人で、又私の阿房列車の一番初めの「特別阿房列車」以来知り合った甘木君が、最近駅長になって赴任している。通過列車をホームで見送るから、展望車のデッキに出ていてくれと云う聯絡《れんらく》があったので、山系君と二人、まだ隧道を出切らない内からデッキに起っていた。非常な勢いで大津駅のホームすれすれに走り抜けた。助役らしい人が一人、列車を見送って例の確認の手を挙げ、こちらを指さした。次の瞬間に、ホームの縁に縦列に起った三人の人影が、まぼろしが飛んだ様に後ろへ遠ざかった。三人の前後が助役で、真中が新駅長だったらしい。顔はよく見えなかったが、古代埃及《エジプト》の重ね絵の様に、三人揃って手を挙げ、揃ってこちらを指さし、私共の通過を、そうではない、私共の乗った列車の通過を確認した。

五

列車の最後部に乗っているので、トンネルに這入ると、中が曲がっていない限り、入り口の穴がいつ迄《まで》も見える。穴の外の光線がこちら迄は射さないけれど、暗闇《くらやみ》の中にきらきら光る線路を伝って、いつ迄も追っ掛けて来る。展望車の室内の一番後ろの隅に据えた花瓶に、花が生けてある。開き切った大きな白百合《しらゆり》が一輪、少し前に頸《くび》を伸ばして、ゆらゆら揺れているのが、暗闇の向うに遠ざかって行く穴の外の明かりの面に乗り出し、遠い光線を背景にして、急に光り始めた。見つめていると、花の輪郭が段段大きくなる様な気がし出した時、トンネルを出た。もう一度見なおして見たが何の事もない。トンネルの中で白い花の夢を見たのか、それとも又少し熱が出て来たのか、何しろ余りいい気持ではない。

東海道を走り抜けて、もう沼津が近い。「はと」は沼津に停まらないけれど、「つばめ」は停まる。今までに二三度、上りの「きりしま」に乗っていて、沼津で後から来る「つばめ」を待ち合わし、来たと思うと先に行ってしまうのを見送った。今日はその逆である。構内へ這入ってから見たら、聯結の長い「きりしま」が、端の方に草の生えたホームの向うに停まっていた。

沼津に蝙蝠傘《こうもりがさ》君が来ていた。彼は静岡にいるのだが「つばめ」は静岡に停まらないので、ここ迄出て来てくれたのである。

しかし今朝の空騒ぎから、一日じゅう座席に揺られてもうくたくたになっていて、従って精神も朦朧《もうろう》としているから、大阪の駅頭の幕よりはもっと幕が厚かった様な気持で、彼が何を云《い》ったか、なぜわざわざ沼津まで出て来たか、後から考えてもよく解《わか》らない。

私は汽車に乗っていて、車窓から眺める外の空をいつも気にする。心配するのではなく、お天気に興味がある。ところが今度は、大阪を出て以来、どんな天気であったのか、どこで曇ったか雨に会ったか、或《あるい》はずっと日なたばかり走ったか、それを思い返して見ても丸でわからない。身体《からだ》の調子がよくなければ、お天気までうわの空になる。

沼津を出てから二時間で東京に帰り著いた。見送亭《けんそうてい》氏が出迎亭を兼務して迎えてくれた。ホームから改札へ出る迄の人ごみの中で、彼は私の腕を取って歩いた。そんな事をしなくてもいいと、ふだんならことわる所だが、寧《むし》ろそちらに靠《もた》れ掛かりたい位であった。いつぞや彼と山系と私と三人で、この同じ改札口の所まで来た時、私がひどく酔っ払っていたので、足もとの石段で躓《つまず》いて倒れ、手の指をついていつ迄も難渋した。腕をかかえてくれた味は、酔っ払いと病人と、どう違うか今度尋ねて見てもいいが、病気が恢復《かいふく》してからそんな事を考えるのは怪《け》しからんかも知れない。

それで先ず先ず家へ帰った。すぐに主治医の診察と手当てを受けた。風がこじれて疲労と縺《もつ》れ合い、そうなっている上になお無理が加わったから旅先で困った事になった。帰って来た時は七度四分あって、後に八度四分に昇った。寝てからはもっと高くなった様であるが、もう面倒だから見なかった。

その後、熱はまだ二三日続き、熱が取れてからも全身の倦怠感《けんたいかん》の為《ため》に起きられなかった。結局帰って来てから九日間寝て、十日目に床上げをした。目がもとの通りに見え出すには、一ヶ月近く掛かった。

六

さて阿房《あほう》列車が風を引いて熱を出して、そんな事があるのも止《や》むを得ないとは思うけれど、先ず話を初めに戻し、気を換えて出直さなければいけない。

この前の「房総鼻眼鏡」の旅行から帰った後、次は四国へ渡ろうと思った。四国には讃岐《さぬき》の高松、伊予《いよ》の松山、土佐の高知、阿波《あわ》の徳島があり、その他にも廻りたい所がある。その旅程を立てるに就いて山系君と相談して見たが、ぐるりと一廻りするには、私の行き方ではどうしても十一二日掛かる。少し長過ぎる。東北に出掛けた時は矢張りその位掛かったけれど、長過ぎると疲れる。自分でそう考える丈で、だれも待っているわけではないから、無理をするのはよして、四国を半分だけ廻って来る事に思い直した。

半分即《すなわ》ち四国の二国だけ廻るとして、高松へ渡るには岡山を通る。岡山は私の生れ故郷だからうるさい。又高松には一度行った事がある。子供の時の事で、父に連れられて金毘羅《こんぴら》様へ行ったのだが、夜汽車に乗ったら辮髪《べんぱつ》の清国人《しんこく》が寝そべっていたのを覚えているから、或は日清戦争の一寸前だったかも知れない。もう少し後だった様な気もするが、よくわからない。日清戦争の前だったら、私の四つか五つの時で、旅行するには小さ過ぎる様だが、何しろ高松は曾遊《そうゆう》の地である。だから高松は今度の旅程から省略する。高松へ行かないとすれば、道順だから松山も省略する。それで高知と徳島へ行く事にした。

立つ前になって、山系君が彼の友人や同僚からいろんな事を聞いて来る。徳島よりは鳴門《なると》の方がいい。或は鳴門海峡を渡って淡路《あわじ》島の福良《ふくら》へ行け。いや、洲本《すもと》がいい。私も山系も知らない所ばかりだから、こっちにいて判断する事は出来ない。その辺りへ行って見てからきめよう。

先《ま》ず高知へ渡る事にする。大阪港から船に乗り、室戸《むろと》岬を廻って高知へ上陸する。高知に一晩か二晩泊まった上で、土讃線《どさんせん》に乗り、阿波池田で徳島本線に乗り換えて徳島へ行くと云う所まで予定を立てた。そこから先は向うへ行ってからの事、しかし船に乗る前に大阪でゆっくりしよう。ゆっくりして何をするかと云うに、私は動物園へ行って見ようと云う下心がある。東京の動物園には、戦争になる何年か前に行ったが、まだ空襲にそなえて猛獣を殺すと云う様な事もなく、後から後からいくらでも生まれたライオンの子が、みんな大きくなって別別の広い檻《おり》の中に寝そべり、黄いろい色の日なたで退屈そうな欠伸《あくび》をしていたのを見て帰った以来一度も足が向かない。なぜ今度大阪で動物園へ行こうと思いついたのか、そのわけは自分でまだ解らないが、ゆっくりすると云うのが先で、ゆっくりしていれば暇がある。自分で造った暇を持てあます気持で、まだゆっくりしない前からあらかじめそんな事を考えたかも知れない。

七

　四月忘日、十二時半発の第三列車、特別急行「はと」で立った。「房総鼻眼鏡」の時は大体三等旅行であったが、今度は一等である。乗る前から、東京駅を出て新橋を通過する迄、展望車のデッキにいて見ようと思っていたから、発車間際《まぎわ》に椅子《いす》から起《た》ち上がって外へ出た。山系君の外に、同車した大阪管理局の垂逸《すいいつ》さんも一緒に出て来て起っている。何か面白い事があるのかと思ったかも知れない。実は何の意味もないので、ただそう思っただけである。恒例に依《よ》り見送りに来てくれた見送亭夢袋《むたい》氏が、遠ざかって行く私達に向かって手を振っている。暫《しば》らくの間線路が真直《まっすぐ》いので、それがいつ迄も見えるから、こっちからも振り返す。段段にホームの人影が霞《かす》んで来ても、まだ振っている手だけは見える。私は白い手套《てぶくろ》をはめているから、向うからはなおよく見えたろう。垂逸さんが、これはどうも、展望車の見送りはいつ迄も埒《らち》があきませんねと云った。

　行きがけはまだへこたれてはいないから、車内の立ち居も身軽で、あっちを見たり、こっちを眺めたりしながら、特別急行特有の震動を味わった。今日は朝早く雨が降ったけれどじきに止んで、後は快晴になった。汽車の走って行く向うの空も晴れ渡っている。丹那《たんな》を越し、沼津を通過して由比《ゆい》の海岸に出た。いつも見馴《みな》れた黒い岩が波をかぶっている。今日は海が格別に綺麗《きれい》で、沖の方まですがすがしい色を湛《たた》えている。

静岡に停まって浜松を通過し、豊橋に一分停車して名古屋に著《つ》いた。名古屋の著《ちゃく》は五時半である。いいお天気だったが、午後遅くなるにつれて、又汽車が西へ走るに従って、次第に雲が多くなった。名古屋駅の建物は、低く垂れた夕立雲に包まれていた。米原《まいばら》でとっぷり暮れた。京都を出て大阪に近づくに従い、沿線の燈火を分けて驀進《ばくしん》する様な気がした。余り疲れてもいないし、私の一番好きな「はと」に揺られて、申し分のない半日であったが、ただ車室内の前の席に、三人連れの南京《ナンキン》さんがいて、その中の一人が馬鹿《ばか》に大きな顔をしている。人の顔が大きくても構わない様なものだが、所在なく向き合っているので、そうは行かない。私が中途から気がついたのか、それとも向うが疲れて来て発作を起こし始めたのかわからないが、その大きな顔に頻《しき》りに顔面痙攣《けいれん》が走り、段段ひどくなって瞬時も休まない。しかし御本人は平気らしく、顔をしかめしかめお隣りと何かわからない言葉で話し続ける。見ているこっちは堪らないので、目をそらそうとしても、それが出来ない。次第に乗り移って自分の顔が引っ釣る様な気がし出した。強く目をつぶって瞼《まぶた》を押し合わせたり、脣《くちびる》をへの字に曲げて結んで見たりしなければ、気が済まなくなった。

八

大阪著は宵の八時半だから都合はいい。垂逸《すいいつ》さんによばれて大阪の御馳走《ごちそう》を食べた。しかし後から考えてみると、余り食べられなかった様である。すでに少しおかしかったのかも知れない。御馳走は食べられなくても、お酒の味にまだ狂いはなかった。遅くなってホテルに帰って来て、もう燈を消しているスタンドで又麦酒《ビール》を飲み、私の部屋まで送って来てくれたが、それで私は失礼したけれど、帰って行く垂逸さんと秘書君を山系が送って出た廊下で、三人の内だれが騒いだのか知らないが、深夜のホテルで大きな声をしたから寝ていた紅毛人が腹を立て、ドアを開けて出て来て怒ったそうである。それはしかし、こちらがいけませんね。部屋へ戻った山系君からその話を聞いたら、何となく顔面痙攣の南京さんの顔を思い出した。

翌《あ》くる日は朝目がさめてから又寝なおして、お午《ひる》まえに起きた。起きた時は何とも思わなかったが、午後になって風気味だと云う事を自覚した。風だとすれば東京から持って来たのだろう。そう云う気持の時に、わざわざ外へ出ると云うのは常識でない。動物園の事を考えていなかったわけではないが、先《ま》ず見合わせる事にした。明日もまだ夕方まではこのホテルにいるつもりだから、気分がよかったら明日でもいい。

なんにもしないで、じっとしていて晩になった。大阪にいる親類の親子をよんである。約束の時間にフロントホールへ降りて待ち合わし、食堂の晩餐《ばんさん》を食べた。お酒もおいしかったが、別室のグリルでは山系君が五人のお客の主人になってよろしくやっている筈《はず》で、後から私がその座に加わるのを諸君は待っているだろう。丸っきり酒の飲めない親類の若い者と、そのおふくろを相手に、自分だけ杯を重ねて見たところで面白くはないから、その方はいい加減にして、デザアトが済んだらもういいだろうから帰れと云って帰してしまった。

さてこれから本式に試るつもりでグリルへ這入《はい》った。グリルと云うものは大概どこでも臭い。むんむんする。どうかすると煙が棚引いていたり、余りいい気持でない。矢張りその通りで、這入った途端にもう沢山と云う気がした。但し、今正餐のコースを済ましたばかりでこっちへ廻ったのだから、そう云う気持がするのはグリルの雰囲気の所為《せい》だとばかり云われない。しかしお酒は別である。同じホテルの中で梯子《はしご》をする様なものである。更《あらた》めて出直してさらに一盞《いっさん》と思ったが、ちっとも欲しくない。酒のにおいが鼻について飲めない。麦酒も飲みたくない。山系を含めた六人の諸君に甚だ相済まぬ仕儀であるが、どうやら風が悪化するらしい。第一みんなの相手になっていつ迄もそうしているのが堪えられなくなった。

九

その翌くる日は即ち今度の旅行の三日目である。未明に喘息《ぜんそく》が起こりかけた。夏型の喘息は私の持病の一つである。ひどい呼吸困難で、どうなる事かと思ったが、大した事にはならなかった。しかし風邪の方は悪化したらしい。何も食べたくない。ぐったりした気持で、一日じゅう部屋の中でしけていた。もう動物園どころではない。そんな所へ行かなくてもいい。ライオンも猿も私を待ってはいない。

夕方大阪港天保山桟橋から関西汽船須磨《すま》丸に乗り、五時に出港した。千噸《トン》より少し大きい船で、船室の廊下の突き当りにサロンもある。元気を出して一盞を試みなければいけない。いつも軽い風はお酒でなおってしまう。こう云う時はお酒をうまく飲むのが第一である。そう思ったけれど、いつもの様には進まなかった。食べる方は依然何も咽喉《のど》を通らない。

神戸港に寄航する。停まっていてサロンの斜右《ななめみぎ》に見える窓の向うに、岸壁がある。その岸壁の暗い線が、窓をすれすれに上がったり下がったりする。大分波が高いらしい。船室に帰って寝てから、紀淡海峡と思われる辺りと、明け方近くの室戸岬では、大変なピッチングとローリングで、寝ていて何かにつかまらなければならない位だった。室戸岬の時は、あんまりひどいので、揺られながら可笑《おか》しくなった。

船内で夜が明けて四日目になった。九時入港の筈なのが、定時より一時間も早く著いたから、出迎えてくれる筈の諸君とは行き違いになった。タクシイを傭《やと》って宿屋へ行った。高知の入江の縁《ふち》を一廻りする様な道順で、その前まで行って見ると、宿は坂の上にある。自動車は登らない。身体《からだ》の加減の悪い時なので、上まで辿《たど》りついたらへとへとになり、すぐには靴を脱ぐ事も出来なかった。

見晴らしのいい申し分のない宿だが、気分が重い。港へ出迎えてくれて間に合わなかった諸君が後から来たけれど、失礼ながら口を利《き》くのが億劫《おっくう》だから、山系君にまかして、別室で会って貰《もら》った。

午後は大いに元気を出して、何樫《なにがし》君の案内で桂浜《かつらはま》へ出かけた。帰りに、土佐の高知の播磨屋橋《はりまやばし》で坊さん簪《かんざし》買うを見たと云う唄《うた》の播磨屋橋の近くの床屋に車を停めて、顔を剃《そ》って貰った。さっぱりして気分を更めたいと思ったが、頤《あご》がつるつるしただけで、利き目はなかった。

晩は三人のお客で、大変な御馳走で、高知の「さわち」で有名な鯛《たい》の生けづくりも出たが、私は何も欲しくなかった。昨夜の船のサロンではまだ飲めたけれど、今日はお酒も飲みたくない。山系君にまかして先へ寝てしまった。今度の旅行では山系は私の代理の様な事になってしまった。

寝てから、持って来た検温器を当てて見たが熱はない。山系君に云って曰《いわ》く、僕は大袈裟《おおげさ》だから、こう云う気分だったら、よっぽど熱があるだろうと思う。検温器を持って来てよかった。計って見て、無ければ自分の気持を制する事が出来る。検温器と云う物は、熱がない事を証明する役にも立つ。

翌日は五日目である。朝何樫君の迎えの自動車で高知駅に出て、十時発の一〇六列車二三等準急行南風号で高松へ向かった。初めのつもりでは徳島へ行く筈であったが、高松の管理局のすすめに従い、高松から自動車で鳴門へ行く事に変更したのである。午後二時高松著《ちゃく》、一休みして管理局の二君の案内の自動車で鳴門へ向かった。行程二十里と云う。途中に大坂越の峠がある。三時間以上車中に揺られて鳴門の旅宿に著いた時は、口も利けなかった。腰が掛けられるなら汽車の三等の方が自動車よりらくである。耳の近くで鳴る警笛の音だけでも神経が疲れる。その晩到頭熱が出た。八度四分。山系君が頭を冷やしてくれた。

五日目の翌朝、いくらか気分が軽い。元気を出して、昨日の二君の案内で鳴門の渦潮を見に行った。二君は同じ宿へ泊まったのである。宿のモーターボートは屋形になっていて、硝子《ガラス》窓が嵌《は》まっているから風に当たる心配はない。旧暦三月十四日なので潮が高く大きな渦が巻いて、その傍を私共の船が通るのがこわかった。

夕方近く宿を立ち、又自動車で小松島港へ向かった。途中四国三郎の吉野川を渡り、徳島市を通り抜けた。徳島の町を出て、暫らく行った時、右手に見える山に山火事があった。頂きに近い辺りから大きな煙のかたまりが立ち昇って、暮れ掛かった空に流れ、明滅する赤い焔《ほのお》が煙の色を染めてちらちらした。

菅田庵《かんでんあん》の狐《きつね》　松江阿房《あほう》列車

一

「おい山系君、山系君」
「はあ」
「有楽町だろう」
「そうです」
「なぜあんなに人がいるのだ」
「いつもです」
「随分いるじゃないか」
「ここのホームは、いつだってそうです」
「ホームで何をしているのだ」
「電車を待っているのでしょう」

「電車を待ってどうする」

「電車が来たら乗って行くのです」

「どこへ」

「どこかへ行くのです」

「そうかね」

高架線の上でゆるくカアヴして、忽《たちま》ち次のホームの屋根すれすれに走り抜けた。

「おい山系君、おいおい新橋だろう」

「有楽町の次は新橋です」

「そうかね」

ヒマラヤ山系君は出掛ける前から腹の工合が悪くて、胃の辺りが痛んで、同室の同僚はてっきり胃潰瘍《いかいよう》だろうと云《い》ったと云う。その同僚は胃潰瘍の診断を受けている。しかし何となく痛んだり張ったりする様な気のする箇所が、盲腸の位置より離れているからと云って、盲腸炎の先駆症状でないと云う事は云われない。だから盲腸かも知れない。何しろ一週間にわたる旅行の門出だから大事を踏む必要がある。彼は今朝、出掛ける前に主治医の診察を乞《こ》い注意を受けて来た。

その事が彼の頭に引っ掛かり、又現実に腹の工合が変なのかも知れない。それはこちらに解《わか》らないが、何を云っても面倒臭そうな受け答えしかしない。

山系の退儀そうな腫《は》れぼったい瞼《まぶた》を乗せて汽車は新橋から高架線を降り、品川に向かって驀進《ばくしん》する。東京を出てからこの辺りまでは、特別急行のマンネリズムで、走っても走らなくても同じ様な所を走っているに過ぎない。忽ち品川の長いホームを走り抜けた。薄ぎたない、暗い駅であったが、最近の改築で見違える程きれいになった。全体がどこもかも白い感じで、大きな白い塊りが後ろへ飛んだと思ったらもう八ツ山の下を通り抜けた。

これから速くなり、特別急行が新鮮になる。じきに大森を通過し、レールの継ぎ目を刻む音のテムポを段段に速くして六郷川の鉄橋に近づいた。

今日はお天気がいい。拭《ぬぐ》った様な秋晴れである。お午《ひる》過ぎの十二時三十分に東京駅を発車した。第三列車特別急行「はと」の十一号車に乗った。十一号車は最後部で一等車である。しかし本当は十一輛《りょう》の編成ではなく、十二輛であって聯結《れんけつ》の中頃に数字の番号でない「増号車」と云うへんな札の懸かった車輛が挟まっている。必要があって、そう云うのを増結しても、本来の何号車と云う呼び方は変えないと云うのは、物事を簡単に処理する上によろしい。しかし国鉄のする事なす事が気に入らない側からは、そう云う心根が、即《すなわ》ち一事が萬事であって、すでに怪《け》しからんと云う事になりそうである。現実に十二番目にあるものを、十一号車と呼んで、或《あるい》は呼ばして、恬《てん》として恥ずるところがない、などと。

恒例に依《よ》り見送亭夢袋《けんそうていむたい》氏が見送ってくれた。雨の日、風の日、昼でも夜でも、今日は真っ昼間でお天気がいいが、いつだって阿房列車の出立に立ち合い、見送らなければ気が済まぬ事になっている様で、恐縮だが、辞退しても聞かない。彼の口癖に倣《なら》い「どうも、どうも」と云う外はない。

二

発車の時刻になったので、それ迄《まで》車外に出てホームに起《た》っていたが、夢袋氏に挨拶《あいさつ》して中へ這入《はい》った。老ボイが会釈《えしやく》した顔を見ると、顔馴染《なじ》みである。大体一等車には年配のボイが多く、若いのはいない。大概四十を過ぎたおじさんであるが、この老ボイは五十を大分越していると思われる。制帽の下からのぞいた生え際《ぎわ》は白髪である。或は国鉄ボイの大御所かも知れない。一二年前九州の八代《やつしろ》からの帰りに、博多《はかた》で増結する寝台車に乗り込んだら、御新婚後間のない順ノ宮《よりみや》様が、夫君の池田さんと御同伴で大勢の御供《おとも》をつれて、或は御供につきまとわれてかそれは知らないけれど、貧乏人の引越し程の荷物を持って、私共と同じ車に乗られた。

ホームには駅長その他の鉄道職員の外、巡査や公安官が列《なら》び、私服もいた様で、お見送りは多いし、一通りの騒ぎであった。列車は上リ急行「きりしま」で、停車時間は十三四分もあって、長い。しかしそれは鹿児島から二三等編成で来た列車に、新たに一等寝台車、二等寝台車、特別二等車の三輛を聯結する為《ため》に手間取るのであって、先《ま》ず停車している「きりしま」のお尻《しり》の方へ別の機関車が来て、今までの編成の最後部にあった荷物車一輛を切り離して持って行く。その荷物車を食っつけた儘《まま》、向うの待避線に支度して待っている一等寝台車外《ほか》二輛の所へ行って荷物車をその三輛に食っつけ、機関車は今度はその四輛を引っ張って待避線から「きりしま」の停車している線路に這入り、四輛を後ろから押して「きりしま」に食っつける。その出し入れで時間が掛かる。しかし「きりしま」の後ろからそろそろと押して来て、そっと食っつけて、自動聯結器がかちりと嵌《は》まったらそれで済んだので、そうなるとすぐに発車する。発車する迄に一分あるかないかで、だから停車時間は長くても、その瀬戸際は大変せわしない。

池田若殿様の御夫婦は早くから来過ぎてホームの人ごみでさらし物にならぬ様、丁度いい頃合いに駅長の御案内で出て来られた。その目の前へ後ろから押して来た一等寝台車が停まった。もうつながったのだから、すぐ発車する。急いでお乗りにならなければならない。

私は山系君と一緒にホームに出ていたが私共ももう乗らなければいけない。しかし一等車の昇降口のデッキは大変な混雑である。到底近づけそうもないから、隣りの箱の二等車へ乗り込んだ。しかし山系君は私共の寝室に用事があったので、そっちへ通ろうとしたら、だれかに小突かれて、どこへ行くと咎《とが》められたそうである。山系は歳《とし》も若いし、風体がよくない。そういう方《かた》が乗られる車室にまぎれ込み、胡散《うさん》臭い奴《やつ》と思われたのだろう。

その内にお見送りの人人がうろうろしている中を発車した。動き出したのだから、もういいだろうと思って二等車の方からデッキを渡り、自分の場所へ行こうとしたが、入口はドアも閉まらない位の風呂敷《ふろしき》包みの山で、多分お土産だろうと思うけれど、こんなに持って帰ってどうなさるのだろうと不思議な気がした。丸い包みもあるが大体は白いきれの四角い荷物ばかりで、通れないから立ち竦《すく》んでいるこちらの股《もも》やふくらはぎを、その角が頻《しき》りにつっ突く。勿論《もちろん》四角い包みが動き出したわけではなく、入口に仁王立ちになった男が、目の色を変えてそれ等の荷物をどうかしようとしているのが、ちっとも埒《らち》が明かない為に、上《の》ぼせて無暗《むやみ》に包みを動かしてばかりいるから、その角が人をつっ突く。

その時、混乱の荷物を瞬《またた》く間に処理して通路をあけ、どこかへ持って行ってしまった老ボイがいて、矢張りえらいものだなと思ったが、その老ボイが即ち今日の我我のボイである。向うでも顔を覚えていたと見える。その様な会釈をするから、やあ暫《しば》らくと云う様な気持になった。しかしなぜこちらの顔を覚えていたかと云うわけを穿鑿《せんさく》するのは好もしくない。いつ迄もお酒を飲んでいて夜遅くなり、寝る迄ボイに面倒を掛けるから、向うでもつい顔を覚えて忘れないだろう。

その晩そうして遅くなってから寝たら、夜明近くに、山陽道の早春の闇《やみ》を驀進する汽車の轟音《ごうおん》の中から、ちりちりと云う目覚し時計の鈴の音が聞こえて来た。池田さん御夫婦は未明の暗い内に岡山駅で降りられると云う事であったから、おつきのだれかが寝忘れない為に、目覚し時計のねじを巻いておいたのであろう。列車中に目覚し時計を持ち込むと云うのも風雅である。おつきのなせる業だろうと思うけれど、或は順ノ宮様の新妻としての心遣いだったかも知れないし、そうであったのか、どうかこちらには解らないが、深夜の列車寝台の鈴音を思い出すと、何となく可愛《かわい》らしい様な気がする。

三

それは去年の三月の話である。汽車が走りながら後戻りをしてはいけない。もうとっくに六郷川を越して、横浜が近い。

私は朝が遅いので、お午の十二時半の発車に間に合う支度をするのは大変である。勿論御飯なぞ食べてはいない。そんな暇はないし、又食べなくてもいいが、しかしこの儘で晩まで澄ましているわけには行かない。同行の胃腸病患者山系君に聞いて見ると、食べると云う。大丈夫かと念を押したが、もう何ともありませんと云う。食べたくなったから、そう云うのではないかと問い返したが、だって何ともないのですから、何でもありませんと云った。

御老体のボイを煩《わずら》わして相済まんが、サンドウィッチを取って来てくれと頼んだ。食堂車へは行きたくない。なぜと云うに食堂車にはお酒がある。お酒があれば飲みたい。しかし私は昼酒は飲まない。飲まない様にしているのであって、それはお行儀であり又晩のお酒の味をそこねない為の自制である。その自制をからかう様に隣りの席でよその人がうまそうにお酒を飲み出しても、差し止めるわけには行かない。指をくわえてと云うのも大袈裟《おおげさ》だが、およそそんな気持を味わいに食堂車まで出掛けるには及ばない。こちらで、この席でぼそぼそと済ませるに限る。患者山系にだって食堂車のテーブルは目の毒である。

老ボイが引き返して来て、もうじき横浜だから、横浜を出てからお持ちするが、それでいいかと尋ねた。こちらは勿論それで結構だが、横浜に著くとお客が乗り込んで来るのだろう。お客は荷物を持っているかも知れない。博多の池田さん程の事はなくても、だれでも何かしら持っていると云うのは、おかしな習慣である。

横浜を出て、大船を過ぎて、藤沢辻堂《つじどう》の辺りから線路が真直《まっす》ぐになる。特別急行が特別急行らしく走り出す。線路の継ぎ目で刻む音を計算すると時速九十粁《キロ》に近い。その時分にサンドウィッチを食べ終った。

おなかは出来たし、何も用事はないし、しかし居眠りをするのは惜しい。窓の外の刻刻に変って行く景色から目を離すわけには行かない。御殿場線が幹線でなくなって以来すっかりさびれた国府津《こうづ》駅を走り抜け、轟音を立てて酒匂川《さかわがわ》の鉄橋を渡り、熱海《あたみ》に一寸《ちょつと》停車してから丹那隧道《たんなずいどう》を通り抜けた。「はと」は沼津には停まらない。鈴川を通過した頃から、新雪をいただいた富士山がはっきり見える。富士山の山頂の上の空まで晴れ渡っている。いつまで経《た》っても、どこまで行っても、白犬ほどの雲もない。日なたばかりの東海道を走り続けて、午後五時三十分著《ちゃく》の名古屋駅構内へ這入る前に日没になった。

いくらお天気がよくても、晩になれば暗くなる。名古屋に這入る前、進行の右側は空も地面もすでに夜になって遠い星が瞬き、人の家の燈火がちらちらしたが、進行の左側は向うの低い山の端《は》に残照が懸かり、まぶしいばかりの明かりの手前に、辺り一帯の工場の煙が帯になって横に流れている。暗い方へ向かって走って行く汽車につれて、段段暗くはならずに、却《かえ》って山の上が明かるくなる様であった。線路に近いこちらから、その山裾《やますそ》に向かって真直ぐに流れる幅の狭い小川だか掘割りだかの水が、巨大な金の伸べ棒の様にきらきらっと光ったと思ったが、瞬間に汽車が通り過ぎて、その豪奢《ごうしゃ》な色ばかりが目に残った。

四

一等車に乗って、えらそうな顔をしているけれど、私は丁度今頃著《き》る間服《あいふく》の外套《がいとう》がない。昭和十四年の秋、だから今から十五六年前に二十五円で買ったつるしの外套があるにはあるが、死んだ猫の皮の様で、昼間は到底著られない。況《いわ》んや一等の展望車の紳士達の前に著て出られるしろ物ではない。そんな物を身に著《つ》けるよりは、寒くなぞないと云う顔をしている方が威厳をそこねないだろう。だからステッキ一本、山系君と共用の鞄《かばん》一つだけで、ふらりと出掛けて来たが、発車前ホームに起っていた時は、いくらか寒かった。しかしその場合は著て来た外套を車内で脱いでから外へ出たとも見える。初めから著ていなかったか、著ていたのを脱いだか、そんな区別がわかる筈《はず》はない。

車内は煖房《だんぼう》になっているから、勿論寒くない。外套なぞ著ている人はいない。上ぼせ性らしい紳士は上衣《うわぎ》を脱いでいた。そうして走り続けて、暮れたばかりの名古屋に著いた。名古屋で今までの電気機関車を切り離して蒸気機関車につけ代える。それに手間が掛かるので五分間停車する。特別急行の停車時間としては長い。五分間あるからホームへ出て見た。寒くないばかりでなく、今まで煖房の中にいたので、頬を渡る夕風が気持がいい位である。最前部で機関車のつけ代えをしているらしい。そばへ行って見たいけれど、そこまで行くのは遠くて大変である。一車の長さが二十米《メートル》で、増号車を入れて十二輛編成だから、機関車までの片道二百四十米、うろうろしている内に発車しては困る。発車しそうになったら、その手近かの何輛目にでも乗ればいいが、矢っ張り車内の通路を歩いて帰らなければならない。車内を歩くのはホームを伝うより歩きにくい。

だから、傍までゆくのをあきらめて、ホームの遠くから、遠くて薄暗い最前部をすかして眺めた。大きな蒸気機関車がお尻の方から這入って来たらしい。多分C59だろうと思う。短かい煙突から、白い煙を吐いているのが見える。電気機関車は何の風情《ふぜい》もないが、蒸気機関車には表情がある。汽笛の響きも、電気機関車は巨人が按摩《あんま》笛を吹いている様な音をさせるが、蒸気機関車は聯想の豊かな諧音《かいおん》を吹き鳴らす。もう機関車がつながったらしい。つながれば直ぐ出る。だから急いで車内へ戻った。

汽笛一声名古屋を立って、宵闇の濃尾平野を西へ西へと驀進《ばくしん》した。今は旧暦十月の神無月《かんなづき》である。まだ細い上弦の月が、線路がカアヴする度に車窓の右に見えたり左に見えたりする。汽車は段段暗い中へ走り込んで行くが、車内は明かるい。明かるい座席でみんな向うを向いている。この列車に何百人乗っているか知らないけれど、みんなが向うの方へ行こうとする意志は同一である。その統一された意志を形に表わし、実体を備えて走って行くのが機関車である。どう云《い》うつもりで走っているだろうと疑う余地はない。轟轟と大変な音がする。木曾《きそ》川《がわ》の鉄橋を渡っているのだろう。

岐阜《ぎふ》にも大垣にも停まらずに走り続け、暗い関ヶ原を越えて米原《まいばら》に著き、三分停車で又走り出して、湖畔の夕月に薄い煙を吹き掛けながら京都へ近づいた。

外が暗い所為《せい》か、段段速くなって来る様な気がする。あんまり速く走って、留めどがつかないのではないかと思われる。草津、石山の駅の燈が火の箭《や》の様に飛んだ。私共は大津で降りるのだが、大津には停まらない。大津駅の長いホームにかすかな砂《すな》埃《ぼこり》を捲《ま》き起して走り抜けた。すぐに逢坂山《おうさかやま》の隧道に這入り、一旦《いったん》出て東山の隧道に這入り、今度出たら鴨川《かもがわ》の水波が岸の明かりできらきら光った。そうして京都駅の構内に這入った。

山系君は裏と表と色のちがうハイカラな外套を著ている。裏返して著ればレインコートになると云う趣向でその方は色が薄い。色の濃い方を出して羽織って、私より先に降りて行った。デッキの踏み段を降りた所で、おやと挨拶している。大阪の垂逸《すいいつ》さんと大津の甘木《あまき》さんが来ている。私も降りて行って挨拶したが、ホームの夕風が身に沁《し》みる。外套なしのすっぺらぺんでは寒い。そもそも京都は寒い所である。ホームに起《た》っている足もとから底冷えがする様で、ふと漱石《そうせき》先生の「京に著ける夕」と云う昔の小品を思い出した。秋と春と季節は違うが、明治四十年頃の春寒の晩に、漱石先生は京都に著いて糺《ただす》ノ森のどこかに泊った。

春寒の社頭に鶴《つる》を夢みけり

と云うのは、その時の小品文の末尾に添えた句である。

漱石先生も寒かったろうと思っているわけではない。私は別の事を考えている。今から四十何年前のその時分でも、朝、当時の汽笛一声の新橋駅を立つと、昼間の内に東海道を一走りに走り抜けて、夕方には神戸に著いた急行列車があった。「最急行」と呼び、前部がそり上がった様な恰好《かっこう》の機関車が牽引《けんいん》して、一等車一輛《りょう》、二等車は二輛であったか三輛であったかよく覚えていないが、それに食堂車と緩急車の編成で、今の特別急行の半分より短かかったが、大変速く走って現在の「つばめ」や「はと」と所要時間は大して変らなかった。漱石先生は大学をやめて、朝日新聞に入社してから間もなく京都へ遊んだので、確かめたわけではないが、多分その最急行に乗って来たのだろうと思う。

駅の模様も違うし、四十年は茫漠《ぼうばく》として漱石先生がホームに降り立った姿を彷彿《ほうふつ》する事は出来ない。私共はこれから上リの普通列車に乗って大津駅に引き返す。本屋《ほんおく》のホームにその列車が這入っていると云うので、陸橋を渡って行って乗り込んだ。

すぐ発車して、今抜けて来たばかりの東山隧道へ逆から這入り、更に逢坂山の隧道にもぐり込んだ。上リは勾配《こうばい》の関係で機関車が盛んに煙を吐くらしい。窓の隙間《すきま》から煤煙《ばいえん》のにおいが這入って来る。そうして耳を押す様だった反響が、ぱっと遠ざかったと思ったら、隧道を出た。出たと思ったら大津駅のホームに辷《すべ》り込んだ。列車の軒にも、聯結《れんけつ》のデッキにも、車輪のまわりにも一ぱい隧道の煙を溜《た》めた儘《まま》、停車した。

五

「なんにも知らない馬鹿《ばか》がいるし」

　山系君が警戒する様な顔をしている。

「なんでも知っている馬鹿もいる」

「いますかね」

「いる。学は古今に通じ、識は東西にあまねくして、それでどう見ても馬鹿なんだ。あんなのは困るね」

「だれの事ですか」

「だれがどうと云うのではない。一般論だよ。つまり知っていると云うだけで、それだけでお仕舞なのさ」

「はあ」

「何のお話しですか」甘木さんが口を出した。

「つまりね、僕は知らない事は知らないし、知っている事は知っているが、しかしながら僕は馬鹿ではない、と云うことを闡明《せんめい》しようとしているんです。それがどうも、うまく行かないので」

「いや、それは仰《おっ》しゃらなくても解《わか》っています」

「そうか知ら」

「そうですよ」

「しかしね、甘木さん、こうしてお酒を飲んでいて、お酒がうまくて段段廻って来ると、どうも僕は利口な様な気がして来るんだ」

「そうなのなら、それでいいではありませんか」

「何でも知っている様な気がして来る。僕の知っている事を僕が知っているだけでなく、人の知らない事はみんな僕が知っていると云う気になる」

「先生はつまらん事を知っていますからね」と山系君が云った。

「だからさ、何でも知っている馬鹿がいるよと教えておいたんだ」

「はあ」

「しかし僕は馬鹿ではない、と云う事を今云い掛けた途中なんだ」

「先生の話しは長いんでね、甘木さん」

「いいじゃありませんか、我我、別に用事があるわけじゃなし」

「いや用事の有無に拘《かかわ》らず、話しが長いと云うのはよくない。要するにだ、物事を知らなくても、知っていても、馬鹿は馬鹿で、馬鹿でなければ馬鹿ではない」

「少しこんがらがって来そうですな」

「いろんな事を知っていても、知った事を羅列したのでは駄目だ。判断力を働かせなければいけない。それには過去にさかのぼる事もあるし、まだそうはなっていない未来を予見する場合もあるし」

「段段わからなくなって来ましたね」

「時に、おんな肌には白無垢《しろむく》や、と云うのがありましたね。あれは何だろう」

垂逸《すいいつ》さんが首をかしげた。「おしゅん伝兵衛猿廻しではありませんか」

「成る程、そうらしい。そうだ。さっきから僕はあれに引っ掛かっていましたね。なぜ出て来たのか解らなかったが、もう解っている」

「さっきからのお話しに関聯《かんれん》があるのですか」

「いやそうじゃない。ないと思うんだ。よくわかりませんがね、そうそう、幕が開くとあのお稽古《けいこ》をしているのでしたね。おんな肌には白無垢や。薗八《そのはち》かな。その歌の先の方に、鳥辺山《とりべやま》の事が出て来ますか、垂逸さん」

「あれは鳥辺山心中を歌ったものなのでしょう」

「すると矢っ張りそうなんだ。なぜさっきから引っ掛かっているのかと思った。鳥辺山には焼き場がありますか」

「あるでしょう。昔からの鳥部野《とりべの》ですね」

「垂逸さんの大阪のお住いは、僕は見当はわからないが、所書きで見ると阿倍野《あべの》ですね」

「阿倍野です。阿倍野と鳥倍野、変な工合に持って行かれそうですね」

「いや、そうじゃないが、阿倍野の斎場と云いますね」

「はあ」

「焼き場がありますか」

「あるでしょう」

「済みませんが、お帰りになったら、一かま取っておいて下さいませんか」

「取っておくと申しますと」

「予約するのです」

「どうなさるのです」

「焼くのです。矢っ張り焼いて壺《つぼ》に入れて持って行かないと始末がわるい」

「解りませんな。だれを焼くおつもりなんです」

「山系です」

「こりゃ驚いた。おい山系さん」甘木さんが引き取って、山系君にお酒を注《つ》いだ。

「おい山系さん、しっかりしなくちゃ、先生があんたを焼くと云ってるじゃないか」

「僕をですか」

「そうだよ」

「いいです、僕は、どっちだって」

垂逸さんも山系にお酒を注ぎ、山系君がお酌を返し、大分手許《てもと》が忙しくなっている。

「山系さん、どうします」

「いいんですよ、僕」

「あつくはありませんかね」

「構わないです、まあもう一つ」

「垂逸さん、彼はそう云う風にお酒ばかり飲んでいるでしょう。僕だって飲んでいますけれどね、彼は患者なんです」

「どこがお悪いのです」

「僕は何ともありません。汽車の中でなおったのです」

「あんな事を云っている。彼は急性胃潰瘍《いかいよう》と未発性盲腸炎とを併発しているのです」

「未発性盲腸炎と云うのはどんなのです」

「まだ盲腸炎になっていない盲腸炎です」

「そんなのがありますか」

「ありますとも。現に彼がそうなので、これから明後日《あさって》はここを立って出雲路《いずもじ》に向かい、宍道湖《しんじこ》の水を飲んで大阪へ引き返す迄には、彼の病勢が進みますね。従ってかく成り果つるは理の当然と云う事になり」

「どうもそうは見えない様ですが」

「しかしながら人の命は、にらの葉においた朝露の様なもので、薤上《かいじょう》の露、何んぞ晞《かわ》きやすき。露はかわいて明朝さらに復《ま》た落つ。人死して一たび去れば、何の時にか帰らん。だから焼いて持って帰る事にします」

「何となく理の当然みたいな事になりましたね。山系さんどうします」

「いいです。朝顔は、馬鹿な花だよ」

「おやおや、山系さんはよしこのが出来ますね」

「かまは上等にしましょう。上等のを取っておいて下さい。壺は小さいのでいいです」

「壺と云いますと」

「馬鹿な花だよ根のない垣に」

「骨壺です。骨揚げはほんの気持のものですから。御祝儀《ごしゅうぎ》に一寸《ちょっと》ひろって」

「御祝儀は変ですな」

「だから小さい、手ごろのがいいです」

「ええと、根のない垣に」

「どうしました、山系さん、後は」

「一寸待って下さい」

「何しろ山系は、よしこのの犬吠岬《いぬぼうさき》派の流れを汲《く》んだ大家ですからね」

「犬吠岬派と云うのはどう云うのです」

「犬吠岬は銚子《ちょうし》港の外れにあるから、調子ッぱずれ」

「あんな事云ってらあ。調子ッぱずれの犬吠岬の話は僕が先生に教えたんだ。僕なんか犬吠岬じゃありませんよ」

　庭先に青いネオンサインが光っている。その下はすぐ水面になっているらしい。宿に著いた時から、外は真暗なので、琵琶《びわ》湖《こ》に臨んだ景色は何も見えない。向う岸の山は離れているから、遠い水明かりぐらいは眺められる筈《はず》だが、庭のネオンサインが目の邪魔をして、ちらちらするから見えない。湖水に面した座敷に陣取って、お酒を汲んでいる横目に、青い色の光が射《さ》して気になった。少しお酒が廻った時、何となく癇《かん》にさわって、消させようかと話し合ったが、もっと廻って来たら気にならなくなり、忘れてしまった。

夜半を過ぎてから、甘木さんが帰って行った。甘木さんの家は市中にある。垂逸さんは大阪だから帰らない。泊まるつもりで来ている。だからまだまだゆっくり飲める。それからどの位たったか解らないが、夜もしんしんと更《ふ》け渡り、湖水も眠った様な気がする。

「もう我我も寝ましょうか」

「そうですね。それでは御納杯と行きましょうか」

「もう何時だろう」

垂逸さんが自分の時計を見た。「おやもう三時を余程廻っています。こりゃ驚いた」

「三時を廻っているって。どうも恐れ入ったな」

「全くの話が、恐れ入谷《いりや》の鬼子母神《きしぼじん》」

山系がねむたそうな曖昧《あいまい》な声で云《い》った。

「そうで有馬の水天宮」へんな顔をしているのは、欠伸《あくび》を嚙《か》み殺したのだろう。

六

夜更かしをすると、朝が遅くなる。私は夜更かしをしなくても朝が遅い。どっちの所為《せい》でも同じ事で、起きたらお午《ひる》の十二時を過ぎていた。

女中を呼んで、どこか別の座敷にいる山系君をよんで来て貰《もら》った。

「今日もいいお天気の様だな」

「そうです」

「朝の御飯を食べた」

「ええ、もうとっくに」

「お午は」

「お午はまだです。先生は何か食べますか」

「まだ目がさめたばかりで、そう云う事を考えて見る事が出来ない。それは貴君《きくん》、聞く方が無理だぜ」

「はあ」

「昨夜はおさかんでしたね」

「だれがです」

「だれと云う事もないが」

「あしたになってから、昨夜の話はよしましょう」

「それもそうだね」

垂逸《すいいつ》さんはどうしたと聞くと、朝早く帰るには帰ったが、汽車は乗り遅れたろうと云う。寝る前に頼んでおいた時間に女中が起こしに行ったら、よく眠っているので、よく眠っているから起こさなかったと云ったそうである。

廊下に出て、安楽椅子《いす》に靠《もた》れて、ぼんやり琵琶湖の水面を眺めた。随分大きな水溜《みずた》まりが出来たもので、向う岸の遠い山は薄くなって霞《かす》んでいる。夕暮れとか明け方とかの景色はもっと風情《ふぜい》があるだろうと思うけれど、真っ昼間の晴れ渡った空の下では、ただどこ迄《まで》も明かるいばかりで、それに海と違って何のにおいもしないから、拍子《ひょうし》抜けがした様な気がする。

京都にいた亡友が琵琶湖の事を話したのを思い出す。琵琶湖は一般の湖と云う観念とは食い違っている。あんな明かるい、白ら白らしい湖と云うものはない。春になれば湖辺から菜種の花の畑に続いて、黄いろい蝶蝶《ちょうちょう》が水の上に出て来る。

しかし比叡山《ひえいざん》の翠巒《すいらん》をささ波がひたしている側は白けてもいない。そっちの方を眺めていると、昔の事を想《おも》い出す。私は比叡山に二度登った事がある。一度は歩いて登った。二度目の時はケーブルカーが出来ていたので、それで登って坂本へ降りて、どう云う道を通ったのかわからないが、多分湖畔を伝って大津へ来た。今、宿屋の廊下の安楽椅子でその時の事を考えて見ても、どの辺りでどうしたのか、丸で見当がつかない。大津へ来たと云う記憶が、うその様である。今からおよそ四十年ぐらい昔の話で、その前の比叡山へ歩いて登ったと云うのは、中学を出て高等学校へ這入る間の夏休みの事だから、それよりまだ十年古い。往時は儚儚《ぼうぼう》として夢よりも捕えにくい。

いつ迄も廊下でぼんやりしていたが、退屈でない事もない。この宿は大きな立派な構えである。調度その他も申し分ない。しかし座敷の障子が煤《すす》けている。向うの隅の所には鈎裂《かぎざ》きがある。

退屈だから、そんなものを見つける。山系君、外へ出て見ようかと相談した。

「出ますか」

「お天気はいいしね」

「どこへ行くのです」

「どこと云う事もないが」

「それじゃ兎《と》に角《かく》出ましょう。出てから考えてもいいでさあ」

「何を考える」

「どうするかと云う事です」

「それはどこだっていいから、どこだって構わない」

自動車を呼んでくれて、女中達に見送られて、物物しく出掛けた。

運転手がどこへ行くのかと尋ねる。自動車に乗った以上、「どこと云う事もないが」と答えるわけには行かない。

山系が「運転手さん、どこだっていいんだよ」と云った。

宿屋の門を走り出した所で、次第に車が徐行になり、停まってしまった。

三井寺《みいでら》、石山寺、瀬田の唐橋、そんな名前を運転手がつぶやいた。

「それじゃ、その中で一番遠い所にしよう」

「それでしたら石山寺から瀬田の唐橋です」

「よろしく頼む」

それで自動車が勢よく走り出した。

「運転手さん、あんまり走らせないでくれよ」

「はいはい」

すっかり談判を終ったので、もう用事はない。車室の中でくつろいで一服する。町中を通り抜けて、片側に田圃《たんぼ》のある道へ出た。穭田《ひつじだ》の向うに鉄道線路の土手がある。美しい秋晴れの空の下で、線路がきらきら光っている。そこいらに学校の生徒が列《なら》んでいるし、踏切りの所には大勢人が起《た》っているし、と思ったら、運転手が、

「皇后さまがお通りになるのですね」と云った。

「いつ」

「もうじきでしょう」

そう云えば新聞でその記事を見たのを思い出す。皇后陛下は今日の宮廷列車で京都まで行かれる。明日京都から引返して大津へお見えになる。今日はその宮廷列車が東海道を走り続けて、今頃はもうこの辺りへ近づいているだろう。下りの宮廷列車の時間は、朝九時発の「つばめ」の後、十分か十五分位の間隔を置いて、大体「つばめ」と同じ速さで走る事になっているらしい。

時間から考えると、「つばめ」はもう通った後の様である。そうしてあんなに人が待っているとすれば、御通過はもうすぐに違いない。それならこの儘《まま》自動車を走らせて、線路と並行した道を通り過ぎてしまうのは惜しい。運転手にそこいらの道ばたへ車を停める様に云った。後から来た馬鹿《ばか》に立派な自家用車が、私共より少し先の道ばたへ、同じ様に停車した。同じ魂胆《こんたん》なのだろう。

向うの土手の大分離れた上手《かみて》に線路沿いの人家があって、その外れの田圃の所で、さっきから頻《しき》りに白い旗を振っている。だからもう向うに宮廷列車が近づいたのだろう。ここからはその人家に遮られて見えないが、相図をしているに違いない、と思った。しかし中中宮廷列車は来ない。山系君に、おかしいねと云ったら、あのひらひらするのは田圃の案山子《かかし》ですと云った。

宮廷列車は何時何分にここを通る可《べ》きだと云う事を知っているわけではなく、ただこっちで勝手に待っているだけの事で、来るのが遅いと云ってじれったがる筋はない。又私共の行く先に時間の約束もなく、だれも待ってはいないから、いつ迄ここでこうしていても構わない。皇后様はゆっくりお通りになったらよかろうとあきらめて、又新らしい煙草《たばこ》に火をつけた。

大正の何年頃だったか、はっきりしないが、矢張り今日の様な綺麗《きれい》な秋晴れの空の下を、金色に光る宮廷列車が相模《さがみ》野を走り抜けて、逗子《ずし》駅へ向かうのを見た事がある。美しい皇后が金色の汽車に乗って、頭の狂った王様の許《もと》へお見舞に行かれると日記に書いたが、後にその時分の日記を公刊する時、右の文句は全部伏せ字にして隠した事を思い出す。当時私は兼務で横須賀《よこすか》の海軍機関学校の教官をしていたので、その行き帰りの或《あ》る日、宮廷列車を待避して、当時の皇后陛下、即《すなわ》ち後の貞明《ていめい》皇后の御通過を御見送りしたのである。

何十年昔の事だか、繰って見なければ解《わか》らないが、その時以来、私は宮廷列車と云う物を見た事がない。だから今、皇后陛下をお見送りすると云う殊勝な心根の外に、綺麗な宮廷列車が見たいと云う好奇心もある。いつ迄待っても構わないが、しかし早く来ないかなと思う。

到頭来た。土手の前の学校生徒の群れが列んだ。すぐに人家の陰から五六輛《りょう》編成の短かい汽車が走って来て、忽《たちま》ち目の前を通り過ぎた。機関車の前面に交叉《こうさ》した日の丸の鮮やかな色が、行ってしまった後まで目に残った様であった。

後で聞いた所では、皇后陛下は乗り物にお弱いので、あんまり走った為《ため》に名古屋の辺りで御気分が悪くなり、徐行したから、遅れたのだそうである。その遅れを取り戻す為に、この辺りで又速くなり、大津駅は疾風の様に走り抜けたと云う。

宮廷列車が行ってしまったから、私共の自動車が走り出した。それから随分遠くまで行って、石山寺の山門の前に停まった。車を降りて長い石畳の上を歩いた。突き当りにかぶさった孟宗藪《もうそうやぶ》の奥の方は暗く、もう日が暮れている様である。藪の下陰にある那須与市《なすのよいち》をまつったお堂の蠟燭《ろうそく》の燈《ひ》が不思議に赤い。石山寺はその右手の石段の上にある。億劫《おっくう》だから上らずに引き返した。

そうして又自動車に乗って行って、瀬田の唐橋をこっちから向うへ渡り、向うからこっちへ引き返してそれでお仕舞にした。こう云う所を訪ねたりお詣《まい》りしたりした感懐は、それから何年も経《た》った後にならなければ熟するものではない。その場の紀行としては何も書きとめる事はない。

帰りの自動車の真正面に、暮れかけた比叡山が見える。

「比叡山の右寄りのもっと遠くに、雲の様な色の山があるでしょう」と運転手が話し掛ける。「あれが比良《ひら》です」

「比良の高嶺《たかね》に雪消えてのあの比良か」

「若菜摘むべく野はなりにけり。そうですその比良です」

運転手は歌人なのか、それともここいらの運転手のたしなみなのか知らないが、彼はそう口ずさんでから、ぷうぷうと警笛を鳴らした。

それから帰りに三井寺へ廻ったが、そこいらをぐるぐる走っただけで車からは降りなかった。山の上のお寺なので、道は山の腹に沿ってうねくっている。見晴らしのいい場所へ出た時、下の方に見える大津の町には燈火が散らかり、その向うにひろがった琵琶湖の水面は、まだ微《かす》かに残っている水明かりで、遠くの方までいぶし銀を流した様に見える。

七

琵琶湖を渡る朝風に吹き送られて、宿を立った。

昨夜十時三十分に東京駅を出た第二三列車急行「せと」が今朝大津駅に停まり、八時二十九分発で大阪に向かう。大阪駅で一本の列車が二つに分かれ、その一つはもとの儘の列車番号で岡山の宇野へ行く。それが「せと」である。分かれた方のもう一つは、大阪仕立ての山陰急行第七〇一列車「いずも」の一部となり、私共が行こうと思っている出雲《いずも》の松江へ直行する。

大津からその汽車に乗れば、夕方には松江に著《つ》く。その汽車に乗らないとすれば、途中で丹波の山の中の宿屋にもう一晩泊まらなければならない。泊まってもいいが、泊まれば翌《あ》くる日又起きなければならない。それが面倒臭い。宿屋で寝たり起きたりするのが面倒臭ければ、もともと出掛けて来ない方がよかったかも知れないけれど、すでにここ迄《まで》来ているのだから仕方がない。面倒だから東京へ帰ってしまうと云う程、私は御機嫌が悪くはない。ただ朝の八時二十九分なぞと云うのが困るので、そんな時刻は私の時計にはない。到底間に合う見込みはないから躊躇《ちゅうちょ》する。

だからもっと遅く、ゆっくり立って同じ道筋の途中まで行き、そこで泊まって翌くる日の急行「いずも」を待つ。そうすれば、「いずも」に乗る時間はずっと遅くなるが、それが即ち宿屋で寝たり起きたりと云う事になって面倒臭い。

いろいろ考えて迷った挙げ句、萬死を賭《と》して八時二十九分の汽車に乗る事にした。そうときめたら寝不足などと云ってはいられない。ねむたかろうと、気分が悪かろうと、ふらふらしようと、そう云う事に拘《かか》わりなく、ただその汽車に乗る事だけを目的とする。何かの工合で一寸《ちょっと》目がさめた。よくさめてはいなかったかも知れないが、薄目になって、何時だろうと思った途端に自分でびっくりして起きてしまった。もう寝てなぞいられない。五時を廻ったばかりで、外は真暗である。この頃の季節では当り前だが、その上、大津辺りまで来ると東京の夜明けより二三十分は遅い筈《はず》だから、まだ全くの夜である。起き出して廊下のカアテンを絞って見たが、琵琶湖の水面も暗い。

それから八時までの三時間、何をしていたかと云《い》うに、何もしない。朝飯は勿論《もちろん》食べない。顔を洗って見たところで始まらないから、顔を洗うのも省略した。ただぐるぐるっと嗽《うが》いをしただけで、口を拭《ぬぐ》ってお仕舞にした。そうして汽車の時間になるのを待った。こうすれば萬事あわてる事なく事が運ぶ。それから悠悠と宿を立ったから、湖水を吹き渡る朝風に送られる順序になった。

八時二十九分、定時に第二三列車「せと」が大津駅を発車した時は、私はちゃんと特ロのリクライニング・シートに山系君と並んで、忽《たちま》ち逢坂山《おうさかやま》の隧道《ずいどう》に這入《はい》る間の窓外を眺めていた。彼は私よりも遅く起きて人並に顔を洗い、くしけずり、朝食の膳《ぜん》に坐《すわ》って腹ごしらえをしている。大阪阿倍野《あべの》の焼き場に、彼の為の一かまが予約してある事など忘れた様な顔である。

京都を出て大阪に向かう間、段段速くなる列車の進行左側の窓から、私は一本の棒杭《ぼうくい》をもとめて、頸《くび》の筋が痛くなる程、線路に近い田圃《たんぼ》をみつめた。「青葉しげれる桜井の」と歌い出す楠公《なんこう》子別れの桜井ノ駅の趾《あと》が、この辺りのどこかの田圃の中にあった筈で、少し小高くなった所にその標木が立っているのを見た覚えがある。一遍だけでなく、何度も見たから寧《むし》ろその杭に馴染《なじ》みがある。今日もう一度それを見つけようと思う。

幾つも駅を通過し、鉄橋を渡り、土手の下をくぐって行くけれど、まだ見つからない。山系君に話すと、こっち側ではないかと云う。そんな筈はない。彼は曖昧《あいまい》なのである。うっかりその言にまどわされて反対側に目を転じたりすれば、その間に左側の杭が後へ飛んで行ってしまうかも知れない。頸の痛いのを我慢して、瞬時も目をそらさずに外を見つめていたら、大きな操車場が来た様である。どこだと聞くと吹田《すいた》だと山系が云った。それではもう萬事休す。到頭見つからなかった。しかし、おかしい。私は決して見のがさなかったと思う。後になって、敗戦の騒ぎの時、米利堅《メリケン》に引っこ抜かれたのではないかと気をまわしている。

この京都大阪間に、昔大変速い汽車を走らした事がある。私の中学上年級の時分だったと思う。当時の新聞の記事で知った計画では、京都神戸間又は明石《あかし》間に快速列車を走らせる。時速五十哩《マイル》と云う事であった。大阪鉄道局の立案で、段段発達して来た私設の電気鉄道会社に対抗する為だったろうと思う。その試運転を京都大阪間で行うと云うので、大分前から新聞で騒いでいた。

試運転当日の新聞記者の試乗記を読んだ。京都を出てから次第に速くなり、どこやらの辺りでは沿線の藪も人家も一様の青黒い壁に塗り潰《つぶ》された様で、一つ一つの物の姿を見分ける事は出来なかった、と云う風に書いてあったのを覚えている。汽車に乗っていて窓から外を眺める時、相当に速く走っていれば、目の角度の向け方で、藪や家が一枚の壁だか襖《ふすま》だかに見えない事もないが、しかし随分大袈裟《おおげさ》な報道だったと思う。尤《もっと》も当時の話として時速五十哩と云うのは破天荒であって、試乗の記者は乗る前からの先入観に支配されたかも知れない。この稿の第四章で述べた四十何年前の「最急行」は、時速何十哩と云う事になっていたのか知らないが、始発から終著《しゅうちゃく》までの時間から考えて、大体今の「つばめ」や「はと」ぐらいは走ったに違いないから、大阪鉄道局立案のその試運転にそれ程驚く事はなかったのではないかとも思う。時速五十哩と云うのは今の云い方で八十余粁《キロ》である。普通の急行列車でもその位は走るだろう。つまり私の中学生時分から見れば、それだけ汽車が速くなっていると云う話の種にはなりそうである。右の時速五十哩の快速列車は、試運転を行っただけで実現はしなかった。大阪鉄道局の案を当時の本省が差し止めたと云う話を、聞くか読むかした覚えがある。

沿線の風物が一枚の壁の様にはならなかったが、第二三列車急行「せと」も気持よく速く走って、楠公遺跡の杙をどこかにころがした儘、大阪に著いた。

大阪駅で一本の列車が二つに別かれる。先《ま》ず私共の乗っている前部の何輛かが、今到著したホームでない、別のホームに持って行かれる。その後で短くなった「せと」がもとの儘の二三列車として発車する。到著が九時三十分で、その発車は九時四十分である。出て行くのを私は別のホームに停まっているこちらの窓から眺めた。

それから暫《しば》らくして私共の乗っている車輛が動き出したが、山系君は著いた時にホームへ降りた儘、まだ車内へ戻っていない。よく勝手を知らないので、心配しかけたが、動き出したと思ったら、又じきに中途半端《はんぱ》な所で停まった。そうして線路を変えて逆行して又別のホームへ著いた。そこで大阪仕立の山陰急行「いずも」号の前部に食っつき、第七〇一列車の一部となった様である。ほっとした所へ山系君が帰って来た。彼は出迎えた管理局の友人とホームで長話しをしていたのである。そうして発車した。九時五十分。だから著いた時から二十分も経っている。博多《はかた》駅の「きりしま」「つくし」の停車も長いが、それよりもまだ長い。

八

大阪から尼《あま》ヶ崎《さき》まで東海道本線を走ってそれから単線の福知山線に這入った。沿線にお酒の伊丹《いたみ》だの、デカンショ節の篠山《ささやま》だの、宝塚だのと何となく聞き覚えのある名前の駅がある。大阪尼ヶ崎から福知山までのこの線を通るのは初めてだが、昔大阪宝塚間の箕面《みのお》電車が開通した当時、大阪へ遊びに行っていて、その新らしい電車に乗って見た。速く走るし、広軌だから車内も広広しているし、床には護謨《ゴム》の様な物が敷いてあって、複線で、大変立派な電車が走り出したものだと思った。何も用事があったわけではなく、どこを見物すると云うつもりもなく、ただ乗って見ただけなので、宝塚へ著いてどうしたと云う記憶は何もない。乗って行った電車で帰って来た。ホームの外れで線路が半円になって、電車がその輪を廻ると複線の帰りの方の線路になっている。だから箕面電車の複線というのは、単線が終点でこっちへ向いたのが、途中では二線並んでいると云うだけの事で、先の曲がった単線に過ぎないと云う理屈を考えた。私の中学生時分の事で、当時の箕面電車は今の何電鉄なのか、それは知らない。

今日の私共の「いずも」号は、急行らしくもなく、のろのろ走って山の間を縫って行く。丹波の白い秋雲が山の端《は》に浮いて、晴れた空に鮮やかな飛白《かすり》を描いている。少し山が遠のいたと思ったら福知山に著いた。

福知山から山陰本線になって、一時間余り行った豊岡の先で、又段段に山が迫って来る。この辺りは、年代ははっきりしないが多分三十年ぐらい前に通った事がある。その時、どこかのトンネルを出た途端に、偶然車窓から見た余部《あまるべ》の鉄橋の恐ろしさが後後まで悪夢の様に忘れられない。

切り岸になった山の中腹の穴から出て来た汽車が、いきなり目が霞《かす》む程高い所に架かった鉄橋の上を渡り出す。下を見ると谷底に人家の屋根があるらしい。右手の近くに日本海の海波が迫っている。その鉄橋が暫らく続いて、高い土手に線路が乗った時、ほっとした。なぜこんな恐ろしい所を汽車が走るのかと思った。

今、その余部が近づいている。三十年前の悪夢をもう一度見ようと思って、通過する駅の名前に気をつけた。

午後二時十五分、香住《かすみ》に停まり、すぐに発車して次の鎧《よろい》駅を通過した。次の久谷《くや》駅に行く間に余部がある。

幾つ目かのトンネルを出て、車窓が明かるくなったと思うと、もう汽車は高い鉄橋の上に乗っていた。下まで四十一米《メートル》あると云う。矢張り遥《はる》か底の方に人家の屋根があり、右手に日本海の白浪《しらなみ》が寄せている。しかし、お天気が良くて、真っ昼間で、四辺が明かるい所為《せい》か、それ程こわくない。この前見た時はどんな天気で、時間はいつ頃であったか覚えていないが、その時の工合であんなに恐ろしかったのだろう。今日の余部はせいぜい白日夢である。その内に汽車は高い土手に掛かった。下に見える人家の数がふえている様で、赤瓦《あかがわら》の屋根もあって、一帯の景色に人を恐れさせる趣はなかった。

次第に鳥取が近くなったが、この汽車は急行らしくもなく、ちょいちょい方方の駅に停まる。短かい停車で何をしているのだろうと思った。温泉と云うものに興味がないから気がつかなかったけれど、山系君の注意で気をつけて見ると、停まるのは大概温泉場ばかりの様であった。

車窓から大きな砂丘がいくつも見える。私なぞは砂丘と云うものに馴染みがない。あの上を歩いて見たら足許《あしもと》はどんな工合なのか知らないが、灰色の褪《あ》せたわびしそうな砂の塊まりが丘になり小山になり、しかしながら丘とか小山とか云う程輪郭がはっきりしてもいない。雨が降り、又は月が照らしたら、どんな趣になるのかと想像する。

米子《よなご》が近くなる前から、遠くの山に暮色が垂れ始めた。暮色の中に伯耆《ほうき》の大山《だいせん》の山容が車窓の左に現われて、汽車が進むに従い次第に脚下の群峯《ぐんぽう》を引き離し、空から垂れた雲の塊まりの様な姿を少しずつ変えていった。

隣席の山系君に云った。

「あの山には狗賓《ぐひん》がいるんだぞ」

「狗賓とは何です」

「天狗の配下さ」

しかし字引には天狗の異名となっている。手下ではないかも知れない。子供の折聞いた話に、町内の講中《こうじゅう》が伯耆の大山様へお詣《まい》りしたとき、それに加わった蒟蒻屋《こんにゃくや》のおかみさんが、お山へ這入る前の精進がわるかったらしい。一行の頭《こう》の上で風の様な音がしたと思ったら、忽ち狗賓に蒟蒻屋のおかみさんがさらわれて、いなくなってしまった。みんなで三日三晩探した挙げ句、谷底に落ちて怪我《けが》をしているのを見つけて助けたそうである。

「だから貴君《きくん》、こわいんだよ」

「大丈夫です」

「尤も僕達、登ると云ってやしない」

「よした方がいいです」

それから間もなく、定時五時三十九分に松江に著いた。ホームに暮色が流れていたが、空はまだ薄明かりを湛《たた》え、何となくぼかした色の中へ這入った様な気がした。

ホームに出てくれた駅長さんと、市役所の何樫《なにがし》さんがこんな事を云う。

「お疲れで御座いましょう。しかし中国山脈の夕焼けが今消えるところです。早く致しませんと無くなりますから」

それは大変だと云う気になった。

「消えたらどうなります」

「消えたら暗くなってしまいます」

「それでは今、どこから見えますか」

ホームの先をすかす様にして眺めたが、近くに迫った山の腹が暗いばかりで、どこにも夕焼けの色はない。

「宍道湖《しんじこ》の向うの連峯に夕焼けがするのです」

「どこで見るのですか」

「お宿の正面に見えます。お車を待たせてありますから、どうかすぐにお乗り下さい」

夕焼けが消えない内に、と云う緊急な用事にせき立てられて、駅で一服もせずに自動車の中へ頭を突っ込んだ。

九

「関の五本松、一本伐《き》りゃ」

「一寸待って貰《もら》わなければならん。五本あるものを一本伐れば、残りは四本にきまっている」

「ですから今、そこを歌うところですわ」

「歌わなくても算術の上でわかっている」

「そんな無理云うて。だったら、歌、歌えやしません」

「しかしながら、歌うのは彼女の天職だろう」

「彼女って」

「君の事さ」

「どうも大けに。一本伐りゃ四本」

「そうれ見ろ、矢張り四本だ。どうもそうだろうと思った。そうなる計算だからな」

「後は伐られぬ」

「構やしない。伐っちまえ」

「後は伐られぬめおと松」

「おかしい事を云《い》うじゃないか」

「ショコ、ショコ、ホイノマツホイ」

「おかしいね。速断だろう」

「なぜですの」

「五本と云う奇数が、偶数の四本になっただけの話さ」

「ですから」

「だけどもさ、そりゃ君、御無体《ごむたい》と云うものだ。四本が二夫婦だと云うのかい」

「そうなんでしょ」

「美保ノ関ではそうかも知れないが、そうとばかりは限らん。我我他国の者には腑《ふ》に落ちかねる」

「どうしてでしょう」

「野郎松ばかりが四本突っ起《た》っているかも知れないし、かみさん松が四本列《なら》んでいるのかも知れない。一本だけが雄松で一夫多妻の松かもわからない。ポリガミイだ。その反対の一妻多夫の場合も考えられる。これをポリアンドリイと云う」

「そんな六ずかしい事、知りませんわ」

「しかし本場の本当の節廻しを初めて聞いたが、何でもなさそうで、そうでないね。

随分六ずかしそうだ。僕、ほとほと感に入った」

「あら、お口が悪いのかお上手なのか、どっちなんでしょう」と云って、同座の何樫さんを顧た。

昔、森田草平さんはこの歌が好きで、何度も聞かされた覚えがある。草平さんは犬吠岬派《ぼうさき》であって、外の歌は何一つ歌えなかった。御自分でその事を嘆き、人の感情がたかぶった時、これを歌に託する事が出来ないと云うのは不具の一つである。唖《おうし》とえらぶ所はないと自嘲《じちょう》した。そうしてこの歌だけを歌う。お酒の席の話だから、向うも酔って居《お》り、聞かされるこちらも酔っている。確かな記憶なぞある筈《はず》はないが、どうも草平さんは算術を超越して、一本伐りゃ二本、後は伐られぬめおと松、と歌った様に思う。

芸妓《げいぎ》は正調の安来節も聞かしてくれたが、「関の五本松」は森田草平さん以来の馴染みがあるけれど、安来節に聞き覚えはない。大正の中葉から東京ではやり始め、浅草公園では安来節の興行が続く程の人気があったが、聞きに行ったこともないから、本場の安来節を聞いても猫に小判である。その内に大分酔が廻って、芸妓の三味線なぞ面倒臭くなった。

お膳《ぜん》の上が馬鹿《ばか》に賑《にぎ》やかで、目がちらちらする。しかしながら、特に山海の珍味を盛り上げたと云うのではない。お膳が狭いからそう云う事になる。

「おい山系さん、今、貴君が食べたお刺身はだ」

「鯛《たい》です」

「鯛は鯛だが、日本海の鯛だ」

「おんなじ味ですよ」

「いや、だからうまいと云ってるのではない。うまい筈はないさ」

「そうですかね、いつもおんなじです」

「日本海は浪が荒い」

「いいです、荒くっても。先生は歯が悪いから」

「僕の歯と荒浪と関係ないじゃないか」

「いつだったか、羽後《うご》の横手で日本海の小鯛を食べましたね。小鯛の季節に外れているると云って、先生が珍らしがった」

「云われて見れば思い出す。しかしながら貴君、我我は太平洋岸の東京にいても、知らずにしょっちゅう日本海の鯛を食べているんだぜ、きっと」

「山を越して来ますか」

「来るとも」

「貴君は人が胡麻化《ごまか》すかと思って、あらかじめ自分を胡麻化している」

「うそですよ、僕はこれがうまい。何樫さん、このお刺身みたいな物は何です」

「もろげです。生きたもろげの皮をむいたのです」

「もろげって」

「宍道湖《しんじこ》でとれる蝦《えび》です」

「うまい、僕も。もろげのお代りしようか」

「それから宍道湖の名物は鱸《すずき》です。奉書焼と云いまして、奉書の紙で巻いて焼くのです。そう云って焼かせましょう」

「巨口細鱗《サイリン》、状《カタチ》、松江之鱸《ズンコウノ》ノ如《ゴト》シ。松江の名物が鱸だと云うのは、少し即《つ》き過ぎてやしませんか」

「いえ、その松江之鱸《ズンコウ》から取って、松江の町の名が出来た、つまり松江の地名は赤壁《せきへき》ノ賦《ふ》に由来するとも申して居ります」

「そんな謂《い》われ因縁があるのですか。山系さん。それじゃ我我は鱸を食わなければいかん様だ。松江《まつえ》之鱸をネグレクトして帰ると、出雲の神様から文句が出るかも知れない」

「まあ、いいです」

「何しろ昨今は神様の気が立って居りますから」

「はてな、神様の気が立つと云うのは」

「毎日毎晩、会議続きでして。只今《ただいま》は旧暦の十月です。十月は日本全国どこでも神様は御留守です。だから神無月《かんなづき》と云うわけで、その神神が全部出雲へ来て居られますので、我我の所では、神無月でなく、神有月と申します。八百萬《やおよろず》の神達のお集りで、そこいら一面、神様でひしめいて居ります」

「そりゃ物騒だな。神様がいないと云うのも心許《こころもと》ないが、神神の過剰も少少厄介かも知れない」

「厄介などと申しては何ですが、夕方暗くなってから、ぼんやり町の角を曲がると、神様と出合頭にぶつかります」

「そりゃいかん、双方共迷惑する」

「双方と申しましても、神様の方の事はわかりませんが、こちらは家に帰ってから、さむ気がしたり熱が出たり」

「ぶつかった相手が疫病神《やくびょうがみ》だったのでしょう」

「それはわかりませんが、何しろいい神様ばかりではない様でして」

「貧乏神もいるし、疱瘡神《ほうそうがみ》もいるし」

「夜分なぞ、風の音でなく、空がさわさわ鳴る事があります。神様が渡って居られるのです。特にこの辺りは大社が近う御座いますので、神様の往来が頻繁な様です」

「僕は大社へお詣りした事があります。大きな木の下陰に小鳥の巣箱ぐらいの祠《ほこら》が沢山列んでいるから、何だと聞くと、日本全国から、かんつどいにつどいます八百萬の神神の為《ため》にしつらえたとの事で、つまり神様のアパアトと云うか、出張先の寮の様なものなんですね」

山系君が口を出した。「八百萬の神神が這入る程の数がありましたか」

「八百萬と云うのはね、貴君《きくん》、もう二百萬たすと一千萬になると云うその八百萬ではないんだよ。八百萬の八百は、うそ八百の八百と同じで、萬は萬萬御許しを願いたいの萬で、要するに色色沢山と云うだけの事さ。それに神様には容積がないから、祠の中で定員を超過したと云う問題もないだろう。心配しなくてもいい」

いつの間にか何樫さんが帰って行き、芸妓もいなくなった。さっきの話の内に、松江はどう云う所かと云うと、何より第一の特色は静かな町だと云った。工場のサイレンも鳴らずトラックもたまにしか通らない。夜が更《ふ》けると、ますますしんかんとして、宍道湖の入口に架かった松江大橋を渡る下駄の音が、随分遠くまで聞こえると云う話であった。

そう云えばさっきから四辺は段段に静まり返った様で、すぐ下の宍道湖には勿論《もちろん》何の物音も聞こえず、左手に近く見える松江大橋の人通りもまばらになった様である。もう寝よう。明日と云う日に何の用事も予定もないが、しかし琵琶湖畔の様に午前三時を過ぎると云うのはよろしくない。

隣室に何とかの大臣が泊まっていると云う。しかし宴会か何かで出掛けて、今はいないと云ったが、帰って来たかも知れない。外の廊下でにぶい足音がする。大臣の足音かと思ったら急におかしくなった。

「何です」

「何でもないいんだが、今、這入《はい》って行ったんだ」

「だれです」

「大臣だろうと思うんだ。おかしいだろう」

「はあ」

山系君も薄笑いをしている。

松江と云う町が静か過ぎるから、人が廊下を歩いてもおかしい。

床に就いてからまだ眠らない内に、湖の横の方から明笛《みんてき》の声が聞こえて来た。明笛だろうと思ってその音を追っていたが、或《あるい》は流しの按摩《あんま》が鳴らす按摩笛かも知れないと云う気もする。よく解《わか》らないし、解らなくても、どっちだって構わない。瞼《まぶた》の裏に夕方ここへ著《つ》いた時、湖の向うの山波の上に消えて行った夕焼けの赤い色が、ありありと戻って来る様であった。

十

翌《あ》くる日の朝、朝でもないが兎《と》に角《かく》起き出して、座敷の外の勾欄《こうらん》から宍道湖を眺めた。琵琶湖の四分ノ一か五分ノ一ぐらいしかないらしいが、それでも大きな湖である。向うの空に食い入った中国山脈の山屛風《びょうぶ》に、秋晴れの白い美しい雲が懸かったり離れたりしている。毎日毎日いいお天気が続き、今日でもう一週間か十日ぐらい、雨は勿論曇った日もない。

澄み切った空の下に、宍道湖の水の色も澄んでいる。遠い中国山脈のもっとこっちの手前に近く、湖岸に接して連なった山波の姿を追って行くと、段段西へ廻った所で山が低くなり遠くなり、仕舞になんにもなくなってしまう。宍道湖の水面がどこ迄《まで》も続いて区切りがないから、岸辺の山がなくなった辺りは外海の日本海につながっているのではないかと思われるけれど、宍道湖は袋になっている筈だからそんなわけはない。聞いて見るとその方角の湖辺は簸川《ひかわ》平野で畑だと云う。畑は低いから遠くから眺めて水との境目はわからない。そうすると春になったら矢張り、琵琶湖と同じ様に菜種の花が咲き、黄いろい蝶蝶《ちょうちょう》が湖の上に出て来るのではないかと思ったりした。

何樫さんが云った通り、全く静かである。昼間だから何かの音はするが、その物音が一つ一つ別別に聞こえる。いろんな音が一緒になった騒音と云う様なものではない。湖水の上をポンポン蒸気が走って来たが、間の抜けたテムポで、ポンポンと云う音に一一《いちいち》駄目を押して走って行く様であった。

暫《しば》らくすると松江大橋の上から、下駄の音が聞こえて来た。昼間でもはっきり聞こえる。歩いて行く人が、自分の下駄の音を確かめながら歩いていると云《い》う様な気がする。一つには音が湖面を伝わるから、そんなにはっきり聞こえるのかも知れない。

湖水の向う岸の山裾《やますそ》に、長い白煙を引いて汽車が走って来た。こちらから見る山の陰は暗いから、煙の帯が浮き出した様に見える。大分速そうだと思ったら、時間から考えて急行「いずも」の上リ第七〇二列車が松江駅に近づいているのであった。

汽車が湖岸の丘の鼻を曲がって行ってしまった。ポンポン蒸気ももういない。見る物も聞く物もなくなって見ると、こうしていて何もする事がない。それは当然の事で元来松江へ何をしに来たわけでもないから、何もする事はない。頤《あご》を撫《な》でたら、いつの間にか随分ひげが伸びている。引っ張れる位である。これは旅のひげであって、旅先で始末す可《べ》きものだと考えた。しかし自分であたるのは面倒臭い。座敷に坐《すわ》ったなり、床屋に剃《そ》って貰おうと思い立った。

暫らくすると、床屋が来たと云うからそっちを見たら、若い美人がお辞儀をして這入って来た。成る程床屋と云っても男には限らない。ただ何となく男の職人が来るかと思っていたので、おやと思った。美人で恐縮だが、あたって貰って頤がつるつるになった。彼女は一言も口を利《き》かずに帰って行った。変なじじいの胡麻塩ひげで済まなかったが、こちらから口を利いてお愛想を云おうにも、剃刀《かみそり》を脣《くちびる》辺に擬せられている起《た》ち場《ば》上、それは叶《かな》わぬ事である。

さて、頤は綺麗《きれい》になり、お天気はいいしどうしようと云う相談になった。松江は山系君の曽遊《そうゆう》の地であって、お城も知っているそうである。出て見ても仕様がないけれど、出ましょうかと云う。

自動車を呼び、何樫さんも加わって、走り出した。町中を通ってお城に行き、自動車からは降りずにお濠端《ほりばた》を走った。大きな松の木だったか、ほかの木だったか忘れたが、お濠の向う岸で倒れている。なぜ大木が倒れたのか、そのわけを聞いたかも知れないけれど覚えていない。ラフカディオ・ヘルンの旧趾《きゅうし》の前で、車を降りた。そう云う所を見たって仕様がない。降りたくはなかったが、何だか降りないわけには行かない様だったので降りた。入口の土間の前に起ったただけで、車に引き返した。

これから菅田庵《かんでんあん》へ行くと云う。菅田庵は不昧公《ふまいこう》にゆかりのある茶室だそうで、松江の名所の一つになっているらしい。しかしどうも気が進まない。そう云う所は、土地の人には思い出があるか知れないが、よそから来た風来坊には、その土地の人が考えている程意味はない。しかし行くと云っても車が走るだけの事だから、まあよかろうとほっておいた。

こんもりした森の下へ来て、自動車が停まった。これからすこし歩いてくれと云う。厄介だが止《や》むを得ない。片側に雑木の森がかぶさり、片側に松の大木が並樹《なみき》になった道を歩いて行った。ゆるい坂になっていて次第に小高い所へ登って行く。繁《しげ》みの中で藪鶯《やぶうぐいす》が笹鳴《ささな》きをしている。足許の道を大木の根が這い廻っていて、歩きにくい。いつの間にか道が高くなって、下の浅い谷になった所から聞こえて来る鶏《にわとり》の鳴き声が、馬鹿《ばか》に遠い気持がする。

頻《しき》りに鵯《ひよどり》が鳴き、どこか離れた所から百舌《もず》の声がする。片側に暗い池のある所へ来た。一休みして煙草《たばこ》に火をつけた。もう帰りましょうと私が云った。菅田庵はすぐそこの、あの屋根ですと何樫さんが云った。しかし、菅田庵ではお茶を立ててすすめると云う。お茶を立てられては却《かえ》って恐縮だから、まあよそうと思う。

引き返す事にして、それで気がらくになり、なおゆっくり煙草を吹かした。暗い池に水紋が動いている。何かいるのか知らと思った時、小さな黒い魚が跳ねたので、こちらが飛び上る程びっくりした。池の上へかぶさった繁みの中に、真赤な色のもみじの大枝がある。傾きかけた西日がそれに照りつけ、水にうつって暗い池の底から、目のさめる華やかな色を水紋に散らしている。

十一

菅田庵の帰りに車を廻して松江の市中を通り抜け、松江大橋を渡って宍道湖畔の天神埋立に出た。低い松並樹のある石崖《いしがけ》に青い波が打寄せ、間近かの嫁ヶ島を指呼の間に望見する。嫁ヶ島は平ったい板の上に、立ち樹を載せた様な小島である。

それから車がどこだかぐるぐる廻って、何かしら説明されたが、みんな忘れてしまった。そうして松江大橋の下流にある新大橋を渡った。下流なのだろうと思う。どっちが上《かみ》だか下《しも》だかよくわからないが、日本海の入り海になっている中ノ海と、その奥の袋の様な宍道湖とをつなぐ狭い水路を大橋川と呼び、そこに架かった橋が松江大橋と新大橋である。新大橋を渡ってから、もう帰りましょうと云う事にした。どこへ行って見ても面白くはない。元来私は松江へ見物に来たのではない。それでは何しに来たのかと云う事になると自分ながら判然としないが、要するに汽車に乗って遠方まで辿《たど》り著いたのである。しかし旅行には区切りをつけなければならない。それで松江に泊まっている。外へ出て方方廻って見ても面白くもないから帰ると云うのは宿屋へ帰るので宿屋へ帰ればどう面白いかと云えば宿屋が面白いわけもない。しかしながら物事が何でも面白い必要もない。

宿屋へ帰るとお茶を立ててくれた。うまかったからもう一服所望して飲んだ。松江と云う所は、だれでもお茶を立てて飲み、職人が朝、仕事に出掛ける前にも、一服飲んで行くと云う風習だそうである。何樫さんがこんな事を云い出した。今度の御旅行に就いては、土地の新聞関係には一切だまっていたのですが、今日になって到頭わかってしまった。一寸《ちよつと》でいいからお会いしたいと申して居《お》りますけれど。

それは困った事になったと云う程の事ではない。面倒だから御免蒙《こうむ》りたいと云うだけの事、又私なぞをつかまえて会って見たところで何にもならないから、そちらでおよしになった方がよかろうと云うまでの事で、是非会おうと云うなら、逃げ隠れするにも及ばない。しかしこちらがくつろいで、今夜もまた、もろげで一ぱいと考えている所へ、別別に幾人もやって来て、その度に応接室へ呼び出されてはやり切れない。出て来るのがいやならお座敷でいいと云うので、少少怪しくなっている酒席に侵入されてはなお困る。用のない人とお酒を飲むのはいいが、彼等は用務を帯びている。如《い》何《か》なる用務かと云えば私に会うと云う事で、何かざら紙に書き取って、お酒の途中で帰って行くに違いない。出て行ってから思うだろう、あのおやじは利口ではない。それはそう思うのは無理がないと云うのは、私はお酒を飲むと余り利口でなくなる。よく知らないけれど大体そうらしいので、わざわざ松江くんだりまで、「引《ふ》こずり、引《ふ》っぱり」来た挙げ句に、その点を諸君に披露するなぞ気の進まない事である。そう会いに来ると仰《おっ》しゃるなら会いますけれど、どうか一束で御光来を願いたい。そうして下さるなら、お膳《ぜん》に坐《すわ》る前に、応接間へ出てまいります、と云う事にした。

暫らくして、皆さんお揃《そろ》いですと知らして来たから、廊下伝いに出掛けた。人員を点呼したわけではないが十人ぐらいか、或はもっといたかも知れない。その中に写真機を構えたのが幾人かいて、甚だ物物しく又馬鹿馬鹿《ばかばか》しい。型の如《ごと》く、松江の印象はどうかと問う。どう云う目的で来たかと尋ねる。こちらのお酒をどう思うかと云い出したのがいる。聞かれれば話すけれど、僕がたくらんだ事ではありませんよとことわっておいて、大阪駅からお酒を積んで来たことを白状した。琵琶湖畔の晩の話しで、お酒はこちらから持って行った方がいいと忠告された。しかし旅行中お酒の罎《びん》を持ち歩くと云うのは、余りいい趣味ではない。曖昧《あいまい》な受け答えをしておいたが、大阪駅の長い停車の間に事を運んで、私の好きな銘の罐詰が同行する事になっていた。

だから、御当地の酒の事を聞かれても、実は知らない。しかしながら、そちらからそう云って尋ねられる所をみると、お酒はまずいのだろうと、私の方で確認する事になるが、左様心得て宜《よろ》しきや。なおその外に、琵琶湖の源五郎鮒《ぶな》の鮒鮨《ずし》を持って行けとすすめられたけれど、それはことわった。宍道湖へ来て琵琶湖の鮒鮨を賞味しては、宍道湖に相済まぬ。来て見ればこちらには、もろげあり、鱸《すずき》あり、よその名物を持ち込むには及ばなかったと云う事を更《あらた》めて承知した。

お相手になって下らない事を弁じて、それで役目が済むものなら、こうして諸君の中に伍《ご》している事は迷惑ではない。しかし写真機を構えて、目の先でピカピカ閃光《せんこう》を焚《た》かれるのは、生理的に不快と不安を起こさせる。それはもういい加減で止めて貰《もら》いたいと申し出た。

地元の新聞だけでなく、大阪に本社のある新聞の派遣員もいるので、そんなに大勢になったらしいが、要するに何の得る所もなかったろうと思い、御手数を掛けて済まなかった様な気がする。尤《もっと》も何か得る所があるだろうなどと初めから考えてもいない諸君が、ただ人に構い、からかって行ったのだとすれば、いい面《つら》の皮はこっちで、おまけにその面を写真に取られた。

中に一人、何だか見覚えのある様な顔がいた。松江へ初めて来たのだから、こちらに旧知がいる筈《はず》はないが、その顔がよそから来たのかも知れないし、そのどこだかわからないよそで、私が以前に出会った事があるのかも知れない。よそと云うのは、汽車の中だとしても成り立つ。しかしそんな事は何もなくて、ただ見た様な気がすると云うだけの事かも知れない。わからない事はわからないなりでいいが、話しを終って席を立つ時、みんなに会釈《えしやく》した目が、またその顔にぶつかった。

十二

廊下の途中に小さな橋がある。蒲鉾《かまぼこ》形に反《そ》っているので、そこで足許《あしもと》が少し浮き上がる。それから何となくふわふわした様で座敷に戻る間が随分長く思われた。帰って見ると山系君が一人、ぽつねんと坐っている。変に長い顔をしている。

「どうしたんだ」

「はあ」

「何をしていたの」

「なんにもしません」

「顔が長いよ」

「僕がですか」

女中が来て、応接間にまだだれかいると云う。そんな筈はない。もうみんな帰って行ったじゃないかと云っても、さっきからお待ちになっていると云う。

もう一度廊下を伝って行って見ると、あやめのはっきりしない竪縞《たてじま》の著物《きもの》を著て、よれよれの袴《はかま》を穿《は》いた男がいた。

「まだ僕に御用があるのですか」

そっぽの方を向いて、瞬《またた》きもしない。そうして黙っている。さっき顔に見覚えがあると思った男の様だが、様子が違う。さっきは著物を著たのは一人もいなかった。

いつ迄《まで》でも、そうしている。何だかこっちもうっとりして、口を利《き》きたくない。用事がないなら座敷へ帰るよと云おうと思うけれど、云い出すのが億劫《おっくう》である。

山系君が宿屋のどてらを著込んでやって来た。輪郭のはっきりしない姿で、前に立ちはだかった。

「先生、随分長いですね」

「何が」

「まだですか」

「まだと云う事もないが」

「もうさっきから、お膳が出ているんですよ。いろんな物が、さめちまいます」

だから座敷に帰って、山系と一献を始めた。今夜ももろげが出ている。もろげの濡《ぬ》れた肌が、ぎらぎら光る。

「昨夜のとは味が違うね」

「そうか知ら」

「第一、大きいじゃないか」

「僕のは動いていますよ、そら」

「貴君、もっとお酒を注いで下さい」

「はあ」

「まだまだ」

「どうしてそんなに飲むのですか」

「貴君だって手許が早いじゃないか」

「何だか、こっち側が寒いのです」

「僕は僕のこっち側が寒い」

「僕、そっちの横へ行きましょうか」

「そうしよう、こっちへ移って、二人で並ぼう」

「このお膳は軽いですね。持ち上げ過ぎて、鼻を突きそうだった」

「女中はどうしたのだろう」

「もうさっきから、いませんね」

「さっきはいたかい」

「何か取りに行ったのでしょう」

「二人しかいないのに、向き合わないで、こうしておんなじ方を向いて並んでいるのは、気ちがいが養生している様な気がする。貴君はそう思わざるや」

「僕は気ちがいの経験はありません」

「そうかね」

「あれは何の音です」

「風だろう。おい、そこにだれかいるじゃないか」

「いますね」

「だれだろう」

「わかりません。おい君君」

「声を掛けるのはよせ」

山系のいた後に坐っている男が、もっとはっきりして来て、にたにたと笑った。

「今晩は」

水を浴びた様な気がして、急いでお酒を飲み足した。

「あなたはだれです」

「僕は名もない神でして」

「神様が僕と云うのはおかしいや」

山系はそう云って、手酌で立て続けに二三杯飲んだ。

「こりゃもう、お銚子《ちょうし》が途切れそうだ」

「いや、あるある。まあ一つ先生から」

その前にも同じ様なお膳がある。いつ持って来たのか知らない。

「さあ一つ、おあけなさい」

「これはどうも恐れ入ったな。神様のお酌で」

「先生およしなさい。変です」

「大丈夫大丈夫。僕は疫病神《やくびょうがみ》でも貧乏神でもない。さあお受け下さい」

しかしながら貧乏神でない事もない様な風態で、真鍮《しんちゅう》の剝《は》げ掛かった釦《ボタン》の詰襟服を著ている。どこかの守衛みたいで、坐っている膝《ひざ》のあたりが何となく寒そうである。

「山系君、まあいいじゃないか。いい事にして一献しよう。どうせ出雲へ来合わせたのだから」

「いいですか」

「止《や》むを得なければ即《すなわ》ち止むを得ない」

「そこだ。そうです。そうしたものだ」

「では有り難く戴《いただ》きますが、東京小石川の牛ヶ鼻天神の末社に、貧乏神の祠《ほこら》がありますけれど、御存じですか」

「よく存じて居ります。つねづね御懇意に願って居りまして」

「お知り合いですか」

「あすこは随分お供え物の多い所でして、僕の先輩です」

「神様にも先輩後輩がありますか」

「有りますとも、人間社会よりは先がつかえているでしょう」

お膳の上の物を無暗《むやみ》に食っている。焼き肴《ざかな》は横ぐわえにして、しごいた。

おやと思い掛けたら、ちらりとこっちを見て、変な手つきでくわえた魚をお皿へ戻した。澄まして膝の上に置いた手が、馬鹿にきたない。爪《つめ》が伸び放題に伸びている。

「卯《う》、亥《い》、巳《み》、未《ひつじ》に爪取るな」

「何ですか」

「どうも忙しいもんで、連日」

「会議がおありなのでしょう」

「委員会だとか、聯絡《れんらく》会議だとか」

「どう云《い》う事を議せられるのですか」

「それは云えない。尋ねる可《べ》き事ではない。一体あなたは我儘《わがまま》だ」

「これは恐れ入りましたな」

「人がわざわざ案内すると云う所を見もしないし」

「会いに来た者はいい加減にあしらうし」

「若い者を相手に酒ばかりくらって」

少し痙攣《けいれん》した様な顔つきになり、目を引っ釣らして云い立てる。

「芸妓《げいぎ》だって怒っている」

「早く帰ってしまえ」

「極道《ごくどう》じじい」

相好《そうごう》の変った所で気がつくと、服装はちがってもさっき応接間にいた顔であり、又その前の大勢の中にいた顔でもある。そう思い掛けたら、目がきらきらっと光った。

襖《ふすま》を開けた女中が、

「あれ、又ここに、ちょいと番頭さん」と金切り声を立てた。すっと起《た》ち上って、酔っ払いの様にふらふらっとして、次の瞬間は稲妻の速さで襖の外へ飛び出した。山系君は頭を前にたれて、昏昏《こんこん》と眠り込んだ儘、起きない。

「どうも申し訳御座いません」

「神様か」

「神様なもんですか。菅田庵《かんでんあん》の山の狐《きつね》です」

「狐か」

「いらした時、ついて来たのですわ。あれ、あっちへ出すお膳《ぜん》が、一つ足りないと思ったら、こんな所に」

十三

神様か、菅田庵の狐か、勝手に自分で酔っ払った上の気の所為《せい》だったのか、一夜明くれば今日も明かるいよいお天気で、寝る前に湖面を包んだ霧の跡形もない。昨夜の霧は、気がついた時、余りに濃かったので、一目見て息が苦しくなる様な気がした。湖水の空を渡る夜鳥の声が、霧を透してけたたましく聞こえた後は、しんかんとして、大橋を渡る足音も絶えた。

今朝目がさめたら、どう云うわけか寝入る前に湖の遠い向う岸で、かすかに雨戸を繰る音がしたのを真先に思い出した。しかしそれも本当に聞いたのだか、どうだか解《わか》らない。今の明かるい景色では、向う岸は余りに遠い見当で、いくら辺りが静かでもそこから物音は聞こえて来ないだろう。

怪しげな現象の前で、あんなに昏睡した山系君は、今朝は御機嫌よくけろりとしている。そう云えば私だって、けろりとしていない事もない。さあ、もう支度をしなければ遅くなる。昨日向う岸の山裾《やますそ》に白煙の帯を引いて走った「いずも」の上り七〇二列車に乗って、今日は大阪まで帰るつもりである。

宿を立ち、松江駅でまだ時間があるから一服した。昨日の新聞記者の中の一人が、今日は駅まで来ると云ったが、来ない。いい工合にと云う程の事もないけれど、来ればば矢張り立つ前の時間がそれだけ忙しくなる。時間が余って何もする事がないから、送って来た宿の女中を返り見る。二人いる。しかしその顔を見て、どっちが私共の座敷の番であったか判然しない。二人ともそうだったのか。それなら二人とも見覚えはない。いや、見覚えがなくはないが、何となく顔の区分がはっきりしない。しかし今日はもう昨夜と違って、こちらは萬事曖昧《あいまい》ではない筈である。

七〇二列車が這入《はい》って来たから乗って、定時十一時四十分に発車した。動き出すと山系君が云った。

「あっ、忘れた」

「何を」

「そう云うのを忘れたのです」

「何だね」

「もろげによろしくと、女中にことづけしようと思ったのです」

しかし、もろげは山系君の好意ある伝言を聞いても喜びはしない。第一、その当のもろげは、すでに彼の腹中に這入っている。

宍道湖《しんじこ》につながる中ノ海の沿岸から、関の五本松の美保ノ関の見当を遠望し、安来節の安来駅を通過し、大山《だいせん》の山容を今度は車窓の右に眺め、米子《よなご》を過ぎて鳥取に近づき、憂鬱《ゆううつ》な砂丘に迎えられて、要するに一昨日通って来た所を逆撫《さかな》でしながら、段段松江から遠くなり、大阪へ近づいて行く。しかしながら、その道筋に間違いはないけれど、大阪と云うのはただ観念の上の終著駅《しゅうちゃくえき》であって、いくつもいくつも重なり合った山の向うの、どの辺りにあるか見当もつかない。山が迫って線路がカアヴして、後部についている私共の車室の窓から、先頭の機関車の姿がよく見える。煙を吐いて勾配《こうばい》を登って、随分一生懸命の様だがこちらは閑閑と座席に坐《すわ》り、時時窓からその様子を眺めながら何もする事がない。家にいて、じっとしていて何もしないのとはわけが違う。松江から大阪まで八時間、正確に云えば七時間五十分、その間片づけておかなければならないと云う心づもりは、何一つない。ただぼんやり坐っているだけが、今日一日の仕事である。そうしていれば、機関車がせっせと働いて、行こうと思っている大阪へ近づく。汽車の中へ何か持ち込んだ仕事をしていても、近づく事に変りはないが、何もする事がないのだから、それ迄《まで》の話である。

午後の時間が進むにつれて、坂にかかった汽車の窓から横に低く見える空が、少し曇って来た。暗い雲を見るのは十日目ぐらいである。暗くなりかかった空の下を走り続けて、余部《あまるべ》の鉄橋へ近づいた。高い土手の上から、山鼻の陰に日本海の白浪《しらなみ》が見え始め、じきにその鉄橋に掛かったが、こう云う風に逆に行くと余部の趣もない。鉄橋から隧道《ずいどう》に這入って窓の外が暗くなったと云うだけの事で余部を通り過ぎた。

その内にどの辺りかで日が暮れた。暗くなった初めの頃は沿線の燈火もまばらであったが、次第にその数を増し、あたり一面ぎらぎら光りだしたと思ったら、大阪へ著《つ》いた。

足許《あしもと》の悪い板張りのホームへ降りた。その所為《せい》ばかりでなく、長い間一つ所に腰を掛けていた後なので、何となく歩きにくい。

タクシイを雇い、まっしぐらにホテルへ乗りつけて、さて彼と一献を始めた。車中は大変お行儀がいいので晩が待ち遠しい。しかし時間の都合で食堂はもう閉まる直前だったから、止《や》むを得ずグリルに落ちついた。グリルはどうかすると薄い煙が棚引き、何となくにおいが漂い、好きではないが、止むを得なければ止むを得ない。

少し廻って来ると、山系君が頻《しき》りにあたりを見廻す。何が気に掛かるのだと聞いても、何でもないと云う。私共の席の随分間近まで人がつまっている。不思議に話し声は耳に立たないが、その気配が気にならない事もない。だから私も、つい見廻す。

「先生は何を見ているのです」

「何と云う事もないが」

要するに、我我は我我のテーブルに専念すればいいのであって、気を散らすのはよそう。又昨夜の様な事になっては困る。

十四

ホテルの部屋で目がさめた。きれのブラインドに朝日がさしている。

なぜホテルへ泊まるのか。普通の宿屋よりホテルの方が好きかと聞かれることがある。箱詰めになった様で、どの隅も四角で、殺風景で、それに庭のついた或《あるい》は見晴らしのいい宿屋の座敷の方が趣がある。しかし宿屋には女中がいる。行き届いた宿屋程そのサアヴィスがうるさい。

著《ま》くと先ずお茶にお菓子を持ってくる。持って来ても構わぬが、持って来なくてもいいものを持って来るには及ばない。宿屋に著けば咽喉《のど》がかわいているとは限らない。しかしお茶ぐらいは、持って来たものなら飲んでもいいから飲む。お菓子は滅多に食べた事はない。お菓子はきらいではないが、その時食べたいと思っていない所へ持って来た物に手を出すのは業腹《ごうはら》である。山系氏はそう云う時のお菓子を見ると、腹を立てた様な顔をする。嘗《か》つて食べたのを見た事がない。

同時におしぼりを持って来る。どうかすると香水のにおいがする。手を拭《ふ》き顔を拭けと云う事なのだが、私は外へ出る時は年中手套《てぶくろ》をはめているから、手を拭く必要はない。更《あらた》めて顔を拭いて見たところで仕様もない。

女中が出て来て、どうぞお召し換えを、と云う。著《き》て来た洋服を脱げと云う指図である。後で、と云うと大概不満そうな顔をして、出て行く。その場で彼女の命に従うとなれば、お召し換えの浴衣《ゆかた》にどてらを重ねたのを両手に捧《ささ》げて、うしろへ廻って背中にかぶせる機会をねらう。しかしそう簡単に装束《しょうぞく》が解けるものではない。随分お待たせして、やっと背中が露出すると素早く手に持った著物を掛け、間《かん》、髪《はつ》を容《い》れずして兵児帯《へこおび》を取り上げる。両手に伸ばしてさあこれを締めろと云う順序になる。

私の洋服のポケットには、いろんな雑品が這入っている。宴会の時なぞ、くつろぐ為《ため》に上衣《うわぎ》を取れとすすめられても、ポケットの諸品が手許から遠くなる不便をおもんぱかって、脱いだらさぞさっぱりするだろうと思いながらもその儘で我慢する場合がある。宿屋の女中の指図に従い、洋服を脱いだ以上、それらの諸品とは暫《しば》らく遠ざからなければならない、と云っても洋服を著たなりで寝るつもりでもない以上、それは一先ず止むを得ないが、脱いだ洋服は彼女の管理下に置かれた様な事になり、特にずぼんは必ず裾を上にして、逆《さか》さに釣るそうとする。そんな事をされると、ポケットの中の物がばらばらこぼれ出す。逆釣《さかづ》りにするだけでは満足しない。折り目をつける為に寝床の下で敷き押ししようとたくらむ女中もあり、一歩を進めてどこかへ持って行き、アイロンを掛けて置くと主張する女中もある。大きなお世話で、いらざるお節介で、小田原提燈《ぢょうちん》の様な私のずぼんに折り目を立てて見たところで何の意味もない。折り目がつく事は構わないが、そうする為にはポケットの物も全部取り出さなければならない。その処理が面倒なので、どこの宿屋へ行っても、女中はずぼんに手を触る可《べ》からずと云う事をこちらから布令《ふれ》ておく。彼女等は自分の任務の手前、プレスしないで宜《よろ》しいので御座いますかと、残念そうに云う。

おハンケチをお出し下さいませ。明日までに洗ってまいります。夏場だと、手套も洗っておくと云う。折角ながら一一《いちいち》みんなことわる。そんな物は洗わしても構わないが、洗う程よごれてもいない。何しろ面倒で仕様がない。しかし先方ではそう云う風に気を遣うのをサアヴィスと心得ている。お風呂《ふろ》に這入れと云う。今はいやだと云うと、いつ頃お這入りになるかと尋ねる。ほっといて貰《もら》いたいが、浴室の構造や、案内する順序から云って、そうばかりも行かないだろう。どうかすれば向うの都合に順応して、まだ行きたくもない風呂場へ出掛ける事もある。

これ等の事が、ホテルでは一切何の煩《わずら》いもない。著くとボイが部屋へ案内して、鍵《かぎ》を置いてお辞儀をして帰って行く。それでお仕舞で後はなんにも構って来ない。風呂に這入りたければバスがある。お茶が飲みたかったら、命ずれば持って来る。命ぜざればいつ迄でも知らん顔をしている。その知らん顔と云うのが、旅先では一番難有《ありがた》い。

十五

昨日は山陰線の途中の空が少し曇り掛けたが、その時の雲は散ってしまって今日も亦《また》拭いた様ないいお天気である。

お午頃《ひる》、山系君はこちらの友人と連れ立ってどこかへ出掛けたが、じきに帰って来た。

「どこへ行ったの」

「上方風のうなぎを食って来ました」

「それは少しく羨《うらや》ましい様でもある」

「ついその先です」

「貴君《きくん》、僕はつらつら考えたのだが、何も用事はないね」

「ありません」

「約束もないね」

「ないです」

「それでは、だ。それでは、動物園へ行こうか」

「動物園ですか」

「この前の時、風を引いて果たさなかったからね」

「行ってもいいです」

それで出掛けた。天王寺までは、大分遠い。途中の所所、自動車が十字路に詰まり過ぎて二進《にっち》も三進《さっち》も行かなくなっている。止むを得ず引き返して別の道へ出る。

「大阪の人間と来たら、軽薄ですからな」と運転手が呟《つぶや》く。隣国のおばさんが来たと云《い》うので、市中が大騒ぎしていると云うのを、にがにがしそうに話した。「こっちが向うへ行っても、こんなに騒いでくれやしません」と云う。何だか癪《しゃく》にさわっているらしいが、どこが気に入らないのか、彼の気持はよく解らない。

気をかえて、「お客さん、御覧なさい」と彼が云う。「これからの道の両側、どこまで行ってもおもちゃ屋と駄菓子屋ばかりですぜ」

松屋町筋と云ったか知ら。大阪のこんな所を通るのは初めてで、全く道の両側はその店ばかりが軒を並べている。余っ程行ってから店屋が途切れて、今度はお寺の行列になった。お寺がこんなに数が知れない程山門を並べて、どうするのだろうと思う。亡者《もうじゃ》が戸まどいするばかりではないか。

動物園のどの門に停めるのかと聞く。そんな事は解らない。どこだって構わないと云った。そうして切符を買って這入った。這入った途端に、つまらない所へ来たと思い出した。そこいらを眺めて、何となく面白そうではない。少し風が吹いている。黄いろい西日を受けて、大きな檻《おり》がずらずらと列《なら》んでいる。これを一一見て行くのかと思うと、まだ歩き出さない内に、うんざりした気持がする。一つの檻の中に狐《きつね》が沢山いた。みんな同じ方を向いて、何となくそわそわしている。

別棟の檻の中に大きなチムパンジイがいた。見るからに憎らしい顔をしている。大体、猿の顔にろくなのはない。このチムパンジイは上野にいるのと東西呼応して、新聞で時時紹介される。硝子《ガラス》戸の外の廊下になった所には、三輪車その他子供の運動用具が置いてあるが、そう云う物に乗って芸当するところなぞ、見たくもない。今は向うの隅っこにちぢこまって、バナナの皮を剝《む》きながら、上目使いにこっちを眺めている。その顔を見ていると腹が立って来るから、山系君を促して前を離れた。

ライオンがいた。身体《からだ》が大きく鬣《たてがみ》も立派で、申し分のない威容を備えているが、どことなくよごれた感じで薄ぎたない。はたきを持って来て埃《ほこり》をはたいてやりたいと思う。

虎《とら》もいたし、羆《ひぐま》もいたし、黒豹《くろひょう》もいたし、見れば向うもこちらを見るから、つい足を止めることになって、大分時間が経《た》った。

ライオンと虎を一緒に入れた檻がある。掲示を見ると、その合いの子を産ませようと云う計画の様で、金魚やカナリヤの異種を造るのと同じ趣向であろう。ライオンの牡《おす》と虎の牝《めす》との間に出来た子は、ライオンとタイガアを一語にしてライガアと云い、虎の牡とライオンの牝とで産まれた子はタイゴンと云うそうである。しかし何《いず》れもまだ産まれてはいない。計画の序《ついで》に更に一歩を進めて、雀《すずめ》と蛤《はまぐり》の合いの子、山の芋《いも》と鰻《うなぎ》の合いの子等も造り出されては如何《いかが》かと思う。

けだものの顔を見過ぎて、大分草臥《くたび》れた。もう切り上げよう。

「貴君、帰ろうではないか」

「そっちの地下道の向う側に、まだいろいろいるそうですよ」

「どんなものが」

「象だの白熊《しろくま》だの、猿ヶ島だの」

「人間の檻もそっちにあるのか知ら」

「人間ですか。はあ」一寸《ちよつと》考えて、「まあ、帰りましょう」と彼が云った。

翌《あ》くる日の午過《ひるすぎ》十二時半、第四列車「はと」の上りに乗って大阪を立った。京都を出て東山のトンネルに這入った時、後部の赤い尾燈のまわりに隧道《ずいどう》の煙がまつわり著き、真赤な燄《ほのお》の塊まりになって列車を追っ掛けた。どうも我我は、いろんな事で少し疲れた様である。

時雨《しぐれ》の清見潟《きよみがた》　興津阿房《おきつあほう》列車

上

惰性で阿房列車と云《い》う風に考える。ところが今日は行く先に人が待っている。人が待っている所へ行くのに乗った汽車が阿房列車だと云う事はない。待っている人が、大して用もないのに私共を待っているとすれば、そっちの方がおかしい。

しかしながらヒマラヤ山系君が乗って居《お》り、そうして私が乗っている。走り出す前の車窓の外には、見送りに来た見送亭《けんそうてい》氏が起《た》っている。そうして三七列車、急行雲仙が動き出した。動き出した汽車に揺られる乗り心地は矢張り阿房列車である。

雲仙は去年の秋、長崎へ行った時に乗った汽車である。それはその筈《はず》でこの汽車は長崎行である。だから私共が乗らない時でも長崎へ行っている。その長い道程の初めの所を一寸《ちょっと》千切って、東海道の由比《ゆい》や興津へ行く為《ため》にこの汽車に乗った事が二三度ある。急行列車であっても方方へちょいちょい停まり、興津の一つ先の清水へも停車する。由比や興津へ引き返すのに都合がいいので、この急行を利用する。今日も行く先は興津なのだから、清水で降りて後戻りするつもりである。

昔私が学生の当時、郷里の岡山に帰省する途中通った時分には、清水と云う駅はなかった様な気がする。近頃になって人から教わって知ったところでは、清水は昔の江《え》尻《じり》駅だそうで、そう云えば江尻と云う駅の名がなくなっている。その頃は東海道本線に横浜と云う駅はなく、今の横浜駅の在る所は平沼駅であった。話しがそっちの方へ逸《そ》れては後が続けにくくなるけれど、そんな事を云い出せば京都と云う駅もなかった。鉄道唱歌に、

東寺の塔を左にて
停まれば七條ステーション

とある通り、今の京都駅の在る所は七條駅であった。大阪と云う駅もなく、梅田駅であった。しかしこう云う話を、用もないのに知ったか振りして持ち出すのは、一考を要する。私はすでにれっきとしたじじいではあるが、人前で自分の歳《とし》を隠そうなどと云うおかしな料簡《りょうけん》は持っていないけれど、こう云う話から、して見ると彼は余っ程の歳だなと思われるのは好ましくない。古い事は、知っていても黙っている事にしよう。

さて急行雲仙は午後一時、定時に発車して、するするといい工合に走り出したが、軽く新橋のホームを擦り抜けて段段いい調子になり掛けたと思ったら、御丁寧に品川駅へ停車して一先《ひとま》ず静まり返った。

横浜を出てこれから速くなると思っていると、二十分許《ばか》り走って大船に停まった。小田原にも停まり、熱海《あたみ》に停まり、その小田原と熱海の間で、もっと正確に云うと湯河原の手前で、上りの雲仙第三八列車と擦れ違い、お互に曖昧《あいまい》な電気機関車の電気笛で嘶《いなな》き交わした。

丹那《たんな》隧道《ずいどう》を越して沼津に停まり、沼津を出たと思ったら十五六分で又富士に停まった。全く愛想のいい急行で、頻《しき》りに左顧《さこ》右眄《べん》する。君子ハ左顧右眄セヌそうだから、急行雲仙は君子でないのだろう。富士駅は大きな駅である。そんな事を云い出すと又お歳のわかる話になるが、私は富士駅が新らしく開業して、一年余り経《た》ったばかりの当時、昔の最急行で通過した事がある。小さな小屋の様な本屋《ほんおく》が見えたと思うと、忽《たちま》ち非常汽笛で急停車した。車窓の外は山麓《さんろく》の通り雨が降っていた様に思う。引込線の所で入れ換えの貨車に衝突したのである。急停車した目の前に、貨車が一輛《りょう》横倒しになって線路の外にころがっていた。怪我人《けがにん》があったらしく、人の背中にぐったりして負ぶさって行く姿を見た。そうして最急行はすぐに発車した。

つい古い話を持ち出したが、まあいい。何しろ知っているのだから、止《や》むを得ない。

今日は朝からいいお天気であったが、走って行く車中で半晴の秋空になった。風が吹いているらしい。線路に近い校庭に起って球を投げている青年の白いズボンの皺《しわ》に、ひらひら波が打っている。

車内は煖房《だんぼう》が利《き》き過ぎて暑苦しくなった。しかし窓を開けるのは無作法だと思って遠慮していると、車内の売子がアイスクリームを売りに来た。方方の座席で買っている。はは あ、と云う様な顔をして山系君が云った。

「こうしておいて売りに来ると、よく売れますね」

「これこれ貴君《きくん》、ひがむでない。これは我我にアイスクリームをおいしく食べさせる為のサアヴィスである。僕にも買って下さい。ああ食べたい」

「一つでいいですか」

「僕は二つなめる。貴君は」

「僕はどうでもいいですけれど、まあ一つ買いましょう」

続け様に二つなめたら、それでいくらか涼しくなった。

由比駅が近くなった。清見潟の波が今日は大分高い様である。薩埵《さった》隧道を抜け、興津を通過して左顧右眄急行が清水駅に停車した。下車するには矢張り停まってくれた方がいい。降りて見ると、風が吹いているホームの中程の所を後部の方へ、静岡の蝙《こう》蝠傘《もりがさ》君が走って行った。私共に背中を向けて、何をしているのだろうと思う。間もなくこっちへ向き変った。そうして走って近づいて来た。

彼が走って来る途中の中途半端《はんぱ》な所に、駅長と並んで起っている人がある。山系君が認めて課長だと云った。

蝙蝠傘君が、我我の列車が這入《はい》って来るとなぜ馳《か》け出したかと云うに、そのわけは、東京を出る時の二〇一列車急行大和は、名古屋で前部の三等車数輛を外すので、その手前では二等寝台や二等車の位置が列車の中程になっている。三三列車急行玄界、二三列車急行瀬戸はそれぞれ門司《もじ》又は大阪で一本の列車が二本に別かれて、別かれた方が日豊線、山陰本線へ這入って行くから、普通は前部にある二等車が、この編成では中央部にもある。こう云う編成の列車はまだこの外にもある。

彼はこう云う列車をホームに出迎えて、待った相手の人が思い掛けもない中央部にいたので、ひどく面喰った事があると云う。今日も我我の三七列車雲仙を待って、初めは前部の停車位置にいたが、著《つ》いてもすぐに私共が降りて来なかったと云うので、そんな事はないのだが彼の頭に以前の失敗の経験が働き、てっきり中央部だろうと思い込んで走って行ったら、そっちには二等車がなかったと云うのである。

紹介されて課長に挨拶《あいさつ》し、駅長室に這入って一服した。清水の駅は私に生面《せいめん》ではない。由比興津へ引き返す為に何度も降りたし、駅の前の茶店でアイスクリームを飲んだ事もある。しかし町中へ出た事はない。今日もここから興津へ引き返すつもりでいたが、管理局の自動車が来ているから、それで御案内すると云う。その序《ついで》に三保ノ松原まで行って見ようと云う事になった。

由比の山ぞいの宿屋の勾欄《こうらん》から何度も三保ノ松原を眺めたが、蛾眉《がび》かげじげじ眉《まゆ》か、いずれにしても清見潟の水波を隔てた風光は見飽きがしない。絶景であると褒めたら傍にいた当時の由比の駅長さんが、しかし三保ノ松原の景色は向う側から見たのがいいので、ここから眺めるのは裏側ですと云った。

向う側から眺めるには沖へ出なければならない。それは億劫《おっくう》な話で、又今度の事にする。今自動車で行って、松原の中へ這入れば、松の木が一本一本別別になって、どうせ景色と云うものにはならないと云う事を予《あらかじ》め承知の上で自動車に揺られた。

清水港の海岸に沿って走って行くすぐ間近かに、すでに雪をかぶった富士山が見える。あんまり手近かにあって、大き過ぎて、美しいと云う感じよりもこんな巨大なしろ物は始末が悪いと云う気がする。

自動車が走って、長い松並樹《なみき》の道に這入った。三保ノ松原の一部である。その道の行き詰まりに陰鬱《いんうつ》な色をした砂丘があり、灰色の砂の中から老松が兀立《ごつりつ》して一面の松原を成している。遠くの沖から眺めたら後ろの富士山を点景にして、いい景色だろうと思うけれど、松の大枝の下陰を歩くだけでは、足許《あしもと》の砂がざくざくと崩れるばかりでちっともよくない。そもそもこう云う名所へじかに来て見て、いい筈がないのはもとから解《わか》っているのに、わざわざ自動車を廻らしたりして、自動車にも三保ノ松原にも天女の霊にも済まなかった。

三保ノ松原から興津の水口屋へ引き返して行く自動車は、もう暮色に包まれて走った。水口屋と云ったが、私は旅先の宿屋の名前を文中に記さない事にして、そのつもりを通している筈である。その中に二つの例外があり、一つは八代《やつしろ》の松浜軒で、もう一つがこの水口屋である。水口屋の名前は私の二番目の阿房列車、「区間阿房列車」の中に出ているから、今更伏せても始まらない。自動車が興津の町へ這入って、水口屋へ近づく何軒か手前の同じ並びに、西園寺《さいおんじ》公《こう》の坐《ざ》漁荘《ぎょそう》がある。水口屋のすぐ近所だと云う事は前前から聞いていたが、まだ行って見た事はない。その前に自動車を停めて、車窓から表の構えを眺めた。質素な感じがしただけで、別に感慨も起こらない。又起こる筈もないと自分で思った。遺跡とか名所旧跡とか云うものに対して、私は不感であるのみならず、どうかすると反感をいだく様である。

自動車が水口屋の門を這入ったが、改築した構えが面目を変えていて、何度か来て見覚えた面影はない。旧跡に興味がない様な事を云いながら、馴染《なじ》みになった模様が変っているのも好きでない。丸で知らない所へ来た様である。私を呼び寄せた部長が先著《せんちゃく》していて、自動車が停まると玄関口まで出て来て迎えた。これはこれは恐縮と挨拶している後ろの式台から廊下に掛けて、芝居の舞台の様に若い女中がずらずらと居《い》列《なら》び、手を突いてお辞儀をしている。長崎の旗亭でこう云う儀礼を受けた時、玄関のどこかでずぼんのお尻を鉤裂《かぎざ》きした。

案内されて通る長い廊下に、籐《とう》が敷きつめてあり、木口もまだ新らしいから木の香が漂っている様で、萬事豪奢《ごうしゃ》ではあるが、古ぼけた離れの来馴れた座敷の方がいいと思いながら奥へ通った。部長の外に主席も先著している。部長課長主席蝙蝠傘、それに山系と私で卓を囲み、暗くなる頃から取りとめもない話しをし始めた。

お酒が廻ると饒舌《じょうぜつ》になると云うのは、どう云うわけだろう。西園寺公は背丈ぐらいもある長い杖《つえ》をついて、駅の陸橋を渡るのをいやがり、線路に急拵《ごしら》えの橋をかけさして、向うのホームへ渡った。私はその橋を見た覚えがある。その時分、興津へ来た事はないし、又坐漁荘より以前の事だったかも知れないから、私が見たのは興津ではないだろう。私が知らなくても西園寺公が興津でもそうしたかどうか、それは私には解らない。私の記憶は茅ヶ崎ではないかと思う。しかし西園寺公が茅ヶ崎にいたか否《いな》か、それも確かではないが、何しろああ云う風になると我儘《わがまま》で、それが通るから、ごうぎなものです。

もっと昔の伊藤公は、大磯《おおいそ》にいて自分が乗る為に急行列車を停車させた。本来の停車駅へ一つ引き返すか、もう一つ先まで行くかと云う様な事はしなかった。朝鮮統監の時だったと思う。往復一本しかなかった当時の下ノ関急行を通過駅の大磯に一分停車さして、乗り込んだ。その時分でも非難があった様だが、しかし、ごうぎなもんじゃありませんか。僕もそうしたい。明日この興津に上リの急行列車を停める様に、そう云っといて下さいませんか。僕はそれに乗って東京へ帰る。

「そいつはどうも」と皆さんは引き受けてくれない。

「いけませんか、それでは止むを得ないから、それは僕がどこかの統監になってからの事にして、明日は鉄道ノ御規則堅ク相守リ、お午《ひる》の十二時十一分の下リ一二七列車で静岡までスウィッチ・バックして上リの三六列車急行『きりしま』を待ち合わせ、それに乗ってもう一度この興津を通過して東京へ帰りましょう。興津を立つのはその次の一二九列車午後一時三十分発でも、静岡の上リ『きりしま』には間に合うけれど、時間がぎりぎりになって、あわてて馳け出したりすると統監閣下の威厳にかかわるから、その前の一二七でまいりましょう」

下

夜半過ぎ、まだ起きている内から雨が降り出した。庭に面した硝子《ガラス》戸に雨滴を叩《たた》きつける。それが流れて垂れて筋を引いて、何となくわびしい。お酒のさめぎわの気持が手伝っているのだろう。海が大分荒れて来たらしい。枕《まくら》に交う波の音を聞きながら、ぐっすり寝て翌朝はお午まえに目をさました。

あらかじめ考えておいた十二時十一分の汽車には、起きた時からもう間に合わない事がわかった。それならそれで次の一時三十分のでもいい。次のでもいいのにその前ので立とうと思ったのは、自分をだましていたわけではないが、真面目《まじめ》にそう考えている腹の底に、何、その後のだっていいよと云う事を承知している虫がいるから始末が悪い。

私は目を覚ましてから、朝飯昼飯その他これに類するものは何も食べないから、その方の手間は掛からない。一時二十分に宿を立った。自動車に乗る程の事もないが、しかし雨が降っている。吹き降りだから歩いたら濡《ぬ》れるだろう。乗って座席のすわりをよくしたと思うと、もう興津駅に著いた。

狭い待合所の中に人が起《た》っていて、何となく落ちつかない様子で、みんな中途半端な恰好《かっこう》をしている。駅長室で話を聞くと、先程から沼津とその次の原駅との間をひどい突風が吹き抜け、その為《ため》に列車を走らせる事が出来ないのだと云《い》う。沼津、原間は富士颪《ふじおろし》の通り路《みち》になっていて、時時こんな事があるそうだが、又富士川の鉄橋も、富士川に沿って吹いて来る風の為に渡れないそうで、その為下りの各列車は沼津又はその手前の各駅で足止めを食った儘、前へ動く事が出来ない。私共は興津から一時三十分の下リ一二九に乗って静岡へ行くつもりであったが、その時間はもう過ぎている。その一二九はいつ来るかわからない。それどころではない、その一時間前、十二時二十分頃に興津を通過する筈《はず》の急行三一がまだ来ない。この様子では予定の通り静岡で三六の「きりしま」を待って乗ると云うのは覚束《おぼつか》ない様子だが、じりじりじれったがっても始まらない。成り行きにまかして、外の吹き降りの雨脚を眺めながら、汲《く》んで出されるお茶をがぶがぶ飲んで時を過ごした。

大分ひどく荒れて来た様で、駅長室から持ち出した強風雨警報の円い鉄板が、ホームに掲げるとすぐに吹っ飛んでしまう。係員が電話にしがみつき、信号が駄目になったから、手信号でするからと云っている内に、電話も駄目になったと云った。電話は駄目になったり又通じたりしているらしい。

我我は興津駅にどの位いたかわからないが、一時間やそこいらではなかったと思う。下りは丸っきり来ないが、上りはその間に貨物列車が二本、横降りの雨の中を通った。暫《しば》らくしてから普通列車の三三四が来る事になって、辺りが少しく色めいた。しかしながら来ても興津に停めて、それからいつ発車させるかの見当はつかないそうで、何しろ「上り各駅満線」ですからと云う。

お蔭《かげ》で、各駅満線と云う珍らしい熟語を覚えた。本線も待避線も先へ行かれない列車で一ぱいになって、次の駅由比《ゆい》もすっかりふさがっていると云う。

どうも少し変な工合になって来た様に思う。皆さんの話を聞いている内に、或《あるい》は急行「きりしま」が興津に停まって、私を乗せて行くのではないかと云う判断が成り立つ。いつもの普通の順序では、「きりしま」の上りは三時に沼津に著き、十分停車で三時十分に発車する。「きりしま」が沼津に這入ってから五分後に、特別急行「つばめ」が来て、二分停車で先に発車して東京へ向かう。今日は各駅満線で、時間通りの運転はしていないが、しかし列車の後先の順序はまだ乱れていない様で、現にこうして興津で雨の線路を眺めていても、馳け抜けて行った列車は一本もない。そうすると、まだ静岡か何処《どこ》かその見当にいる「きりしま」のすぐ後に「つばめ」が食っついて来ているに違いない。先ず「きりしま」を通し、そうして早く「つばめ」を行かせなければならないだろう。だからじきに「きりしま」は来る。この興津の上り線はあいている。その向うの待避線には三三四が停まっているが、それを出す風はない。今にこのあいた上リ線に「きりしま」が這入って、しかし次駅の由比は各線満線だと云うから、興津を通過するわけに行かないだろう。従ってここに停まる。そこで私がお乗り込みになる。

「おいおい、山系さん、伊藤公がここにいるよ」

「天災だから仕方がありません」

「これは類稀《たぐいまれ》なる英雄的行為だ」

風雨を衝《つ》いて「きりしま」が這入って来て、上リのホームにぴたりと停まった。そこで私及び私共が乗り込んだ。山系は天災だと云ったが正に天祐《てんゆう》である。私は天祐を保有して車室に這入り、そうして座席に落ちついた。そうしていつ迄《まで》もその儘である。窓の外は風に乗った雨の音がするばかりで、雨の音ごと静まり返って行く。ホームを歩く人もなく、勿論《もちろん》乗り降りはない。他に乗り降りがないと云う点では、五十年昔の伊藤公が大磯駅から乗り込んだ時とその趣きを同じゅうする。ただその後で、伊藤公の場合はすぐに発車した事と思うけれど、興津の「きりしま」は私が乗っても動かない。帰りを急ぐ旅でもないから、いつ迄だってこの儘じっとしていて構わないが、それにしても随分落ちつき払ったもので、あんまり長くこうしていると、この列車全体が次第に冷《さ》めて来やしないかと云う気がし出した。

まあ気が済むだけ御ゆるりとなされたらよかろう。こうなればもう時間の経過なぞに興味はない。汽車が走っていれば何か考える事もあるが、走らない汽車の中でぼんやりしていると何を考えると云う手がかりもない。大分経《た》ってから、と云うのはどの位経ってからと云う見当もつかないが、遥《はる》か遠くの方で曖昧《あいまい》な電気笛の音がしたと思ったら、窓の外の濡れたホームが後ろへ辷《すべ》り出した。満線だった由比駅のどの線かが空いたのだろう。

雨の中を動き出して、見馴れた景色の中を薩埵《さった》隧道《ずいどう》に走り込み、隧道を出て由比駅の構内に這入ったと思うと、果してまた泰然自若と停車した。

これからが長いので、話しが前後するけれど後から時間を計算して見ると、由比のホームに二時間か二時間半ぐらいいた様である。時間が経つのは勝手だが、私は自分の腹加減を考えて見なければならぬ頃合いになって来た。何しろ今日は起きてから未《いま》だ一粒一滴、と云ってもお茶は飲んだが何も食べていない。抑《そもそ》も初めのつもりでは、静岡へ出て「きりしま」に乗り換える時、駅で汽車弁当を買い、車中でお行儀よくしたためようと思った。それが事の行き違いで叶《かな》わぬ事になり、北山しぐれの腹を押さえて清見潟の時雨《しぐれ》を眺める羽目になった。

由比駅の構内へ這入った儘で静まり返り、いつ迄経っても微動だにしない。或はここで後ろから来る「つばめ」を遣《や》り過ごすのかと思ったが、そうでもない。ボイ曰《いわ》く、富士川鉄橋の架線が揺れているので通れない。これが蒸気機関車だったら、通れるので御座いますけれど。

これからまだどの位、こうしてじっとしているのだろうと、その見込を彼に尋ねた。彼曰く、少くとももう一時間くらいは掛かりましょう。先程様子を見る為に電車を出しましたが、それも向うまで行かないらしいので、どうなっているか皆目わかりません。

そこで私が考え、山系君に相談した。ボイが申す様な情況だとすると、こうしてこの儘晩になり夜になる。然《しか》るに僕のおなかの中はそれに耐える持久力を備えていない。貴君《きくん》は人が寝ている中《うち》にお膳《ぜん》に坐《すわ》って、朝飯だか昼飯だか知らないが、食べているから平気な顔をしているけれど。

「僕だって、もうさっきから、腹がへっています」

「それなら、なお更の事、何とか考えなければならない場合となった様だ」

さっき興津でこの「きりしま」に乗り込んだ時、すぐに食堂車へ行かないかと誘われたが辞退した。なぜと云うに食堂車にはお酒がある。しかし昼酒は飲みたくない。飲みたくはないが隣りの席で人が飲んでいるのを見れば飲みたい。だからそう云う場所へは行かない方がいい。

ところが、こうして由比の駅で「きりしま」が坐禅《ざぜん》を組んでいる間に、車窓の外はうっすらと暮色が垂れそめて、駅の後ろの蜜柑《みかん》山は暗くなりかけた。

「貴君、すでに蒼然《そうぜん》として来た。もう昼酒ではない」

「そうですよ、さっきから」

それで神輿《みこし》をあげて、中央部にある食堂車の方へ歩いて行った。いつでもそう云う道中は足許《あしもと》が揺れて、その時転轍《てんてつ》にでも掛かればひどくぐらぐらして、人の座席の靠《もた》れにつかまらなければならないが、今日は丸っ切り揺れていないから、歩くのがらくである。

通路を歩きながら、山系君が云った。

「ぬまずくわずでぬまずまで」

「何だい、それは」

「そう云いますね」

食堂車の停車位置は、丁度由比駅の改札の真ん前であった。だから食卓の座席に腰を下ろした目の前に、小さな由比駅の本屋《ほんおく》の全景が見える。人影もない待合所の中を、三人兄妹と思われる小さな子供が馳《か》け廻り、ぐるりと廻った機《はず》みの勢いで改札の柵《さく》に飛びつく。一番末らしい女の子は、余り小さくて柵に攀《よ》じられない。そのお尻《しり》を兄貴が押し上げてやる。子供も小さいが由比駅の改札も小さい。出口入口各一つしかない。しかし桜えびの季節になると、この辺の漁師の群がその一つの改札口を押し合って通る様な事もある。

どこがいいのかと聞かれても、よく解《わか》らないが、私は由比駅が好きで、何度もこの改札の御厄介になっている。改札を出た真正面の往来の向うに蕎麦屋《そばや》がある。蕎麦の看板が出ているから蕎麦屋だろうと思って這入ったが、蕎麦はなかった。支那《しな》蕎麦で我慢した。

その裏道の旧街道には、軒毎《ごと》に目白を飼っている。そうして道ばたには猫が沢山いる。由比の猫は、なぜ目白に掛からないのだろうと思った。この前来た時は、その街道に沿って大袈裟《おおげさ》な道普請《ぶしん》をやっていた。或はもうその辺の様子は変っているかも知れない。

由比の宿屋から、ぶらぶら蜜柑山の山裾《やますそ》を歩いて駅に出ようと思っていると、宿屋の門の前に、蜜柑箱に車をつけた位の小さな自動車が待っていた。宿のサアヴィスだと云うので止《や》むなく乗ったら、すぐに駅に著《つ》いてしまった。それで散歩が出来なかった。

動かない「きりしま」の食堂車の窓から、暮れ切っていない辺りの景色を眺めながら一献を始めた。まだまだ静坐を続けるなら、一寸《ちよつと》杯をおいてそこいらを歩いて来ようかと云う気もする。そう云えばさっきは人気《ひとけ》のなかったホームや改札の前に、人影が行ったり、戻ったり、うろうろしている。「あれはみんなこの汽車のお客ですよ」と山系君が解説する。改札口の前に、箱に植えた大輪の菊が三株列《なら》べてある。軒から射《さ》す夕空の明かりと、早目の電燈の光とを一緒に受けて、花弁の色は大きな泡の様である。

「貴君、あの菊に水をやって来ようか」

「水ですか。まあいいでしょう」と云って彼は私の杯に酒を注いだ。

いつの間にか日が暮れ、空の明かりが消えて、改札の菊花ばかりが的皪《てきれき》と輝いていたと云う記憶だけが残り、その他の事は段段に曖昧で、よく解《わか》らなくなった。何か妙な工合になった様な気がして、由比のホームが辷り、明かるかった本屋はどこかへ行ってしまった。食堂車の外が、無暗《むやみ》に轟轟《ごうごう》云う様だから、暗い窓の外をすかして見たら、富士川の鉄橋であった。

列車寝台の猿　不知火《しらぬい》阿房《あほう》列車

一

蚊帳《かや》の裾《すそ》から、きたない猿が這入《はい》って来て、寝巻を引っ張った。爪《つめ》の先が横腹の肌にさわって気持が悪い。振り向いて見ると、猿の癖にひたいが広くて人間の様な顔をしている。起き直ろうと思ったがうまく行かない。もう少しで魘《うな》されそうになった所で、目が覚めた。

起きて見ると曇った空が低く垂れ下がっている。そうして時時薄日が射《さ》す。こんな日は雷が鳴り出すかも知れない。

夕方近くヒマラヤ山系君が来た。手になんにも持っていない。

「荷物は」

「いいのです」

「なぜ」

「いりませんから」

「だって貴君《きくん》、今度の予定は九日間だよ」

「何か持って行っても、著換《きが》えた事はありませんから」

「著換えだけではなく、必要な物があるだろう」

「大丈夫です。ポケットの中に入れた物だけで間に合います」

「そうかね」

「後は先生の鞄《かばん》の中で十分です」

それならそれでいい。何しろ旅先の手まわりは少い程いい。鞄を詰めてから、少し早目に出掛けた。

どこかへ行くとなると、いつでも出がけにあわてる。ホームに待っている汽車の中へ乗り込む迄《まで》は気が落ちつかない。しかし今日の発車は夜の九時半である。猿におどかされたりして、寝起きは悪かったが、もう目はさめている。日が暮れてからでも、時間は有り余る程ある。悠悠閑閑と出で立《い》って東京駅へ行った。

時間が早過ぎるから、手廻りの荷物を赤帽に預けようと思う。しかし赤帽がいない。山系君が、探して来るからそれ迄ここにいろと云《い》う。時間がゆっくりしているのは、実にいいものだと思いながら、中途半端《はんぱ》な所に突っ起《た》っていると、目の前をいろんな人が通り過ぎるが、その中に乗り降りの客ではないらしい変な様子の若い者が、あっちへ行ったり、こっちへ来たり、立ち停まったりして、どこかに目を配っている。二三人ずつの仲間がいる様で、何となく物騒である。

山系が戻って来て、今丁度到著《とうちゃく》の列車があるらしい、それで赤帽はみんなホームへ出ているのだろうと云う。そう云えば改札の頭の上の時計は八時半で、上リの特別急行「はと」の這入る時刻である。それで私共はかっきり一時間早く来過ぎた事を確認した。馬鹿《ばか》な話の様ではあるが、家を出掛けるにはまだ早過ぎると云うので、支度をした儘《まま》家にいて見たところで、なんにも出来やしない。支度をするのを延ばしてぼんやりしていれば、その場になってあわてた挙げ句に発車の時間に遅れると云う心配もある。どうせ要領が悪く、列車の発著などと云う自分以外の都合で定められている制限に調子を合わせるのがうまく行かない性分だから、早く来過ぎたぐらいは止《や》むを得ない。

変な男がいるが何だろうと云うと、あれは外人客をどこかへ案内して行くのですと云う。

よく知っているね。

東京駅にはあまりいなかったのですけれど。

表玄関で少し見っともないではないか。

あっちへ行きましょう。

改札の柵《さく》の所に行って靠《もた》れていたら、銘銘荷物を抱えたり背負ったりした赤帽が幾人も帰って来た。

その中の一人に鞄を託し、二人共手ぶらになって、ぶらりと改札を通った。

ホームに出たけれど、私共の乗る第三九列車「筑紫《つくし》」はまだ這入っていない。後で「筑紫」が這入る十五番線には、九時三分発大阪行普通列車一三一が停まってお客を乗せている。この一三一は発車後凡《およ》そ三時間四十分走った後静岡で、東京駅を二十七分遅れて出た我我の急行「筑紫」に追い越される。

十五番線のある第七番ホームのこっち側の十四番線には、右の大阪行一三一列車より三分前の九時に出る呉《くれ》線廻り広島行第二一列車急行「安芸《あき》」がいる。「安芸」は昭和二十六年の夏広島に泊まって九州へ出掛けた時には寝台車がなかったが、今夜見るとついている。それだけでなく私共の乗る「筑紫」より三十分前の九時に発車するけれど、その時は順序が逆で「筑紫」の方が先に出た。私共はその「筑紫」に乗って東京を立ち、車中で夜が明けて翌日のお午《ひる》過ぎに尾ノ道で一たん降りて、後からくる「安芸」に乗り継いだ。「安芸」には寝台がないから「筑紫」に乗り、しかし瀬戸内海の風光が眺めたかったので、尾ノ道で呉線廻りの「安芸」に乗り移ったのである。先年のダイヤグラムの変更でこの両列車の順序が逆になり、後の雁《がん》が先に立とうとしている。自分で乗った汽車の順序なので、十四番線の「安芸」の姿を眺めている内に微《かす》かな感慨に似たものが起こりかけた。大袈裟《おおげさ》な言い分の様だが、しかしこれからまだ一時間足らずの間、昇降階段の手すりに靠れた儘何もする事がない。本当に何の用事もない我我二人の間には、共通した退屈と云うものがある。

「山系君、世は逆さまと成りにけり」

「何ですか」

「乗りたる人より馬は丸顔。あの話ではないのだ」

「あの話って」

「顔の長い成島柳北《なるしまりゅうほく》がお馬に跨《また》がり、桜花爛漫《らんまん》の墨堤《ぼくてい》、隅田川の土手だよ、そのお花見に行った時の話さ」

「それがどうしたのです」

「どうもしないさ、その話ではないが、しかし貴君は覚えているか」

「何をです」

「馬面《うまづら》の成島柳北の事を」

「知りませんね」

「いつか話して上げたじゃないか。よく忘れる人だ貴君は」

「だってそりゃ、僕、覚えていませんもの」

「尤《もっと》も僕は覚えているから、そう云ってるだけの事だけれどね」

「それでどうしたのです」

「だから、その話じゃないと云ってるではないか」

「何の話です」

「逆さまと成りにけりと云うのは、汽車の事だ」

「はあ」

「そこの十四番線にいる安芸と、今、後から這入って来て僕等が乗る筑紫と、発車の順序がこの前の時より逆になっている、と云う話さ」

「この前って、いつです」

「四年前かな」

「それじゃ僕は覚えていません」

「だってその時も一緒に行ったんだぜ」

「行っても知りません」

「無理に知れとは云わないが、それだけの話さ」

「はあ」と云って、手をぶらぶらさせている。

「さっきそこにいたでしょう、変なのが」

今度は山系が話し掛ける。

「あんなのがいましてね、時計を売りつけるのです」

「だれに」

「僕の友人が買ったのです。自分はこの次の汽車で立たなければならないのに、この場になって切符を買うお金が足りない。差し迫った必要で止むを得ないから、この時計を外そうと思う。どうか買ってくれと云うのだそうです。金側のいい時計らしいので、二千円だと云うから安いものだと思って買ったそうですが」

「余分なお金を持っていたのか」

「そうなのでしょう。ところが後で見ると機械なぞ丸っきり用に立たないひどい物で、金側だと思ったのは鍍金《めっき》で、すっかり摑《つか》まされたのです」

「そんな物を買うからさ」

「当分悲観していましたが、その内にだれかに同じ値段で売りつけたそうです。だから損はしなかったわけです」

「その同じ時計をか」

「そうです」

「怪《け》しからん話だ。貴君の友人は駅にいた変な男より、もっと悪いじゃないか」

「まあいいです」

「追っ掛けては行かないけれど、お目通りかなわんね。ひどい事をする奴《やつ》がいるものだ」

「それには又わけがあったのでしょう。僕の話だけじゃわかりません」

「貴君の話が不都合だ」

「はあ」

発車のベルが長長と鳴って、「安芸」が動き出した。次第に速くなって目の前を通って行くのを見ている内に、仕舞い頃は目まいがしそうな気持になったから目をそらした。今度振り返って見ると、尾燈がカアヴで消えかかっていた。

二

続いて大阪行の一三一が出た後へ、間もなく私共の乗る三九「筑紫」が這入って来た。すぐに乗り込み、デッキで赤帽から鞄を受け取り、コムパアトへ這入ったが、コムパアトは寝る時でなければいたくない。窮屈で鼻をつく様で、一寸《ちよつと》動いても何かにぶつかる。昼間なら隣りの一等の普通席に出ていればいいが、今はもう両側に寝台が下りていて坐《すわ》る所がない。端っこの喫煙室に一寸腰を下ろし、一服しかけたら嘉例《かれい》の見送亭夢袋《けんそうていむたい》氏が来た。「どうも、どうも」と云う。何がどうもなのか解《わか》らないが、どうも相済まぬ事で、どこかへ出掛けるとなると、いつでも見送ってくれる。それが仕来《しきた》りになったので、彼の方で意地になっているところもあるか知れない。是が非でも見送らでは置く可《べ》きやと云う意気込みで来るらしいから、敢《あ》えて辞退しない。辞退した事もあるけれど、お取り上げにならぬから止むを得ない。

ホームへ出て起ち話をしている所へ、助役の案内で色の黒い偉丈夫が、同じく色の薄黒い美人を伴なってやって来た。お釈迦《しやか》様の国のえらい人だそうで、私共の隣りのコムパアトに這入って行った。

その見送りが幾人かいて、そこいらが少しごたごたする。我我もう中へ這入ろう。コムパアトの外の廊下の窓を開けて、ホームにいる見送亭と二言三言話す内に、発車のベルが鳴り出した。

コムパアトのある一等車は最前部だから、その停車位置の前あたりはホームの端に近く、貨物用の昇降機の柵があって陰は薄暗い。ベルが鳴り止んで、薄暗い所に起った見送亭の影が横に辷《すべ》り出した。

どうも、どうもで発車して段段に速くなったが、「筑紫」は愛想のいい急行で、品川に停まり、横浜は勿論《もちろん》、大船に停まり、小田原に停まり、熱海《あたみ》ではもう十一時を過ぎていた。

しかし私共はその停車を一一《いちいち》気にしたわけではない。東京駅を出るとすぐに食堂車に来て一献している。家にいても晩のお膳《ぜん》に坐るのは大概九時か十時なので、九時半の発車から始めれば、いつもと同じであり、従っていつもと同じ加減に腹がへっている。山系君の腹加減は知らないが、彼は腹がへっても他人事《ひとごと》の様に知らん顔をしているし、へっていなくても出された物は食う。だからそう云う加減を彼に就いて究明しようとしても要領を得た試しはない。

食堂車の小さなテーブルに向かい合って、何となく献酬する。話しがなければ、いつ迄《まで》でも黙っている相手だから、こちらも気を遣わない。

何かの拍子に、杯を手に持った儘、「はあ」と云った。

「何」

「いや、何でもないです」

「何でもなくていいけれど、独りで返事をするのは可笑《おか》しいぜ」

「返事をしたわけじゃありませんが、何か云《い》いましたか」

「云ったじゃないか」

「云いませんけれど」

「おかしな人だね」

「僕がですか」

「外にいないね」

「まあいいです。先生は写真は嫌いですか」

「写真って、写真を写す事か」

「どっちでもいいですけれど」

「人に物を聞いて、どっちでもいいはないだろう」

「それでしたら、写される方です。写されるのは嫌いですか」

「嫌いだね」

「なぜです」

「どうも貴君《きくん》の話し方は無茶でいかん。突然なぜですと云うのは無茶だ」

「はあ」

「一体好きだの嫌いだのと区別する迄もないだろう。写真を写されるのが好きだと云う者がいる筈《はず》がない」

「そうでしょうか」

「レンズを向けられて、狙《ねら》われている様で、そのうしろから変な目つきでこちらを窺《うかが》っている。そう云う奴の餌食《えじき》にはなりたくない」

「そうですかね。それでは先生が写す側になるのはどうです」

「僕が写真を写すのか」

「そうです」

「僕は写真を撮って見ようと云う考えを起こした事はない」

「嫌いですか」

「嫌いにも好きにも考えた事がないから、嫌いだか好きだかわからない」

「面白いですよ」

「どう面白い」

「それは一口に云えませんけれどね、やって御覧なさい」

「それで、だれを写す」

「僕だっていいです」

「貴君を写してどうなる」

「現像すると出て来ます」

「出て来たってその顔で、もともとだ」

「人物には限らんです。景色はどうです」

「景色など写しても、景色の方で写されていると云う反応がないからつまらない」

「そうなんだ。先生には写されていると云う反応があって、それで写されるのが嫌いなんですね」

「要するに僕は写されるのも写すのも好きではない」

「それではどうします」

「どうしますって、もともと僕はどうするとも云ってやしない」

「いけませんか」

「何が」

「写真を写すのは」

「写されるのは御免蒙《こうむ》る。写すのは面倒臭くていやだ」

「面倒ではありません」

「機械いじりは僕の性《しょう》に合わないから駄目だ。やったらきっと、こわしてしまう」

「僕がお教えしますけれど」

「さあもう少し注ごう。手許《てもと》の杯をほったらかしておいて、なぜそんなに写真の事ばかり話すのか、その心底が僕には計り兼ねる」

「それはですね、僕は写真機を借りて来たのです」

「写真機を持ってるの」

「そうです」

「だって貴君はさっき家へ来た時、手ぶらではなかったか」

「なんにも持って来ませんでしたけれども、その写真機はもっているのです」

「要するに貴君の云う事はよくわからない。ただ一つの取り柄は、わからなくてもいい事をわからなく話すと云う事だ。写真機を持っているのは御勝手で、僕に関係はないから構わない」

「そうでもありませんけれど」

「なぜ」

「まあいいです」

　蒸気機関車だと、こうしている窓の外をたまに小さな火の粉が飛んで、赤い蛍が流れる様な風情《ふぜい》を添える事もあるが、電気機関車はただ驀地《まっしぐら》に闇《やみ》の中を走るばかりで車窓の趣きはない。頭の上の架線や足の下の車輪から火花を散らす事はあるかも知れないが、それは食堂車でお酒を飲んでいてはわからない。ただ次から次へと通過して行く小駅の燈火が、たった今、過ぎたばかりだと思うのに、もう次のがきらきらする棒の様に光って窓の外を流れて行く。轟轟《ごうごう》と云う音が小卓の上のお皿や杯に響いて来るのは、丁度今頃の見当では、酒匂川《さかわがわ》の鉄橋を渡っているのだろう。

三

食堂車にも営業時間の規定がある。入口の横の壁間に掲示がかかげてあるけれど、遠くて字が読めないが、あまり遅く迄いてはいけないのは常識である。女給仕等は後でそこいらを片づけ、テーブルや腰掛けをうまく片寄せてその上に寝るのである。だからいつ迄もいてはいけない。

尤《もっと》も明日の勤務の邪魔になるとは考えてやらなくてもいい様で、彼女等はちょいちょい交替する。東京から乗った組は大阪又は神戸で、その次は門司《もじ》でと云う風に入れ換わる。その切り替えの時間に食堂車へ這入《はい》って行くとひどい目に会う。テーブルクロースは勿論、卓上の花まで取り替える。綺麗《きれい》になって新鮮になって、さっぱりするけれども、そうなる迄の間、神輿《みこし》を据えたなりでいるお客は大概腹を立てる。私も先年九州から帰る途中、小倉から門司の間でそんな目に遭った立腹党の一人であるが、事情を知ってからは、そんな時間に食堂車へ行かない様に、或《あるい》は萬事承知の上で花も女の子も労《つか》れていない新鮮なところを賞味する為《ため》に、その交替を見計らって行く事もある。

「貴君、もう帰らなければいけないのではないか」

「ほら、また新らしいお客が這入って来ます。ことわっていませんから、だからまだ大丈夫です」

彼に限った事ではないが、そうなるとますますお酒がすすむ。

それからまだ大分いて、後から這入って来るお客をことわり出したのを見届けた上で、神輿をあげた。コムパアトまで帰って行く道のりは大分遠い。汽車が走っているから足許が揺れてふらふらする。しかし聯結《れんけつ》のデッキの所は、上から下へすっぽり幌《ほろ》をかぶって袋になっているから、車外へ振り落とされる心配はないだろう。

コムパアトに帰ってからも、すぐには寝ない。又後から炭酸水を取り寄せてウイスキーを飲んだ。いつ迄も愚図愚図《ぐずぐず》して何を話しているかと云うに、何と云う取りとめはない。しかし何かしら云っている。寡默《かもく》のヒマラヤ山系君もお酒が廻れば饒舌《じょうぜつ》になる。

「銀行へ行きましてね」

「だれが」

「僕と同僚の奥さんとです」

「人の女房を銀行へ連れて行ってどうするのだ」

「連れて行けと云うのです。頼まれたから一緒に行きました」

「お金を預けるのか、下ろすのか」

「預金を下げに行ったのですが、違っているのです」

「何が」

「その銀行じゃないのです。僕は恥を掻《か》いてしまった」

「その奥さんがそこへ這入ったのか」

「僕が案内したのです。窓口で手続しようと思うと、そこじゃないのです」

「馬鹿《ばか》だね」

「僕がですか」

「よく見て這入ればいいのに」

「先生はあんな事を云うけれど、銀行の構えは似ていますからね。それにあすこいらは軒並に何軒もあるでしょう」

「僕は知らないけれど、それでどうなった」

「だから出てきました」

「奥さんも連れてか」

「そうです、僕は銀行の事はよく知りませんからね」

「だって案内を買って出たのだろう」

「連れてってくれと云いますから」

「僕は貴君の様な人を頼まないからいい」

「先生は銀行がありますか」

「ない」

「はあ」

もう夜半を過ぎている。明日の朝が忙しいと云う事はないけれど、ほっておけば汽車が勝手に走って行くから構わない様なものだが、もうそろそろ寝た方がよかろうと思う。しかし中中寝ると云うきっかけが摑《つか》めない。寝たら起きたくないし、起きたら寝たくない。

さっき静岡を出た様である。旧暦十七夜の月明かりの中を、急行列車の気持のいいバウンドで走り続けていると思ったら、どこの辺りだかわからないが、急に停車したので身体《からだ》がのめりそうになった。突然四辺の物音が消えて、しんかんとして、何だか変な工合である。どうしたのだろうと思う内に、足許のどこかに物音がして又動き出した。

動き出せばもとの通りの気配で、どうしたのだったかと云う事も気にならない。それはそうとして、もう寝ようと思う。廊下を通り掛かったボイが、まだこちらが起きているのを見て、

「あぶない事で御座いました」と云う。

「どうかしたの」

「只今《ただいま》の急停車は線路妨害です。枕木《まくらぎ》が横たえてありまして」

「おやおや、そいつは危険だ。早く気がついたんだね」

「急停車で間に合いました」

ボイが行ってしまった後、このお召列車に向かって不敬にわたる企《たくら》みをたくらむ者がいるとすれば戒心を要すると考えながら寝たが、夢は円《まど》かでなく三角でよく眠られなかった。しかし眠られなくても起きてはいなかった証拠に、大阪駅に著《つ》いた時の事は丸で知らない。八時三十分著《ちゃく》四十分発の十分停車の間に、こちらの管理局にいる山系君の友人が二人訪ねて来て、その取次ぎでボイがコムパアトのドアをノックしたので彼は出て行き、隣室の一等車の座席で会ったのだそうだが、私は白河夜汽車で何

も知らなかった。

三ノ宮に著いた時、隣りのお釈迦《しやか》様の部屋の前ががたがたしたので目がさめた。降りるのかと思ったらそうでなく、次の神戸駅で降りた。下車する駅の打合せが、出迎えの者との間に食い違っていた様である。

十時二十一分姫路に著いた。もうすっかり目がさめた。列車はホームに静まり返り、発車する様子もない。十二分間の停車だと云う。そんなに長い間じっとしていて、どうするのだろうと思う。その内に遠くから地響きを立てて、ホームの向う側に山陽線の特別急行「かもめ」が這入って来た。機関車の姿態から聯結の編成の工合など、何となく物物しい。ホームに出ている駅の職員もみんなそっちへ向いて、こっちに待たされている急行「筑紫《つくし》」は眼中にないらしい。今まで忘れて思い出さなかったが、二三年前初めて山陽特急「かもめ」が走った時、その処女運転の列車に私も山系君も乗っていたが、姫路の駅でホームの向う側に急行「筑紫」が停まっているのを見て先に発車した。こちらが追い越すのはいい気持であって、ぼんやり待っている所へ後から来た列車に追い越されるのは面白くない。

間もなく今這入ったばかりの「かもめ」が出て行った。二三等編成の特別急行で、一等車即《すなわ》ち「つばめ」や「はと」についている展望車はない。こちらの「筑紫」は一等寝台車を聯結した各等編成なのに蔑《さげす》まれて気に食わない。しかし気に食わないと云《い》ってこちらも同時に走り出したら、すぐ先の転轍《てんてつ》の所で横っ腹にぶつかってひっくり返る。次の信号の所を「かもめ」が通り過ぎるまで待つより外はない。

十二分間が経過して、やっと動き出した。動き出せば、前に「かもめ」がいるなぞと云う事はどうでもいい。快いリズムを刻んで走り続ける。次の停車駅は岡山である。

四

岡山は私の生れ故郷でなつかしい。しかしちっとも省《かえりみ》る事なしに何十年か過ぎた。今思い出す一番の最近は、大正十二年の関東大地震の後一二年経《た》った時と、もっと近いのは今度の戦争の直前とであるが、しかしその時は岡山に二時間余りしかいなかった。中学の時教わった大事な先生がなくなられたので、お別れに行って、御霊前にお辞儀をしただけですぐに東京へ帰って来た。駅から人力車に乗って行き、門前に待たせたその俥《くるま》で駅へ戻る行き帰りの道筋だけの岡山を見たが、それももう十何年以前の事になった。

時時汽車で岡山を通る時は、夜半や夜明けでない限り、車室から出てホームに降り改札の所へ行って駅の外を見る。改札の柵《さく》に手を突き、眺め廻して見る景色は、旅の途中のどこか知らない町の様子と変るところはない。どこにも昔の面影は残っていない。高等小学の時から、中学五年もずっと一緒で、高等学校へも同時に這入った友達が、転任で水戸へ移った父の許へ帰って行くのをこの駅まで見送りに来た。暑中休暇になったばかりの夏の夕方で、私は家から自転車に乗って来たが、駅の手前で、道が凸凹《でこぼこ》だった為に提燈《ちょうちん》の蠟燭《ろうそく》が消えたから自転車を降りて行く所を駅前の派出所の巡査にとがめられた。無燈で走らしたのではないと言い訳をしても中中聞いてくれないので時間が過ぎ、改札まで来たら夕方七時二十二分発の東京行急行第六列車が、構内の機関車庫の壁に煙を吹きつけて遠ざかって行くところであった。

提燈の燈《ひ》の為に見送りに間に合わなかったが、友人はその時水戸へ行ったまま発病して死に、もう岡山へは帰って来なかった。あの時の派出所はどの辺りだったろうと思おうとしても、丸で様子が違っているので見当がつかない。古い記憶はあるが、その記憶を辿《たど》って今の岡山に聯想をつなぐのは困難の様である。何事もなく過ぎても、長い歳月の間に変化は免れない。況《いわ》んや岡山は昭和二十年六月末の空襲で、当時三萬《う》三千戸あった市街の周辺に三千戸を残しただけで、三萬軒は焼けてしまい、お城の烏城《じょう》も烏有に帰して、昔のものはなんにもない。しかし岡山で生れて、岡山で育った私の子供の時からの記憶はそっくり残っている。空襲の劫火《ごうか》も私の記憶を焼く事は出来なかった。その私が今の変った岡山を見れば、或は記憶に矛盾や混乱が起こるかも知れない。私に取っては、今の現実の岡山よりも、記憶に残る古里の方が大事である。見ない方がいいかも知れない。帰って行かない方が、見残した遠い夢の尾を断ち切らずに済むだろう、と岡山を通る度にそんな事を考えては、遠ざかって行く汽車に揺られて、江山洵美是吾郷の美しい空の下を離れてしまう。

その岡山に私のおさな友達がいる。真《しん》さんと云う。同じ町内なので、彼の子守りの婆《ばあ》やと、私の子守りの婆やと、婆や同士が連れ立って、御《ご》後園《こうえん》へ行ったり徳吉《とくよし》の淡島《あわしま》様へお詣《まい》りしたりした。その各《おのおの》の背中に私と彼とがおぶさっていた。だから私と同年配である。彼は岡山で大変えらいが、そんな事は私に関係はない。ただ私に取って一番岡山のにおいのする、古里のかけらの様な友達なので、いつでも会いたい。今度も前以《も》ってこちらの予定を通知し、向うの都合も聞いて打合わせておいたから今日は駅まで来てくれる。

百間川《ひゃっけんがわ》の空川の鉄橋を渡り、旭川《あさひがわ》の鉄橋を渡り、線路が左にカアヴして線路沿いの後ろ向きの家家に汽車の響きをこだまさせながら構内に這入って、改札の正面から遥《はる》か先まで行った所で停車した。私共の箱は最前部だからそんな位置になる。

徐行して停まり掛けた汽車を追う様にして、真さんが足早に歩いている。少年の頃は抜ける程色が白かったのに、近年は赤黒い顔になったが、今日は特別に赤くて黒い。歳《とし》を取るときたなくなるものだと思う。尤《もっと》も自分の事はわからないが、自分の顔は見えないからどうだって構わない。彼の顔色はゴルフの所為《せい》らしい。今日も今ここへ来る前に一まわりとか半まわりとかして来たのだと云った。ホームのベンチに並んで腰を掛けた。余り乗り降りで雑沓《ざっとう》すると云う程でもない。十分間停車なので降りる者は降り、乗る者は乗ってしまえば後は幅の広いホームに人影もまばらである。この前はいつ会ったのだろうと云う事、来月は東京へ行くと云う話、私の親戚《しんせき》の消息、様子が変ったらしい町内の模様など、取りとめのない話ししかしない。お互に別に用事があるわけではないから、ただそうして並んで腰を掛けている前を、十分間と云う時間が目に見えて過ぎて行くばかりである。その内に山系君も来て同じベンチに腰を下ろした。彼も真さんとは顔馴染《なじ》みである。手にいろんな物を持っている。私が昼間は食堂車へ行きたがらないので、彼は自分の好みの物を、ホームの売り子を追い廻して買い集めて来たらしい。

真さんが持ち重りのする小さな包をくれた。何だと聞くと大手饅頭《まんじゅう》だと云う。大手饅頭は私の好物ではあるが、帰りに貰《もら》うのはいいけれど、こうしてまだ遠方へ出掛けようとする行きがけに貰うと、持ち廻るのが厄介である。今度も打合せをした時に、大手饅頭をくれるなら、東京へ送って貰いたい。行きがけに手渡しされては困ると云っておいたのに、くれた。私がそう云う顔をすると、それはわかっとる。これは東京のお土産じゃない。途中で食えばええのじゃ。その位しか這入《はい》っとらん。今来しなに包ませて持って来たんじゃがな、と云った。

十分間が過ぎ、彼をホームに残して発車した。岡山には大きな操車場が出来ている。この前、昼間通った時に初めて気がついたが、いつ頃からあるのか知らない。子供の時にはそこいらは一面の稲田であった。山系君が駅のホームで買い集めて来た物を、あれこれと蓋《ふた》を開けている。

「貴君《きくん》はそんなに食うつもりか」

「食べます」

「それは何だ、一寸《ちよつと》見せなさい」

「先生食べますか」

「食べなくていいけれど、見たい」

「これは弁当です」

「それは」

「これは餃子《ギヨウザ》です」

「餃子とは何だ」

「餃子を知らないのですか」

「岡山の新名物か」

「そうじゃありません。東京にだって、どこにだってあります」

「一体何なのだ、山羊《やぎ》の糞《ふん》みたいじゃないか」

「山羊はこんな糞をしますか」

「僕は見た事がないから知らないけれど」

「要するに焼売《シュウマイ》は南京《ナンキン》風で、餃子は北支の、ざっとそう云ったところです」

「いやに明快だな」

「僕は好きなのです。一ついかがです」

「食べたくはないが、おかしな物を食うね貴君は」

「いいです、戴《いただ》きます」

笠岡《かさおか》の手前で入海が近くなり、尾ノ道では瀬戸内海の小島の翠巒《すいらん》を間近かに眺めたが、糸崎を出てから先は、窓外の景色に纏《まと》まりがなく、所所に退屈そうな山鴉《やまがらす》がいるばかりで、走って行きながら、どこを見ていると云う目の預け所がない。

糸崎から少し行った先の入野《にゅうの》の手前で、低い山が屏風《びょうぶ》の様に西の空を区切り、山腹から手前の畑へかけて色色の花が繚乱《りょうらん》と咲き乱れた野中の一箇所に、まだ日が経たないらしい一軒家の火事の跡がある。そこだけ地面が焦《こ》げていて、黒い焼《や》け棒杙《ぼっくい》が散らばり、辺りの花の色を遮っていた。

五

車窓の春の日がとっぷり暮れてから下ノ関に著《つ》き、暗い海波の底へもぐり込んで関門隧道《ずいどう》を抜けた。宵の燈火のきらきら散らかっている北九州に出たと思うと間もなく、今夜の泊まりの小倉に著いた。昨日東京を立ってから、ざっと一昼夜、いくら汽車が好きでも少少疲れている。

小倉の町は初めてである。先年の九州大水害の際、熊本から豊肥《ほうひ》線で大分、別府に出て大雨と雷鳴に追っ掛けられ、線路が不通になるすれすれの瀬戸際《せとぎわ》に小倉まで辿《たど》り著いた時、小倉の駅で小憩したから駅には一寸した馴染みがある。しかし今、宿の迎えの自動車が走り出した途中の道筋は、西も東もわからない。じきに宿屋の玄関に著いた。

庭に面した座敷に落ちつき、ほっとする。何もこんな遠方まで、遥遥《はるばる》やって来なくてもいいものを勝手にやって来て、疲れ過ぎていくらか心細い。庭は広広としていて、大きな池があって、池の向うに茂みがあるらしいが、暗いのでよくわからない。暗い庭を見ながら、くつろいで軽く一献した。どこかに引っ掛かりがあると見えて、あまりうまくもない。しかし止《や》めずに続けている。庭の池の縁に、背の低い笠松がある。こちらの座敷の明かりで、その辺りまでは見えるので、松だけが闇《やみ》の中に浮いた様である。松の頂きが目につく程白い。初めに山系君が気にして、何でしょうと云う。霜がおりると云う時候ではない、と私が云ったが、よく解《わか》らない。しかし何となく気に掛かる。

馬鹿《ばか》に白いね。

白いですけど、まあいいでしょう。

新芽じゃないかね、松の葉の。

はあ。

矢っ張り気に掛かると見えて、山系君が起《た》ち上がり、庭下駄を突っ掛けて降りて行った。松の傍に起って、

月の光ですよ、と云う。

そう云うので空が見える様に身をかがめたら、坐《すわ》った儘《まま》の姿勢では見えない所に、綺《き》麗《れい》な月が懸かっている。

繰って見ると、今日は陰暦弥生《やよい》の十八夜である。それで解ったが、しかし低い松の樹冠だけが、なぜ月光に浮き上がっているのか合点が行かない。

「昼間なら写真に撮るのですけれど」

「何を」

「樹冠の月光を写すのです」

「そりゃ貴君、無理だろう」

「そうです」

それで庭下駄を引きずって上がって来た。

お膳《ぜん》を切り上げて寝る事にした。明日は一日ゆっくりしていようと思う。だから今夜は遅くなっても構わないが、起きていたくないから寝る事にする。

枕《まくら》に頭をつけると、それを待っていた様にどこか近くで犬が鳴き出した。余り大きな犬ではないらしい。同じ調子でいつ迄《まで》も鳴き続ける。段段気になり出した。

一昨日、立つ前の晩に、東京の私の家の隣りの犬が同じ様な声をして、夜更《よふ》けまで鳴き続けた。繋《つな》がれているのをいやがって鳴くのだろうと思った。それでいつ迄も寝つかれなかった。

今夜の小倉の犬の声もそっくり同じで、うっかりすると東京で寝ている様な気がする。耳について眠れない。泣くが如く訴うるが如《ごと》く、矢っ張りつながれているのだろう。仕舞に、東京を出て来たばかりの今夜、もう旅愁を覚える様な、曖昧《あいまい》な気持になった。その内に犬が鳴き止んだのか、鳴き続けているのを聞きながら、こちらが眠ったのかわからないが、小倉だか東京だか判然しない夢心地になって寝入った。

六

翌朝いつもより早く目がさめたのは、寝苦しかったからで、寝ざめはよくない。寝床の足許《あしもと》の所を、猿だか泥坊だかよく解らないが、這い廻って何かしている様で、段段に呼吸が苦しくなった。この宿には少し前に数人連れと思われる泥坊が這入って、東京から来て泊まっていた芸人達の衣類から持ち物一式、三味線までも盗んで行ったと云うので、それから後は客室の戸締りを厳重にし、寝た後でいらない身の廻りの物はみんな預かって行って帳場の金庫に仕舞う。その時の泥坊は到頭つかまらなかったが、響灘《ひびきなだ》や玄界灘が近いので、犯行後二時間以内に取り押さえなければ、船で海へ出てしまうから、もうどうにもならないと云う話を聞いていたので、何となく泥坊を気にして寝たからそんな夢を見たのか、夢ではなく、うつつで魘《うな》され掛けたのかわからないが、猿だったかも知れないと云う聯想《れんそう》は立つ前の朝の続きの様で、甚だ面白くない。

起き出して縁側に出て見ると、山系君が庭を歩いている。晴れ上がった空に霞《かすみ》が棚引き、春らしい日ざしが庭を包んでいる。大体昨夜暗闇で見当をつけた広さで、立ち樹《き》も多いが八代《やつしろ》の松浜軒の庭程の深みはない。池の水は半ば涸《か》れている。

山系は小さな写真機を手に握り、さあらぬ体《てい》でふらりふらり歩き廻る。

「何をしているの」

「散歩です」

「写真機を持ち出して、どこを写そうというのかね」

「どこって別に写す所もありませんが、その内に先生が起きて来るだろうと思ったから」

「僕が起きて来たら、僕を写すつもりか」

「何、そうでもありませんけれど、まあいいです」

何とか云《い》いながら、庭から上がって来ようとはしない。一服つけて、庭の向うの方に連なっている山を眺める。遠い霞が次第に薄れて山肌が見え始めた。

何となく傍へ寄って来て、縁先から私の方を写そうとしているらしい。

「そんな胡散臭《うさんくさ》い挙動をしないで、写すならお写し下さい」

「何、一寸一枚、もういいのです」

私は写真に写されるのは好きではないので、それを彼は知っているから気を遣いながら、しかし持って来た写真機の手前、機会があれば、隙《すき》を見て写しておこうとする。小倉の宿の庭を皮切りに、これから先先、彼は段段にずうずうしくなり、私は次第に観念し、行った先の変った景色の点景としてどのくらい私が撮られたかわからない。気がつかなかったのは別として、確かに写されたと思うのが少くとも三十枚か四十枚はあった。中には私も初めからそのつもりになり、うまく写して貰おうと身構えたのも幾枚かはあった筈《はず》である。九日間方方を廻って東京に帰り、彼はフイルムを現像屋へやって仕上げを待った。取りに行って見ると現像屋が気の毒そうな顔をしてお代はいらないと云ったと云う。最初の一枚が真っ黒けで、後は全部真っ白で、なんにも写っていなかったそうである。彼がどの様な失望をしたかは判然しないが、私だってその為《ため》にいやがったり、うるさがったり、警戒したり身構えたり気取って見たり、それ等の心遣いが真っ白なフイルムにしか残らなかったのは全くの拍子抜けである。

しかし旅先では、そんな事はまだ解らない。彼は今朝の撮影はこれでいいと思ったらしく、写真機を握って庭から上がって来た。

「どう、うまく写った」

「僕はうまいんですよ」
「そうかね」

七

山系君は私の寝ている内に朝飯を済ましているが、私は朝は食べない。午後になってお午《ひる》の代りに牛乳とざる蕎麦《そば》と岡山から持って来た大手饅頭《まんじゅう》を食べた。饅頭と蕎麦と牛乳ではおなかの中の取り合わせが変な工合だが、それで晩のお膳までのつなぎにはなる。その後で、お天気がいいから外へ出て見ようかと云う事になった。しかしこちらでそうきめても、帳場へはだまっていなければいけない。宿屋でこちらの行動を予告すると、先《ま》ず女中が出張して来る。先へ先へと先走ったサアヴィスをしてくれて、うるさくて仕様がない。

山系君と云う人は、そう云う時に少しも反応を示さないから難有《ありがた》い。出掛けようかと云ったら、出掛けますか、行きましょうと云ったきりで、なんにもしない。私もそう云い出しただけで、何もしない。その儘で何と云う事なしに時間が経《た》っている。尤《もっと》も何もしないと云うのは、支度と云う程の事もないからで、支度の必要がなければ、すぐに行ったらよかろうと云う程差し迫ってもいない。なんにもしないで、じっとし

ていて、一服したりお茶を飲んだり、その内にどうかした機《はず》みで気合いが纏《まと》まり、

「兎《と》に角《かく》、行って来ようか」

「そうですね」

と云う事になり、車を呼んでくれる様に帳場へそう云っておいて、ぶらぶら廊下を歩き出す。

「まだ来ないでしょう」

「玄関でしゃがんでいれば来るだろう」

係の女中があわてた様に顔を出し、

「お出掛けで御座いますか、どちらへ」

と尋ねる。

「どこと云う事もないけれどね」

「左様で御座いますか」

宿屋のどてらに靴を穿《は》いて自動車に乗り込んだ。運転手がどちらへと聞く。それは聞かなければ走り出せないだろう。

山系君が、「どこだっていいんだよ、運転手さん」と云って先ず自分の煙草《たばこ》に火をつけたから、それは横から私が頂戴《ちょうだい》した。

二本目に火をつけながら、「兎に角、どこか行ってくればいいんだ。どこだっていいよ」と云っている内に、車はそろそろ走り出している。

「どこか御見物でも」

「見たい所なんかないから、構わずやってくれたまえ」

はい、と云って無方針の運転を始めた。表へ出たと思うと、すぐに道を曲った。その曲り角のよその屏際《へいぎわ》に、芭蕉《ばしょう》の碑が建っていた。道ばたのお地蔵様かと思ったと思い掛けた間に、もう通り過ぎてしまった。

大通へ出た。大通が曲がり電車の線路も曲がる所に柵《さく》がある。道の真中の妙な所に柵があるのが珍らしい様な気がしたが、或《あるい》は何でもないかも知れない。小倉の町の顔を立てるつもりで、そんな物まで目に留めなくてもいいだろう。

どこだか勿論《もちろん》知っている筈のない所を走ったり徐行したりして、どこを目ざしているのかわからないが、もう大分来た様である。城趾《じょうし》のお濠《ほり》の縁も通ったし、小さな港になっている海辺にも出たし、道路の下を鹿児島本線の鉄道が通っている小高い所へも出た。片側の丘の裾《すそ》に、「手向山《たむけやま》」と書いた杙《くい》が立っている。先年汽車でこの辺りを通った時、暮れかけた車窓に手向山の標示を見て過ぎ、不思議な気がしたのを思い出した。手向山と云えばすぐに百人一首の「このたびは幣《ぬさ》も取りあへず手向山」の菅《すが》原道真《わらみちざね》の歌を思い出し、その外の事は知らなかったから、九州へ来て小倉の近くに手向山があったりしては腑《ふ》に落ちない、と思った。百人一首の手向山は奈良にある筈で、私にはその聯想しかなかったが、しかし手向山と云うのは諸国にあるそうで、それは知らなかった。ところが小倉の手向山は、その諸国にあると云う手向山ではなく、宮本武蔵《むさし》との仕合に木刀で撃ち殺された巌柳《がんりゅう》佐佐木小次郎のお墓のある丘の名前で、つまり負けた小次郎への手向《たむ》けの意味だと運転手が教えてくれた。

その棒杙のある丘の麓《ふもと》で車を停め、目の下に紺碧《こんぺき》を湛《たた》えた馬関海峡の海波の向うを指ざして、あれが下ノ関です。その手前の、今汽船が通っている後ろ側のあの島が宮本武蔵と佐佐木巌柳の闘った船島です、と運転手が教える。巌柳は小倉藩主細川忠興《ただおき》に仕えていたそうだから、土地の人には贔屓《ひいき》があるかも知れないが、私にも山系にもそう云う話は珍ぷん漢ぷんで、小次郎の墓のある所まで登って見ないかと云う運転手の誘引をことわり、自動車が向いている方へもう少し行って見ようと云う事にした。

じきに、もうここから先は門司になりますと云う。門司だって小倉だって境目はどうでも構わないが、その先へ行って見たところで面白そうではない。一体何が面白いかと云う方針がないのだから、どこ迄行ったって仕様がないと観じ、自動車の通るトンネルが見えている手前で引き返した。

八

今晩は昔私が出た高等学校を遥《はる》か後になって出た言わば後輩に当る当地在住の紳士と、山系君の先輩とを呼んで一献する事になっている。人を待つのは楽しいが、また何となく気を遣う。

どこと云うあてなく、ぐるぐる廻って来た自動車が宿に帰り著《つ》いてからも、まだ時間が有り余る程有って、何をしていいかわからない。手持ち無沙汰《ぶさた》でぼんやりしていれば、山系が写真を撮ろうとするかも知れないから、油断は出来ない。

今晩の御馳走《ごちそう》の席は、私共の部屋でなく、別の広間にする事にした。宮様がお泊まりになった座敷だと云う。

女中が御案内するから、一応見ておいてくれと云うので、猫が死んだ様な感じのする山系君を促して見に行った。なぜ猫が死んだ様になったかと云うに、きっと疲れて退儀なのだろう。宿屋のどてらの前をはだけ、寒くもないのにふところ手をして、ゆらりゆらりと渡り廊下を歩く。随分大きな構えの宿屋で、従って女中も大勢いる様だが、彼女等は私共の通って行く道筋で頻《しき》りにうろうろし、そこいらの小さな部屋を出たり這入ったり、小走りに廊下を横切ったりする。そうして私共と顔が合っても、小腰をかがめて会釈《えしやく》する者はいない。目をそらして知らん顔をする。幾人出会ってもみんなそうなので、「随分無愛想なものだね」と私が云うと、山系君も「田舎ですね」と片づけた。廊下から外れて折れ曲った所に、女中用の風呂場《ふろば》があるらしい。彼女等の入浴時間だった様である。

今晩使う座敷を見て、座蒲団《ざぶとん》の位置などを検分し、序《ついで》に違った角度からお庭を眺めて一服した。こちらに彎曲《わんきよく》した入江の様になっている池を埋めて、庭の模様変えをしているので、畚《もっこ》をかついだ人夫が行ったり来たりして、トラックがついそこまで這入って来るし、その方を見れば目先が煩《わずら》わしい。しかし我我がここに鎮座する頃は外が暗くなるから、みんな帰ってしまって静かになるだろう。

私共の座敷に戻って夕方を待った。考えて見ると、明日は朝が早いので、切符の用意をしておかなければならない。乗車券は通しのを持っているが、その「通し」と云うのが、初めは一等で、明日乗るのは二等で、その次は三等で、一枚の切符が一等から三等までに段段格が下がっているが、その方はそれでいい。その外に明日の急行券と特ロの座席券とを揃《そろ》えなければならない。そんな用事で山系君が電話をかけたり、女中を呼んだり帳場へ行ったり、何度か部屋を出入した後で彼が云うには、女中達の愛想が大変よくなりました。

「なぜだろう。貴君《きくん》に迎合するのかね」

「そうじゃないです。さっきは彼女等がお風呂に這入《はい》る所だったでしょう。おめかしをする前で、だから自信がなかったから、人に顔を見られるのがいやだったのです。そこへ僕達が行き合わせたから顔を外《そ》らしたのでしょう」

「もう綺麗《きれい》になったのか」

「嫣然《えんぜん》と笑って会釈をして、丁寧にお辞儀をします」

「貴君はその敬礼を受けて来たのだね」

「先生も行って廊下を歩いて御覧なさい」

九

朝の八時は、私に取っては真夜中である。しかし今日は八時小倉駅発の汽車に乗らなければならない。乗り遅れはしたくないから、そのつもりで起きる覚悟をした。

そのつもりと云う調節が、どうもうまく行かない。四時半過ぎに目をさました。昨夜二人のお客を相手に少少過ごしたので、酔いも残っているし、何分寝が足りないから、眠くて、目の中に熱い湯を流した様で、もっと寝ていたいが、そうは行かない。朝飯を食べるではなし、なぜそんなに早くから騒がなければならないかと云うわけは、自分にもよく解《わか》らないが、早すぎるにしろ、目がさめたと云うのが天祐《てんゆう》である。天祐を保有して起き出し、廊下の椅子《いす》に靠《もた》れて外を眺めたが、天はまだ真暗である。暗くても待っていれば、明かるくなる事は間違いないから、その方に手間はかからない。寝不足と宿酔《ふつかよい》の為に、身体《からだ》を動かすのも気持が悪い。だからじっとしている。何の因果でこんな目を見なければならないのかと思う。用もない旅に出掛けて来て、東京にいればだれが何と云っても起きる事ではない時間に、自《みずか》ら進んで起き出し、生欠伸《なまあくび》を噛《か》みながら暗い天を仰いで自業自得《じごうじとく》を観ずる。その内に山系君も起き出して来た。非常に眠そうな顔をしている。

「お早う御座います」

「お早う」

「早いですね」

「早い」

「なぜこんなに早いのですか」

「なぜって、つい早かったのだ」

東が白み掛ける頃、女中も早目に起きて来た。非常識な泊まり客の受け持ちになったのが彼女の因果である。

今朝は山系君も宿屋の朝食をことわっている。汽車に乗ってから弁当ですませると云《い》う。だからなおの事時間が余って何もする事がない。次第に目がさめて大分はっきりして来た。すっかり朝になり、悠悠閑閑と宿を立った。晴れ渡った空から吹き降りるすがすがしい風を切って小倉駅に乗りつけたのは、矢っ張り汽車を待つには早過ぎる時間であった。

私共が乗る「高千穂」と云う急行は、門司《もじ》からその名前になって都 城《みやこのじょう》まで行くけれど、実は昨日の朝十時に東京を出た第三三列車博多《はかた》行急行「玄界」が、門司駅で二つに分かれたその片割れである。「玄界」の前半はその名の儘《まま》で博多へ行き、後半が「高千穂」を名乗り、日豊《にっぽう》本線を走る急行第五〇一列車となって、今、門司の次駅の小倉へ這入って来ようとする。

まだ早いと云うのを構わず、ホームに出た。寝不足の所為《せい》か、一つ所に長くじっとしていると不安な気持がする。兎に角場所を変えたい。ホームに出たが汽車が来るにはまだ時間がある。所在がないから、そこいらを歩き廻る。宿から女中が一緒に見送りに来ている。又昨夜のお客様だった山系君の先輩も見送りに来てくれた。ぶらぶら歩いたり、立ち停まって竹のステッキを押し曲げて見たり、すると果して彼が写真機を構えた。撮るなら撮るがいい。しかし一枚、そこの陸橋の階段の前で、ちゃんとしたのを撮りましょうと云うから、それではと思って、そのつもりになって、眼鏡がずり落ちていない様に鼻柱にぴったり押しつけ、ステッキを恰好《かっこう》よく持ちなおして彼のレンズの前に起《た》った。

もう一枚、山系と彼の先輩と私も這入って三人で写《うつ》ろうと云う。ついて来た女中にシャッタアを切る役目を頼んで、三人で列《なら》んだ。自然私が真中になった。三人で写した写真の真中は、一番初めに死んでしまうと云う。それはそれが当り前で、歳《とし》から云って異存はないが、縁起の問題として面白い話ではない。しかし何分寝不足で、萬事面倒臭くて、縁起なぞかついでいられないから敢《あ》えて構わない事にしたが、前に云った通り山系君のフイルムは、後で現像して見るとみんな真白だったのだから、抑《そもそ》もそんな事を気にするのが無意味であったと云う事になる。

その内に何とか時間が経《た》って、もうじき八時である。ところが私がぼんやり考えていたのと反対の、逆の方から列車が這入って来たので驚いた。門司の方角を私が間違えていたと云うのでなく、何となく上リ下リを転倒して考えていた様で甚だ面白くない。この経験は小倉駅ホームが初めてではなく、熊本の先の八代《やつしろ》駅でいつでも同じ様な勘違いをする。上リに乗って帰って来る時、ホームで待っているところへ這入って来る汽車が、何度目になっても必ず私の予期した方向の反対側に機関車の正面を現わす。

もっと困るのは、随分馴染《なじ》み深い大阪駅から上りに乗る時、走り出してから、どう考えても京都の方へ向かっていると思う事が出来ない。三ノ宮神戸の方へ走っている様な気がする。その内に新淀川《しんよどがわ》の鉄橋を渡り、しかし新淀川には大阪からの上りにも下りにも鉄橋があるから、鉄橋を渡っていると云うだけで捩《ね》じれた頭の中をなおす事は出来ないが、吹田《すいた》の操車場を見ればもう観念する。そのもつれが一番ひどかったのは、四国へ渡って途中で熱を出し、ふらふらになって大阪駅から「つばめ」に乗った時、展望車の後ろへ遠ざかって行く沿線の景色が、椅子をその方に向けていたので丸で逆な気持になり、やっと頭の中をなおして方向を正したと思うと、今迄《まで》の逆のまた逆が、本来の方向とは別になった嫌な気がし出して困った。

小倉駅に這入る「高千穂」が私の思ったより逆の方から来たから、出直してこっちから来いと云うわけにも行かない。変だなと思いながら、おとなしく乗り込んで、間もなく発車した。

十

日豊本線は、別府からこちらは、往復でなく、片道だけ通った経験がある。先年の九州大水害の時で、東京へ帰って来る途中、雨師《うし》に追い掛けられて日豊本線を小倉に辿《たど》り著く迄の間、私共の通った後から後からと、線路が不通になってしまった。

今日はその同じ道筋を逆に走っているわけだが、何分寝が足りないので気分が良くない。お天気は上上、朝風もさわやかで、急行列車の乗り心地に不足はない筈《はず》であるのに、どうもいけない。座席の上で身体を動かすのも不安である。じっとしていて、昏昏《こんこん》と眠っているかと云うと、寝てはいない。起きていると云う程はっきりもしていない。いい心持でうつらうつらしているのでなく、いやな気持でうとうとしている。沿線に近く、耶馬渓《やばけい》があり、宇佐八幡宮《はちまんぐう》がある。杖《つえ》を曳《ひ》いたりお詣《まい》りしたりするつもりはなかったが、その辺りを通るのだから車中で聯想《れんそう》ぐらいは起こしそうなものだが、なんにも考えずに通り過ぎた。そうして海が近くなり、もう別府が近い。

先年の大雨の際、八代《やつしろ》、熊本から豊肥《ほうひ》線で別府に来た時は、二晩泊まったけれどその間に一度も温泉につからなかった。雨の為《ため》に砂が這入って湯が濁ってしまったからである。山腹の宿屋の座敷に閉じ込められて、朝から夜まで雷の音ばかり聞いて過ごした。今再びその別府を通るけれど、別に曾遊《そうゆう》の感懐もない。無暗《むやみ》に人が乗り降りして車内が混雑し、降りて行く者も乗って来る者も皆お行儀が悪い。窓の外に目を転ずるとホームの上も意味なく右往左往する人の波で、彼等は何を騒いでいるのか合点が行かない。温泉場に馴染みがないから、よその事は知らないが、大体温泉客と云うもののお行儀はこんなものなのだろうと思った。

別府を発車して、別府湾に沿い大分《おおいた》へ向かう途中の右側に、野猿で有名になった高《たか》崎山《ざきやま》がある。この前来た時、事によったら行って見てもいいと考えていたが、雨に降りこめられて果たさなかった。しかし野放しの猿が二百匹も三百匹も群をなして人に近づいて来ると云うのは聖代の祥事ではない。雨の計らいでそんな物を見なかったのは私の仕合わせだったとも思う。

高崎山の麓《ふもと》を汽車が通る時、線路に沿った往来に幟《のぼり》がたって、海風に吹かれているのが見えた。話しには聞いていたが、今、猿の群れが山の上にある萬寿寺の別院の庭に出て来たと云う事を知らせる信号だそうで、それを見て見物人が登って行く。猿は人の群れを恐れず近づいて来て、ビスケットや麵麭《パン》を人の手から貰《もら》う。初めはそう云う加工をした物は食わなかったそうだが、段段に人間の食べ物に馴れて来て、今では一日に何度か人間の持って来たお土産にありつく事を期待しているだろう。その内に猿の方で人間の群れが登って来たそうだと云う見当をつけ、山の奥に猿の幟をたてて仲間へ知らせる様になるかも知れない。ぼんやりした気持で、高崎山の猿見物にうつつを抜かしていると碌《ろく》な事はないだろう。我我は猿だの蟻《あり》だのと云うものに油断してはいけない様である。

高崎山の麓を通り過ぎて、間もなく大分駅に著いた。十二分間停車である。随分長いから山系君と車外へ出た。いきなり顔を合わしたのがホームに出ていた駅長である。先年の大雨の時、豊肥線でこちらへ廻って駅長室にお邪魔をした。だから顔を見れば顔馴染みである。駅長さんも私と山系君とを覚えていた。

どこへ行くかと聞く。

どこへ行くかと云えば、今日はこの汽車で宮崎まで行くけれど、宮崎が目的地と云うわけではない。それから鹿児島に出て、八代へ廻って東京へ帰るから、どこが行く先と云うはっきりした区切りはなく、どこもみんな途中です。

駅長さんもそんな事はどうだっていいだろう。取りとめもない起ち話をしている内に時間が経った。ここで機関車をつけ代えたらしい。気にかかるから傍へ行って見たら、C51、発車合図の汽笛が単音なのが珍らしかった。

大分を出てから走って行く先は、丸で知らない初めての所である。車窓からちらちら見える通過駅の駅名もみんな知らない名前だから、滅多に読み取れない。車内の通路を隔てた向う側に四人連れがいて、前のリクライニング・シートをこっちへ向け直し、四人席にして向かい合っている。後ろ向きは蛸《たこ》が背広を著《き》た様な紳士と、その息子らしい若い男で、その前のこっちへ向いた側には二人の中年の婦人が掛けている。そのどちらかが、蛸夫人かも知れないけれど、それは解らない。こちらと斜交《はすかい》に向き合っているので、向うのする事が一一《いちいち》見える。暫《しば》らく走り続けて、幾駅も過ぎてから気がつき、気になり出したので、その前にその二人の女は何をどのくらい口に入れたか、それはわからないが、こちらで手許《てもと》に注意し出してからでも、寸時の休みなくサンドウィッチを口に運び、稲荷寿司《いなりずし》と海苔巻《のりまき》を押し込み、曹達《ソーダ》ビスケットの様な物を長い袋の中から摘み出し、南京《ナンキン》豆の三角な袋を破って瞬《また》く間に平らげ、次にバナナを頬張った。汽車の中でバナナを食べ馴れていると見えて、その皮を手際《てぎわ》よく始末して座席の下に捨てた。

右に挙げた品品を食って食って食いまくるには相当の時間が掛かる。汽車だからその間に随分遠方まで走って行く。人が物を食うのをこちらで気にするには当たらないが、座席の位置が丁度そうなっているので、つい見てしまう。一品済んでほっとした気持になりかけると、もうすぐ次の品に取りかかっている。向うの勝手だが、何となく腹が立って来た。勝手だとしても、あんなに食わなくてもいいだろう。

「山系さん、どうです」

「はあ」

「すごいね」

「どうかしていますね」

後ろ向きの蛸紳士は頻《しき》りにお酒を飲んでいる。若い方は初めの内何か食べていた様だが、もうさっきから寝込んでしまった。その間《かん》に処して二人の貴婦人は未《いま》だに貪《どん》食《しょく》の手を休めない。そうしてどこかの駅に停まったら、その中の一人が、甚だ身軽にさっさと降りて行った。何だか食い逃げされた様な気がしたが、いくら気に食わなくても、そんな理窟《りくつ》は立てにくい。後に残った方は、広くなった座席に半身を横たえ、満腹のおなかをさすって、すぐにお休みになった様である。

十一

漱石《そうせき》先生の「坊ちゃん」のうらなり先生が、転任を命ぜられた日向《ひゅうが》の延岡《のべおか》を通った。小説では僻陬《へきすう》の地と云う事になっているが、延岡と云う同じ名前を冠した駅が、北延岡、延岡、南延岡と三つもあって、北延岡は急行は通過するけれど、延岡、南延岡には続けて停まり、大きな駅で市街も立派なのだろう。降りて見ないから町の様子は解《わか》らないが、うらなり先生が貶黜《へんちゅつ》されたと考えるには当らない様である。

しかし私が初めて「ホトトギス」の誌上で「坊ちゃん」を読んだのは、郷里の中学の五年級になった年の春であったから、今から数えて五十年に近い昔の話である。すると当時日向の延岡にはまだ鉄道はなかった筈である。延岡の停車場が開業したのはずっと後の大正十一年で、その翌大正十二年の暮に漸《ようや》く、延岡の手前を通っている九州山脈の宗太郎峠に四つの隧道《ずいどう》が竣工《しゅんこう》して、初めて日豊本線が全通した位だから話しは遠い。今ここに停車している急行「高千穂」の車窓から、うらなり先生の赴任を想像しても始まらないだろう。往時は渺茫《びょうぼう》として夢に似ていると思うばかりである。そうしてC51の単音の汽笛が鳴り、汽車は南延岡の駅を出てもっと南へ走り出した。

もう大分前から沿線の景色は南国の趣きを具《そな》え、田圃《たんぼ》の畦道《あぜみち》や農家の庭先に棕櫚《しゅろ》の樹《き》が野生している。空もきらきらと明かるく、夏の光りが流れて眩《まぶ》しい。

宮崎が近くなってから、高鍋《たかなべ》と云う駅であったか広瀬であったか、忘れたが、ホームの外れの向うにこれから這入《はい》って行く隧道の暗い穴口が見えている駅に停まって、行き違いの列車が這入って来るのを待った。

じきにその穴から上りが出て来て、向うのホームに停まった。ぼんやりそちらを眺めていたが、ふと気がつくとその反対側のこっちの窓に、窓硝子《ガラス》の面をおおってしまう程沢山の虫が飛んでいる。初めは蜂《はち》の大群かと思ったが、蜂ではなく虻《あぶ》の様である。いつの間にどこから集まって来たかわからない。隧道が多いので、どの座席でも窓を閉め切ったなりにしているから、車室の中へは這入って来ないが、あんなに沢山飛び込んで来たら、一騒ぎだったろうと思う。線路のわきはすぐ畑なので、そっちから飛んで来たかとも思ったが、汽車が動き出してから見ると、今隧道から出て来た向う側の汽車のまわりにも一ぱい飛び廻っている。その汽車がどこか先の方から連れて来たのかも知れない。よく解らないが、何しろ暖国へ来たと思った。

三時二十六分宮崎に著《つ》いた。今朝小倉を出てから七時間半、一日の行程として大した事はないが、昨夜の寝不足が祟《たた》って随分疲れた。ホームに鹿児島の何樫《なにがし》君がいる。彼は先年の鹿児島阿房《あほう》列車以来の旧知である。鹿児島から宮崎までわざわざ出張して来てくれたのだそうで、それから宿の女中も出迎えたが、女中だと思ったのはそうではなく帳場の小母《おば》さんであった。

初めての町を通り、天孫瓊瓊杵尊《ににぎのみこと》がタクシーに乗り給《たも》うた様な気持で四辺の様子を眺めた。道幅も広く立派な市街であるが、何となく薄っぺらな感じがする。それは無理もないと云うのは、宮崎市は今度の戦争で十七回に及ぶ空襲を受けたそうで、皮切りは昭和二十年の三月八日、仕上げは戦争終結の詔勅が下りた直前の八月十日と十二日とで、その時は海からの艦砲射撃と空からは焼夷弾《しょういだん》爆弾と云う二重のサアヴィスを受け、綺麗《きれい》に焼尽した所謂《いわゆる》戦災都市なのである。

市街を貫流する大淀川《おおよどがわ》の河畔の宿屋に落ちついた。古くからの由緒《ゆいしょ》のある家らしいが、矢張り戦火に焼かれた後の新築であって、名に聞こえた程の深みはない。奥まった座敷に通り、くつろいでそこいらを見るともなく見ていると、窓の前に据えた小机の上に一重ねの色紙が置いてあるのが目についた。

色紙があったって構わないし、私に関係のない備品なら知った事ではないが、その同じ所に頼信紙があるのとは違って、どうも気になり且《か》つ気に食わない。人が来る前から用意したのではないかと思う。

「どう云うつもりなのか知らないが、兎《と》に角《かく》そっちへ片づけてくれ。後で僕に書かせようと云うのだったら、僕はいやだよ」と云って女中に持って行かせて、さっぱりした。

今日は鹿児島の何樫君と、宮崎在住のもう一人を請じて一献を試る。何しろ昨夜の寝が足りないから、早く始めて早く寝るに限る。

十二

昨日の夕方、お客二人を待って一献を始めようとしている所へ、新聞記者が来た。私の様な者に構って見たところで何の意味もない。お互に無駄だから勘弁して貰いたいと思うけれど、すでに来た者は仕方がない。彼には来たのが任務である。止《や》むを得ないから会って暫らくお相手をする。

宮崎へ来られて、宮崎の印象はどうです。

さっき著いたばかりで、わからない。

宮崎は初めてですか。

初めてです。

どう云う御用件ですか。

用事はない。

当地にお知り合いはありますか。

だれもいない。

それでは遥遥《はるばる》こう云う所までいらして、淋《さび》しいでしょう。

淋しいと云った筈もないと思うのだが、兎に角話しはあまり発展せずに有耶無耶《うやむや》で終り、写真を撮って帰って行った。

今朝は割り合いに早く目がさめ、昨日の疲れもなおって、さっぱりした心持である。南国の空が綺麗に晴れ渡り、庭先の龍舌蘭《りゅうぜつらん》が、篦《へら》の様な恰好《かっこう》の葉の表に、夏らしい日ざしを一ぱいに浴びている。

別の部屋で朝飯を済ませた山系君が這入って来た。

「帳場の小母さんがそう云っていました。先生が宮崎まで来て、淋しがっているそうだから、お気の毒だから琴を弾いて旅の無聊《ぶりょう》を慰めて上げたいと云って来たそうです。宮城撿挍《けんぎょう》の門下のこちらのお師匠さんらしいです。都合を打ち合わせて、琴を持ち込んで来ようと云うのです」

少しく面喰《めんくら》わざるを得ないが、しかし御親切は難有《ありがた》い。辞を厚うして丁寧におことわり申す様に頼んだ。

「まだあるのです。昔先生が法政大学の航空研究会長をして居《お》られた当時の学生が、自衛隊の陸佐になって宮崎に駐在しているそうです。その人が今朝の新聞で写真を見て、久し振りに先生に会いたいと云って来ましたから、その電話には僕が出て、後でこちらの都合を知らせると云っておきました」

それではそれは後の事として、一体新聞に何が書いてあるのか、書く様な事はないと思うけれど見て見たいと云って、帳場から取り寄せた。

私の写真が載っていて、正に、宮崎くんだりまで来たが知るべは一人もないと書いてある。これでは丸で天涯の孤客で、親切な性分の人は気の毒だと思うだろう。

今日はお天気もいいし、気分もいいし、志を立てて青島《あおしま》まで行って見ようかと思う。

山系君に伺いを立てたが、彼はどこか変った所へ出掛けて、変った景色を写して来たいと云う下心があるから、勿論《もちろん》異存はない。自衛隊の陸佐君には、青島から帰ってから打ち合わせる事にしよう。そうでないと出掛ける前にやって来られては出足が鈍るし、一緒に行って御案内するなぞと云い出されては、事が複雑になる。旅先でどこかへ出掛けるには、人に黙っているに限る。

青島と云うのは宮崎から少し行った先の海中に浮かんだ小さな孤島で、珍らしい熱帯植物が島一ぱい繁茂していると云う。そんな所へ行って見たって仕様がない様なものだが、行かないでじっとしていても仕様がない。小倉の町中をぐるぐる廻った時と違い、今日はちゃんと洋服に著かえて、ステッキを持って、帳場が呼んでくれた自動車に乗った。

じきに町中の家並みが尽きて田圃の中へ出た。しかしまだこの辺りは市中だと運転手が云った。畑や草原に何何町と云う名前がついているのは、近頃はどこへ行っても普通である。しかしもっと行くと、もういよいよ郊外らしくなった。道ばたの畑に、綺麗な色の赤い花が咲いている。穂の様な形で、燃え立つ焰《ほのお》の様で、一面にかたまって簇生《ぞくせい》しているが、ついぞ見た事がないので、運転手にあれは何だと尋ねたら、ルウピンですと云う。そう云う名前も聞いた事がない。結局私には生れて初めての花の様である。

制服制帽の若い運転手は挙止動作がきちんきちんとして、何か尋ねた時の受け答えもはきはきしている。静かに車を走らせ、道の凸凹《でこぼこ》は注意深く避けて行くから、乗っていて少しも気を遣わない。景色のひらけた広広とした田圃の中の一筋道を走って行く。道の向うに他の車も走っていないし、人影も見えないのに、少しくスピイドを落として、ぶうぶうと二声三声、警笛を鳴らす。何をしているのだろうと思うと、ついその先で田舎道が十字に交叉《こうさ》していた。交叉した道を越す手前に一たん停車し、物物しく首を振って左から右を見渡し、そうして更《あらた》めて走り出した。交叉を越す時にそうするのは当然だとは思うけれど、首を左右に動かして見る迄《まで》もなく、そこへ近づいてくる前前から広い大空の下の田圃道に、人も車もいないのはわかっている。ぶうぶう鳴らしても、その音を聞かせる相手はいない。それを承知で、しかしするだけの事はするのである。この運転手の片づいた心事を私は尊敬した。

十三

青島《あおしま》へ渡るには、こちらの海岸から、潮が高い時は没してしまうだろうと思われる低い道を行って、その先の高い橋杙《はしぐい》に乗った長い橋を渡る。橋の上から眺める右左の磯《いそ》に不思議な形をした岩が累累《るいるい》と重なり合い、寄せて来る日向灘《ひゅうがなだ》の白浪《しらなみ》を遮っている。修学旅行の生徒達や、講中の団体旅行などで橋の上は雑沓《ざっとう》し、道を避けなければならない程である。学校の生徒には地質や熱帯植物が教育の資料になるかも知れないが、足腰が立たないらしい老婆《ろうば》を背負ったのもいる団体旅行には、こんな島のどこが面白いかと思う。尤《もっと》も行って見たら島の真中にお宮があったから、或《あるい》はそのお詣《まい》りの講中だったかも知れない。

島は砂地で歩きにくい。島の外まわりに道はついているけれど、どこ迄でも行って見ると云うつもりはない。周囲は一粁《キロ》半だと云う。いい加減の所で引き返すつもりで、ぶらぶら歩いて行った。島全体が鬱蒼《うっそう》とした茂みのかたまりで、森の団子の様なもので、それが熱帯植物ばかりで出来ているのが珍らしいのだと云う。一番多いのは蒲葵《びろう》の樹で、棕櫚《しゅろ》に似ているが違うらしい。重なり合う様になって奥の方へ、どこ迄も繁茂してその下陰は暗い。

道について行ったらお鳥居があって、お宮の広前に出た。その横に小さな遊園地の様なものが出来ている。ベンチが置いてあるから腰を掛けて休んだ。山系君はさっきから何度も写真機を出したり引っ込めたりしていたが、私が動かなくなったのを見澄まし、向うの葉陰からこちらのベンチの方をねらっている。この島には珍らしい植物はあっても、獣とか鳥とかその他何か動物はいないのかと、さっき人に尋ねたが、何もいないと云う。その埋め合わせのつもりかも知れない、七面鳥が飼ってあって、そこいらをのそのそ歩き廻り、熱帯植物の背景に風情《ふぜい》を添えている。一群のバフ・コーチンもいて、雄は甚だ立派でゆさりゆさりと餌《えさ》をあさって歩き、七面鳥とその雄姿を競っている。山系君はそう云うものを点景に入れて私を写そうとしているらしい。

七面鳥や雞《にわとり》が山系君の思う通りに行動しないので、大分苦心した様子であったが、どこかで、大事なところで、うまくシャッタアを切った様な顔をしていたけれど、すべては白一色に帰する苦心の撮影であって、私なぞ早手廻しに白玉楼の中へ入れて貰《もら》った様なものである。そう云えば白いフイルムに写っている筈《はず》だと考えるのは、何となく幽霊の様でもあり、彼の苦心に満更趣きがない事もない。

帰りに島の裏側へ廻って、木陰で夏らしい風に吹かれて一服する。こっち側の磯には、おかしな形をした黒ずんだ色の奇岩怪石が人の手で列《なら》べた様なきちんとした間隔で海に向かってポーズを取っている。早速山系君のレンズの対象となり、彼は忙しそうに歩き廻って、あっちから撮ったりこっちから写したり、私もその変な岩の点景として傍に立たされたりしたが、何枚写しても同じであった事に変りはない。

熱帯植物が繁茂している程あって、青島は暑かった。いい加減に草臥《くたび》れて、長い橋を渡って引き上げ、来た時と同じ道を同じ運転手の規格運転で帰って来た。

宿に帰り著くと、先程自衛隊の方ともう一方と、お二人で訪ねていらしたと云った。こちらから知らせると云ってあるのを待たずにやって来たのだから、留守であってもそれは知らないが、しかし兎に角朝からそうやって私を構おうとしているのだから、それでは帰って来た事を知らしてやってくれと頼み、そのつもりになって来訪を待った。

じきに、お見えになりましたと云う。随分早いなと思ったら、ジープで乗りつけた様であった。二人連れである。会って見て二人のどちらがだれなのか、初めの内はわからなかった。

法政大学航空研究会の飛行場の練習飛行に私が立ち会ったのは、今から二十五六年昔の話である。その後会った事がないので相手の顔がはっきりしないのも無理はないだろう。頻《しき》りに私に怒られた、怒られたとばかり云う。それで飛行場で私に怒られた陸佐君の方は認識した。話していれば段段に思い出し、彼の顔だけでなく、当時の事が何となくはっきりして来る。

もう一人は宮崎在住の紳士である。同じく法政大学の出身で、陸佐の上級だったそうだから、つまり同窓の先輩と云うわけで、彼も私を知っているから、一緒に訪ねて来たのだと云《い》う。

そう云えばその顔に微《かす》かな馴染《なじ》みがある。思い出す様だと云うと、そうでしょう、随分怒られましたから、と云う。私は余程怒ってばかりいた様だが、自分でははっきりした記憶は残っていない。

彼は学生の新聞学会の委員で、新聞学会の学生には云う事を聞かないのがいた事は覚えているが、彼一人をそう思ったわけではあるまい。学校の近所の寿司屋《すしや》の二階で航空研究会の会合をした時、彼も新聞学会の委員の立ち場で出席していたが、私に怒られて逃げ出そうとしたら、私が梯子《はしご》段《だん》の上まで追っ掛けて来たと云った。そうかも知れないし、そんな事はなかったかも知れないし、今更よくわからない。

彼は学生の時から酒飲みで、学生なりと云えども酒を飲めば酔っ払い、面白くなって、新宿の大通で道ばたの夜店を一軒一軒ひやかして行くと、孵卵器《ふらんき》でかえしたひよっ子を売っているおやじの店があったので、その前にしゃがみ、卵に足がはえたばかりの小さなひよっ子が、何十匹も一かたまりになって、ぴいぴい云っているのを見ている内に、じれったくなったのだろうと思う。おやじの隙《すき》を見て、蓋《ふた》を取ってひよっ子をそこいらに追い散らした。道ばたがひよっ子だらけになり、ぴいぴい鳴きながら電車道の方へ散らかって行くのもあり、収拾《しゅうしゅう》すべからざる事になって、おやじが怒って、巡査が来て、彼を交番へ連れて行ったと云う。

十四

東京を立ち出《い》でてより六日目、当地に二晩泊まって今日は宮崎の三日目である。今日と云うのは、もう今日になっているからそう云うのであるが、時は正に午前三時半、勿論外は真暗で、宿屋の中は水の底の様に静まり返っている。

昨夜寝る前、念の為《ため》に女中から目覚し時計を借り受け、四時に掛けて置いたからまだ鳴らない。こうして起き出した後で鳴り出すとうるさいから、先《ま》ず寝起きの手始めに撚《ね》じを廻して、私共が立つ迄は鳴らない様にした。

今朝が早いので昨夜は早く寝たけれど、もし寝つかれなかった場合の事を慮《おもんぱか》り、鞄《かばん》に入れて来た睡り薬を適量にのんだが、暫《しば》らくたつと、薬が利《き》いて来た事がはっきり解《わか》っていながら、眠る事は出来なかった。更に追っ掛けてのむと云うのは気が進まないし、又それで利き過ぎて目覚しの音も聞こえなかったと云う事になっては困ると思ったので、眠れない儘《まま》に輾転反側《てんてんはんそく》している内、うとうとしたかも知れない。そのうとうとの途切れたのが三時半前である。そこで我破《がば》と起きてしまった。

小倉の早立ちは八時の発車であったが、今日の宮崎はそれに之繞《しんにょう》をかけて五時四十七分の一番列車である。早くても、早過ぎても自分できめた事だから守らなければならない。五時四十七分は八時より二時間以上早い。しかしもうこうなれば、やけであって、二時間や三時間早くても遅くても同じ事である。二時間遅いからと云うので、その二時間の間ゆっくり寝ていられる性分でないから、どっちだって構わない。現にこの通り三時半から起きてしまった。さあ支度をしよう。

小倉の時は愚図愚図《ぐずぐず》している内に夜が明けたが、今日は宿を立つまで夜が明ける見込みはない。巻き添えを食った気の毒な女中の運ぶお茶を飲み、山系君も起き出して五時に宿を立った。帳場の小母《おば》さんと女中が一緒に送って来た。自動車の運転手に早過ぎて気の毒だとあやまったが、僕達は交替ですから、と云った。

人っ気のないだだっ広い往来を走って、じきに駅に著《つ》いた。宮崎駅の上リ一番は五時四十分で、私共の乗る下リより七分早く出る。駅にはその上リ又は下リの一番汽車に乗る人人が大分来ていて、早過ぎるのは私ばかりではない事がわかった。だから駅はもう起きている。しかし駅長室にお邪魔して見ると、部屋の隅隅にはまだ昨日の夜が残っている。煙草《たばこ》を吹かしたり、早朝のお茶を戴《いただ》いたりして時を過ごす。向うの窓のカアテンを絞ってくれたが、外はまだ暗い。

暫らくしてから気がつくと、今まで暗かった窓硝子《ガラス》が灰色に変りかけている。薄ぎたない暁の色がどこからともなく流れて、駅の向う側の店屋のトタン屋根が霧をかぶった様に浮き出した。天孫降臨の朝に似ている様な気がする。

すっかり明け離れてから、早目にホームへ出て、すでに這入《はい》っている宮崎仕立ての汽車に乗り込んだ。三等編成の五三五列車、だから三等車ばかりである。この節の三等は座席もいいし、掃除は行き届いて居り、又始発駅の一番列車なので勿論《もちろん》こんでなぞいない。ゆったり座席にくつろいで発車を待つ。

明かるくなったばかりの構内のどこかそこいらの立ち樹《き》の枝で目白が啼《な》いている。東京の私の家にも宮崎目白が一羽いる。東京で普通に手に入るあの近辺の目白の内、伊豆《いず》の大島の大島目白と云うのは身体《からだ》が大きくて面白くない。その大島目白と対照させる様に身体の小さい九州の豊後《ぶんご》目白を珍重する。私は去年豊後目白がほしくなって、その手蔓《てづる》に頼んでおいたところが、九州では豊後目白よりも宮崎目白の方を珍重する、目白は日向《ひゅうが》に限りますと云って宮崎目白が届けられた。東京まで飛行機に乗って来て、澄まして私の家に落ちついている。

立ち樹の枝で啼いていたのは、汽車が出る前にどこかへ飛んで行った。そうして五時四十七分の定時になり、汽車が動き出した。空は曇ってはいないが、薄日である。何しろ夜が明けたばかりなので、走って行く汽車もすがすがしい。今日これから鹿児島へ行く途中に、くうもにそびゆる、たかちほの、高根の姿が眺められる筈である。

十五

宮崎仕立ての今日の一番、三等編成の五三五列車が構内を離れて走り出した。じきに大淀川《おおよどがわ》の鉄橋にかかり、朝の川風に轟轟《ごうごう》と云う響きを残して向うの岸の朝靄《あさもや》の中へ這入って行った。

行く先の沿線は、私には今日が初めてなので新鮮であり、又夜が明けて間がない窓外の景色は、まだ人が余り見ていないと云う意味で新鮮である。それを眺めるこちらの目が寝が足りないので、はっきりしないのは瑾《たま》に瑕《きず》であるが、その内にもっと覚めて来るだろう。或はますます眠くなってしまうかも知れないが、そうなっても止《や》むを得ない。

これから汽車は次第に高千穂ノ峯《みね》が見える方へ走って行く。見た事のない名前で子供の時から覚え込んだ言葉の内、「高千穂」は最も古い一つだろう。尋常小学校の時、筒袖《つつそで》の檳榔子《びんろうじ》の一ツ紋の紋附を著《き》せられて、二月十一日の寒い朝、紀元節の式に行った。

雲にそびゆる高千穂の
高根おろしに草も木も
なびき伏しけんおほみよを
あふぐ今日こそたのしけれ

うな原なせるはに安《やす》の
池のおもよりなほ広き
めぐみの波に浴《あ》みし世を
あふぐ今日こそ楽しけれ

子供の時に教えられて覚え込んだ歌の文句は、何十年経《た》ってもちっとも記憶が薄れないのみならず、こう云う歌だの「君ヶ代」だの、昔学校で歌い馴れた歌を、年を取ってからお酒の席で歌うと大変新鮮な味がする。時世の遷《うつ》り変りで「くうもにそびゆる」なぞ段段若い者が知らなくなって来ると、ますますお酒の歌としての味わいが出て来る。

車輪が線路の継ぎ目で刻む拍子に合わせて歌って見る。歌えない事はないけれど、汽笛一声の鉄道唱歌や、日清《にっしん》戦争の軍歌の様なわけには行かない。段段眠たくなって来る様である。

宮崎を出る時、高千穂ノ峯は二つ三つ先の駅の青井岳、山之口のあたりから車窓の右に見え出すと教わって来たが、薄日の射《さ》していた空が次第に明かるく晴れて来ると同時に、霧のかたまりが下へ降りて、帯になって、向うの遠い山から山へ流れ、青井岳あたりでは山腹をぼかしていたのが、次の山之口に近づく頃は山の姿をすっかり包み込んでしまった。

汽車が停まる駅駅から、都城《みやこのじょう》の学校へ通学する生徒達が乗り込んで来る。大勢でどやどや這入って来るけれど、お行儀が悪くはない。学校を終って帰って来る時だったら、こんなにおとなしくはないかも知れないが、まだ朝の行きがけなので神妙なのだろう。彼等が今汽車に乗っていて、著いてから学校へ馳《か》けつけてもまだ始業に間に合う程今朝は早い。我我はその前から乗っているのだと、今更の様に今朝の早かった事に感心する。

私の席の隣りに這入って来た女学生に、今はあの霧で何も見えないが、もし霧がなかったら高千穂ノ峯はどの辺に見えるのかと尋ねた。学校が良く出来る子供の様で、はきはきした口調で座席から霧の向うを指ざし、こっちの右の端に高千穂ノ峯が見えて、その次が躑躅《つつじ》の「みやまきりしま」の新燃嶽《しんもえだけ》で、左の端が韓国嶽《からくにだけ》ですと云った。霧は都城近くひらけた平野の遠い森をぼかし、もっと行くと畑の先も見えぬ程濃くなった。都城に著いた時、隣りの女学生はちゃんと会釈《えしやく》して降りた。都城にいい学校があるのだろうと思った。

十五分間の長い停車をして、七時二十八分都城を出た。あきらめていた高千穂ノ峯が、五十市《いそいち》を出て財部《たからべ》に到《いた》る間に、薄れかかった霧の中から見えた。大きな篦《へら》でそいだ様な三角の山で何の奇もないが、見たいと思って意地になっていた山が見えたのは難有《ありがた》い。もう二三駅先の霧島神宮駅のあたりでは、もっと間近かに、はっきり見え出した。そうして高千穂ノ峯と別かれた。隼人《はやと》から先は先年の鹿児島阿房《あほう》列車の時、帰りに肥薩《ひさつ》線を通ったので駅の名前に馴染みがある。

十六

九時四十七分、鹿児島に著いた。宮崎を立ってから丁度四時間の行程である。しかしこれで今日の汽車を終ったのではない。

初めのつもりでは、もう一駅先の西鹿児島まで行き、そこで二時間足らずぼんやりしていて十一時四十五分発の上リ急行第三六列車「きりしま」に乗る筈《はず》であったが、さっきの三等車の車中へ途中の駅からことづけがあって、西鹿児島まで行かずに鹿児島で降りてくれと云って来た。管理局長の甘木《あまき》さんが、自分の所の庭を見せたいと云うのだそうである。庭を見るのはきらいではないから、見に行ってもいいけれど、庭をだしにして、もてなされては迷惑する。一切お構い下され間敷《まじく》、と云う事でお邪魔すると云う返事をした。おことわり申して見たところで管理局のある局長お膝元《ひざもと》の西鹿児島駅に、二時間もぼんやりしていては恰好《かっこう》がつかない。

だからそのつもりで鹿児島駅に降りた。随分長いホームで、この前来た時に降りたホームとは違う様である。尤《もっと》もそれは乗って来た汽車の方向が違うから当り前の話であるが、その長いホームの一所に、鞄《かばん》などを地べたに置いてあたりを見廻す。私共に構う者はだれもいない様で、その内に今同じ汽車から降りた人人は向うの改札の方へ行ってしまってホームに人影がまばらになり、少しく心細い。

変ですね、僕が見て来ますから、先生はここのこの場所にいて下さい、と云ったかと思うと山系君が走り出した。走ってどこへ行くのだろうと思う。

ここで降りなくてもいいのだとすれば、今降りたばかりのこの汽車へ、もう一度鞄などを入れて一駅先まで乗り継ぎ、もともとそのつもりであった西鹿児島駅でぼんやりしていればいいので、それで事の順序に狂いはないが、さっきのことづけを受けている手前、そうあっさりと、うしろの汽車の中へ戻ってしまうわけにも行かない。

　自動車が砂煙を立てて、ホームの横っ腹の、改札でも何でもない所へ這入って来た。いつの間にか山系君がその前に起《た》っている。二三人が急ぎ足でこっちへ近づいて来た。その中の二人は鹿児島の垂逸《たれそれ》君と何樫《なにがし》君で、何樫君は昨日の午頃《ひる》まで宮崎にいたし、垂逸君とも旧知である。もう一人の生面《せいめん》の紳士が局長の甘木さんで、公務の為に時間がぎりぎりになったらしい。

　甘木さんの自動車で、鹿児島の町中を走り抜けて官舎へ行った。庭に面したお座敷に落ちつき、先《ま》ず一服する。何しろ寝が足りないので、足りないと云うよりまあ寝ていない様なもので、何を見るにも目が渋い。お庭はついそこに迫っている自然の山の山裾《やますそ》を取り入れ、大きな池があって、幽邃《ゆうすい》の趣きをそなえているが、躑躅《つつじ》が多過ぎる。私は躑躅の花も葉の色も少しいらいらする様で、あまり好きではないが、多過ぎるから抜いてくれとも云えないので、黙って拝見して、お茶を戴きお菓子を摘まんだ。

　取りとめもない話しをして時を過ごし、いくらか寝不足の疲れもなおった様である。話しの間に、東京を立つ前主治医からどこか旅先にかんかんがあったら、体重を計って来いと云われているのを思い出し、何の続きだったか忘れたがその事を云うと、甘木さんがそれはわけはない、駅のかんかんで計りましょうと云った。

私なぞは矢張り、時時目方を計らなければいけないらしい。ふとり過ぎると云う事を用心しなければならぬ様で、その警戒の為に目方を知る必要がある。主治医の所にはかんかんがあるけれど、滅多に行かないから計って貰《もら》う機会がない。銭湯へ行けば大概の所にあるに違いないが、行かないから私の役には立たない。それで旅先の宿屋の風呂場《ふろば》にでもあったら計って来いと云われたのである。駅のかんかんに掛かって見ると云う事は考えつかなかった。尤もだれかにそう云って貰わなければ、私一人の思いつきでそんな所へ這入って、かんかんに乗ったりしたら、怒られるばかりだろう。

門外に待っている先程の自動車で、駅へ引き返した。そうして小荷物扱所のかんかんに乗り、その数字を教わった。忙しい所へ飛んだ荷物が割り込んですまなかったが、その時の数字は風袋《ふうたい》つきである。何日か後に東京の家に帰ってから、著ていた洋服と肌著類一式を脱いで一纏《ひとまと》めにし、ポケットに這入っていた時計、手帖《てちょう》、がま口その他こまこました物を、同じくポケットに入れてあったハンケチに包み、眼鏡も外して一緒にして、別に靴を紐《ひも》でぶら下げ、家の台所にある棒秤《ぼうばかり》に掛けて目方を出した。その合計を鹿児島駅の数字から引き去った残りが、その時の私の体重であったと云う事になり、この計算には間《あいだ》に凡《およ》そ千五百粁《キロ》の距離が挟まっている。

十七

午前十一時三十八分、第三六列車急行「きりしま」が動き出して、鹿児島を離れた。今朝の宮崎から鹿児島までは三等であったが、少しく出世して今度は特別二等車である。「きりしま」は東京行であるから、この儘《まま》じっと乗っていれば明日の夕方東京へ帰り著《つ》くが、私共はこれから四時間乗って、今度は熊本の手前の八代《やつしろ》で降りる。

八代と鹿児島の間は、先年の鹿児島阿房列車の時に通っているが、帰りは鹿児島から肥薩《ひさつ》線を廻って八代へ出たので、本線の方はその時の往《い》きがけの片道だけだから、沿線の景色があまり記憶に残っていない。今日更《あらた》めて見直して見るに、西方《にしかた》の手前で山勢が迫り、隧道《ずいどう》を続け様に幾つか抜けた後、明かるい海の色がぱっと車窓に映った。海は阿久根《あくね》を過ぎるまで続き、更に出水《いずみ》から又海辺を走って天草の遠望、不知火海《しらぬいかい》の風光が車窓にひらける。しかし空は次第に曇って来た。曇って来たのか、曇っている空の下へ走り込んだのか、それはわからない。

さっきから気になる相客がいる。鹿児島の始発から同車していたのだろうと思う。初めの内は気がつかなかったが、どの辺りからか食堂車にでも行っていて、その席にいなかったに違いない。帰ったのも知らなかったが、お酒を飲んで来た顔をしている。

全部同じ方の向うを向いたリクライニング・シートの、私の席から大分離れた通路の向う側にいるのだから、おとなしく腰を掛けていれば顔が見える筈はないのだが、頻《しき》りに起ち上がったり又坐《すわ》ったり、その度に後ろ向きになってこちらを見る為《ため》に起ち上がるのではないかと思われ出した。じろじろと人の顔を見て、その挙げ句じっと見据える。

顔の色から判じて、酔っ払いだろうと思う。しかしなぜ知らない酔っ払いが私の顔を見るのか、わからない。初めはこっちが落ちつかない様な気がしたが、段段癪《しゃく》にさわって来た。にらみ返しても、こちらの視線には反応しない様子である。

山系君は私の隣りでぐっすり寝入っている。彼も昨夜の寝不足で無理はない。わざわざ起こして云《い》いつける程の事でもないから、そっとしておく。あんなにぐっすり寝込んで、何の夢を見ているだろうと思った途端に、ふといやな気持がした。向うの席のそのおやじは六十近い年配で、五分刈りの胡麻塩《ごましお》頭が不精《ぶしょう》に延びかかっているが、生《は》え際《ぎわ》が少しかぶさって、目つきの陰鬱《いんうつ》なところが、立つ前の朝の夢の猿の顔にそっくりである。あの猿が背広を著て汽車に乗っているのではないかと云う気がし出した。

汽車は水俣《みなまた》を出てから一時間、玖磨川《くまがわ》の鉄橋を渡って八代駅の構内に這入《はい》った。八代の駅から汽車に乗る時は、待っている汽車がいつでも逆の方から這入って来る様な気がするが、自分が乗っていてホームに近づいて行くのに、逆の方から這入るなぞと云う気はしない。

午後三時二十六分の定時に著いた。東京を立った時は身軽であったが、何日も方方を廻っている内に、段段手廻りの持ち物がふえて、始末が悪い。赤帽を煩《わずら》わしたが、八代駅の赤帽とはもう顔馴染《なじ》みである。手ぶらになって山系君と陸橋を渡り、階段を降りた所の改札口に近づくと、「いますね」と彼が云った。今日と明日と二晩泊まるつもりの松浜軒の女中頭御当地さんが起っている。

駅長室で明後日の急行券等を買っておいて貰う様に頼んでから、自動車に乗った。馴染みの八代の町を走って行くと、これでもう今度の長旅も終った様なくつろいだ気持になった。

希代の雨男ヒマラヤ山系は、年ふるに従いその通力も薄れたと見えて、今度の旅行は立った当日から今日が日までお天気続きで、雨男の末路憐《あわ》れむに堪《た》えたりと思ったが、さっきの車中から、八代に近づくにつれて段段に空が重たくなり、今こうして走って行く自動車は、まだ降り出してはいないけれど、丸で雨雲の中を衝《つ》いている様な気配になって来た。

松浜軒のお庭を擁《よう》する座敷に落ちつき、殿様用の飛んでもない大きな脇息《きょうそく》にもたれて吹上げの老松を眺める。それはいいけれど、お池の水が涸れている。今度東京を立つ前に松浜軒へ葉書を出して、いついつか立ち寄るから、お池の水を一ぱいにしておいてくれと頼んでおいた。然《しか》るにも拘《かかわ》らずこの為態《ていたらく》、と殿様の脇息に靠《もた》れた余勢を駆って考えたが、不届者、路地へ廻れ、と云うわけにも行かない。あっちこっちに露出した池の泥を眺めて、つまんないの、と思うばかりである。

曇った空の低い雲の中で、雲雀《ひばり》がちるちる啼《な》いている。

後で顔を出した支配人が、池の水の言い訳をした。これだけの池に水を張るには、どうしても外から水を引かなければならない。もとは勿論《もちろん》そうしたので、水路はちゃんとついているが、今はそれを使ってお池に水を入れると云う事は出来ない。そう云う事をすれば、お庭の外の百姓が怒る。時世の遷《うつ》り変りで領主の御威光がなくなったのだから止《や》むを得ない。ただ雨が降るのを待つばかりで、それが生憎《あいにく》こないだ内からずっと晴天続きなものですから、お葉書を戴《いただ》いていながら、どうする事も出来ませんでして、と云った。

云われて見れば御尤も、しかし幸い同行に雨男のあるあり、馴染みの八代へ来たらどうやら通力を取り戻しそうな気配が見えるから、その内降り出すかも知れない。御領主様の御威光で田の水を引くより、雨男山系の通力で天の水を誘った方が、諸事角《かど》が立たず穏便である。

夕方が迫ったのか、雲が濃くなったのか、急に辺りが暗くなったと思ったら、涸れた池の面にさあっと掃いた様な雨が降って来た。

十八

雨の音を聞きながら眠って、十時間寝続けた。目がさめて見ると、まだその儘の雨の音が庭を取り巻いている。流石《さすが》は雨男、矢張り偉いものだと山系君を見直す。

昨夜寝ついてから、今朝目をさます迄《まで》、間では一度も起きなかったけれど、起きると云う程ではないが途中で寝苦しくて、薄目になったのを思い出した。何だかよくわからないけれど、夜半にひどいにおいがして来て、寝ている鼻を刺す様であった。

今朝になってからその事を思い出し、はっきりした気分で考えて見るに、昨夜ここへ著いた時、お池の水が涸れて所所に水溜《みずたま》りが残っているだけになっているのを眺めながら、魚はあの深くなった所にもぐっているのだろう。変な声を立てて人を驚かした食用蛙《がえる》はどうしたか知ら、と思った。

女中に食用蛙は健在かと尋ねた。

食用蛙はもう居《お》りません、と云う。

お庭の屏《へい》の向うにある田圃《たんぼ》に百姓が薬を撒《ま》く。そのにおいで食用蛙が逃げ出したと云うのである。

昨夜の様な烈《はげ》しいにおいが流れて来るのでは、食用蛙の鼻の穴は上に向いているから堪《たま》らないだろう。逃げ出すのも無理はないと思った。

ところが後で聞くと、近所に合成酒の工場がある。風の向きによっては、そこで使う薬品がにおって来る事もあるから、昨夜のにおいはそれではないかと云う。

合成酒と云えども酒にゆかりが無い事はないし、戦時中お酒に不自由した時は合成酒を天の美禄《びろく》と思って飲んでいた手前、決しておろそかには考えないが、しかし昨夜の夜半のあのにおいが、醸造の過程に発散するのだとすると、何だか魔女の釜《かま》で造られている様で恐ろしい。

あんまりよく寝たので、腹がへっている。今朝は珍らしく朝飯を食べて見ようと思い立った。この宿へは度度来て泊まっているので、私は朝抜き、昼飛びだと思っているに違いないから、更めてその由《よし》を届け出た。そうして山系君のお相伴をして、暫《しば》らく振りに御飯と云う物を食べた様な気持になった。

朝の内に雨はやんだが、曇ったなりで空は暗い。風が出て、お庭の出島の森がさあさあ鳴りながら揺れる。風の音に乗って、八代鴉《やっちろがらす》が一声二声鳴いた。

風の音が止むと、お庭の向うの低い雨雲の中から雲雀の声が聞こえる。

午後になってから、考えて見ると何もする事がない。床屋を呼んで貰う事にした。東京出立以来、伸び放題になっている髭《ひげ》を剃《そ》らせようと思う。

松江の時は若い別嬪《べっぴん》さんであったが、今日は背広服の物物しいおやじさんが来た。床の間の前に坐《すわ》っている私にタオルを巻き、白いきれを掛け、うしろで剃刀《かみそり》の刃を合わせた。

風に乗った様に堂鳩《どうばと》が五六羽飛んで来て、お池の中に小石がごろごろした島に降りた。昨夜からの雨で、少しは水が溜まったが、まだ方方に島が残っている。

風が吹き止むと、しんかんとした気配になって、物音一つしない。山系君はさっきから縁側の椅子《いす》に靠《もた》れて雑誌を読んでいる。何か読んでいれば、だれだって口を利《き》かない。そうでなくても彼は元来だまっている。いるかいないか解《わか》らない。

刃が鳴る程、私の髭はこわくないから、剃刀を動かしていても何の物音もしない。しんとした中で、私のおなかの中が鳴る音がして気に掛かる。身体《からだ》を近寄せているから、床屋にも聞こえるだろう。今朝、食べ馴れない朝飯を食べたから、音がするのかも知れない。止めようと思うけれど、どうすれば止まるのかわからない。仕舞い頃になって、床屋の鳩尾《みずおち》のあたりでも音がし出した。

床屋が帰った後から、又雨が降り出した。雨の音にまじって、お庭の隅で何鳥かわからないが頻りに啼き続ける。

何だろう、と云っても山系にそんな事は解らない。小綬雞《こじゅけい》か知ら、と云ったが、小綬雞はもっと声も節も荒い様に思う。済まないが、一寸《ちょっと》聞いて来てくれないか、と頼んだ。

山系君が帰って来て、笑いながら、

「子供が笛を吹いているのです」と云った。

なあんだ、そうか、それならそれでいい。

「それでいいけれども、貴君《きくん》、子供の笛としても、何鳥の鳴き声を模したる笛なりや、と云う事が問題だね」

「そうですね、鶯《うぐいす》の真似《まね》をした笛もありますからね」

「鶯の啼き声を九官鳥が真似をする。その九官鳥の啼き真似を笛で真似て聞かせる寄《よ》席《せ》芸人がいた。本来の鶯の啼き声ではないいんだよ貴君」

「違いますか」

「つまり鶯と九官鳥と両方を聞かせるのが自慢なのだろう」

「僕はどっちも知りませんから、どっちだっていいです」

そこへ御当地さんが顔を出して云った。

「只今《ただいま》のは小綬雞で御座います」

「何だ、もう一人の女中は笛だと云ったよ」

山系君は少しむっとしている。

十九

時時雨が降って来たり、又止んだり、しかし次第に止んでいる間が狭まって雨脚《あまあし》も繁《しげ》くなった。お池の水位は見る見る高くなって来る。

雨を見ながら山系君と話す。

「本降りだね」

「はあ」

「えらいものだ」

「何がです」

「雨男の通力さ。時に貴君、大手饅頭《まんじゅう》はどうした」

「あれ」

「あれって、貴君、岡山で貰って来たのが、小倉で食べた残りが、まだ十幾つあるだろう。ある筈《はず》だな」

「先生は知らないんですか」

「何を」

「昨夜先生が、ふかし直して来いと云って、温かいのを御当地さんにも食わして、後はみんな先生が食ってしまったじゃありませんか」

「知らないね」

「おかしいな」

「疲れていたから、酔って忘れたんだろう。まあいいさ、いい事にする」

「あんな事云ってる、先生は。僕食いませんよ、きらいだから」

　御当地さんがお茶を入れて来た。

「御当地さん、昨夜大手饅頭を食ったかい」

「戴きました」

「うまいだろう」

「結構なお味で御座いました」

「僕は不知火《しらぬい》ノ海を見に行こうと思う」

「これからで御座いますか」

「まだ夕方には間があるから」

「雨が降って居りますけれど」

「雨は構わない」

山系君が「先生」なるものの人物批評をしているのが、その顔でわかる。我儘《わがまま》で、する事の順序が人にはわからない。人にわからない様にしているのでなく、当人にも方針が立たないらしい。

「そうでもないよ」

「何です」

「貴君の考えている事に、返事をしたのさ」

「僕、何も考えていませんけれど」

「そうかね」

「行きますか」

「行こうよ、支度をするのは面倒だから、この儘でいいだろう」

間もなく自動車が来たと知らせたから、出掛けた。雨の中を御苦労な事だが、別に濡《ぬ》れるわけでもない。

往来の泥んこを撥《は》ね飛ばして、暫らく行くと土手の下の田圃道に這入《はい》った。雨傘をさして自転車に乗った男が、迷惑そうに道を避けた。

不知火が見えると云《い》う白島に車を停めて、雨の中へ出た。その晩はここへ弁当を持ち込んで不知火を眺めるのだと云う家の廂《ひさし》の下に雨を避けながら、何となく海を見ているけれど、勿論雨が降っているばかりである。

不知火が出るのは八朔《はっさく》、即《すなわ》ち陰暦の八月朔日《ついたち》の明け方だそうだから、まだ半年も先の事で季節が違うのみならず、その日まで待ったとしても、夜光るものを昼間見に来たのでは見えるわけがない。だから不知火を見に来たのではない。不知火ノ海を見に来たのだから、底の浅そうな色をした海の面に、雨が降り灑《そそ》いでいるのを見て堪能《たんのう》した。

不知火は結局汐《しお》が光るのだ、と宿へ帰ってから教わった。日中照りつけられた海水が、夜になって冷え込み、浅い海面の温度に層が出来て光るのだと云う。夜光虫ではないかと云う説もあるが、実際に見た目で、そうでない事がわかる。夜光虫の色ではない。不知火は青光りはしないと云う。

不知火ノ海を眺めて白島を引き揚げ、帰りに自動車を廻らして築港へ出て見た。道は悪いし、雨は覚悟の前だが、築港と云う程の規模ではない。ごたごたした所へ上から雨が降っているばかりである。無闇《むやみ》に材木が積み上げてある。どうするのだと尋ねると、紙を漉《す》くのだと云う。いつ来ても八代《やつしろ》には鴉がいると思ったら、紙漉き場があるからそこへ降りるのだろう。鴉が紙漉き場へ降りてどうするか知らないが、私の古い聯想に残っている。しかしそれは昔の話で、今の製紙工場の機械ががたがた廻転している所へ、鴉が寄りつくかどうか、そんな事はわからない。

二十

昨夜は私の陣取った座敷にお客を迎えて一献したので、寝るのが遅くなったが、寝入った後の夜半過ぎから大雨が降ったらしい。夜明け近く、寝ている頭がひしゃげる様な大雷が鳴って目がさめた。

その後も叩《たた》きつける様な雨の音の中に雷が鳴り続けたが、うとうとしている内に又眠った。朝起きて見ると、廊下の硝子《ガラス》戸の向うが見えない程の豪雨である。涸《か》れていたお池がすっかり満水となり、八ツ橋の板をひたひたに浸している。吹上げの老松の下に、小高くなった芝生の築山《つきやま》がある。芝生の間の道は低い。その道一ぱいに水が乗って、川になっている。

午後にかけて降り続き、時時雷が鳴る。先年の雷九州阿房《あほう》列車の時と全く同じ模様になった。雨男山系の通力には加減がなく、無茶苦茶に降らして仕舞うので困る。こちらの新聞を見ると、西九州にすでに被害が出ている。死者八、行方不明二と云う。今日ここを立って東京へ帰ろうと思っているのに、途中が少し心配になって来た。駅に電話して、鹿児島からこちらの情況を聞いた。一昨日と同じに鹿児島を立って来る「きりしま」を待って、八代から乗るつもりなのである。

その返事によると、鹿児島からこちらには異状なく、「きりしま」は定時に発著《はっちゃく》しているとと云う。

それなら、そろそろ帰るつもりになろう。

そうしている内に、お池の水位が段段高くなり、溢《あふ》れ出して、座敷の縁側の下まで水が来たから、つまりお池が縁の下へ広がったわけで、ここへ来る前からの私の註文《ちゅうもん》を、天道様《てんとうさま》は過分に叶《かな》えてくれて却《かえ》って恐縮である。

大粒の雨が降っていながら、辺りが少し明かるくなった。さっき雷が鳴ったばかりの空で雲雀《ひばり》が啼き出した。八代の雲雀は、この春に啼くだけの囀《さえず》りを囀り残さない為《ため》に、一生懸命隙《すき》を見て啼いていると云う風に思われる。晩春の躑躅《つつじ》、杜若《かきつばた》、藤の花が、雨に打たれながら咲き盛っている。花菖蒲《はなしょうぶ》もあるけれど、まだ咲いていない。

午後二時過ぎに駅からの電話で、久留米《くるめ》の附近の複線になっている所が片線運転している。山陽線の下ノ関の先の小月《おづき》でも単線運転をしている。しかし「きりしま」の上りは普通に発著しているから、私共が発《た》つのに支障はない。大体上りはよく、下りが遅れている、と知らしてくれた。

雨中、松浜軒を立って、八代駅から「きりしま」の上りに乗り、三時二十九分の定時に発車した。雨雲に包まれた中を何の事もなく走り続け、熊本を出てから暫らく行くと、長洲《ながす》という駅に臨時停車した。この辺りはまだ単線なので、下りが遅れているから待ち合わせるのである。遅れているのは下りで上りはいいと云っても、結局こう云う事で上りも遅れる事になる。停車して列車の音がしなくなったら、雷が鳴っていた。

鳥栖《とす》に停まった時、車内放送で大雨警報が出ていると知らせた。おやおや、これでは行く先がどうなるかわからない。

「大変だね」

「まあいいです」

「尤《もっと》も汽車が水浸しにならない限り、我我は別に急ぐわけではないから、車内にこうしている分には、ちっとも構わないが」

「東京駅で急行券の払い戻しと云う事になりませんかね」

「そいつは難有《ありがた》い。大分儲《もう》かるね」

「いくらだったでしょう。ええと」

「博多《はかた》からは又一等だから、二人分の急行税は相当なもんだ」

「急行税ですって」

山系は若いから、急行税と云う言葉を使い馴《な》れないだろう。そう云えば郵税もいつの間にか郵便料金と変っている。今に世の中がもっと民主主義的になると、税と云う言葉の感じは人民に失礼であるから、所得税などと云わず、所得料金と称する事になるに違いない。

博多の一つ手前の駅を通過する時、まだ夕明かりが残った空から、目を射る様な烈《はげ》しい稲妻が走った。

そうして博多駅に著《つ》いた。昔の学生の賓也《ひんや》がホームに来ている。「きりしま」の上りは博多で、一等寝台車一輛《りよう》、二等寝台車一輛、特別二等車一輛を後部に増結する。その間随分時間が掛かるので、博多の停車は長い。車外に出て賓也と起《た》ち話しをする。話しを遮る様に雷が鳴り、稲妻が光る。濡れたホームを走る稲妻を、洗い流そうとする様に雨が叩きつけて、物騒な気配になって来た。

博多から一等車に乗り移った。「きりしま」の様な普通急行の一等車は、近い内に廃止すると云う。廃止しても幹線の急行列車がそう云う事になる以上、不用になった一等車をどこへ持って行くと云う使い途《みち》はない筈である。だから従来通りに聯結《れんけつ》して、設備はもとの儘で、料金だけが安くなる。つまり一等を廃止すると云うのは、一等料金を廃止するのだから、そうなればこちらの無理算段が大分らくになって難有い。もうじき高い料金は戴《いただ》かなくなるから、と云うわけでもあるまいけれど、大体一等車にはぼろ屋敷に似たぼろ車が多い。新造の二等車の様な気の利《き》いたのはない。通路のドアの立て附けが悪く、開《あ》け閉《た》てがそうなる可《べ》き様にならないのは普通であって、特に今日の一等車はがたぴししている。コムパアトのドアにカアテンがない。千切れた儘で、ほってあるらしい。そのドアが震動でひとりでに開くかと思うと、こちらで開けておこうと思っても、開けた所でドアを押さえる止め金がこわれていて勝手に閉まってしまう。

部屋の中の壁に取りつけた四角い灰皿がある。暫《しば》らくすると、その下に置いた風呂《ふろ》敷《しき》包がよごれている様で気になるから、引き寄せて見たら、吸い殻がいぶらない様に入れた水が洩《も》っているのであった。灰皿の瀬戸物がわれていたらしい。お蔭《かげ》で灰汁《あく》が垂れて風呂敷が台無しになり、包みの中にもしみがついた。

しかし、これでこうした儘東京へ帰られる。ほっとした気持で落ちついた。コムパアトの天井から、雨がもって来ないだけ難有い。

博多を出て十分ぐらい経《た》った時、進行方向の右手の低い山に落雷の火柱を見た。瞬間の明かりで、そのまわりの立ち樹《き》の枝までありありと見えたが、すぐ一色の闇に戻った。

二十一

博多を出たのが七時十分、とっぷり暮れた暗い空から頻《しき》りに稲妻が射《さ》す中を一時間足らず走り続けて、八時に折尾に著いた。それから間もなく小倉で、小倉を出ればすぐに門司《もじ》、今までの蒸気機関車を電気機関車につけかえて関門隧道《ずいどう》の中へもぐり込む。

もう夕食の時間で、早く食堂車へ出掛けたい。しかし食堂車の係員から女の子の給仕まで、みんな小倉門司の間で新らしく乗り込んで来た部隊と交替するから、そこへうっかり居合わせると、ひどい目に遭う。ぼんやりしてそのつもりでいないと腹が立つ。メニュウを取りかえ、花を差しかえるのはいいが、人が食事している最中のテーブルクロースまで引っぺがす。

何度かの経験でその呼吸を知っているから、中中出掛けない。しかし我我は行っておなかに詰め込んで来ると云うだけでなく、二人でゆっくり一盞《いっさん》を交わしたいと云う下心がある。それには同車の相客に気兼ねをする四人掛けのテーブルでなく、二人席の小卓に占拠したい。何しろ今夜のコムパアトが第八泊で、九日目の明日東京に帰り著くその前晩なのだから、長旅のつかれを労《ねぎら》って杯を挙げ、少少過分に頂戴《ちょうだい》したい。だから食堂車の交替時の混雑は覚悟の前として、少し早目に行っている方がよろしい。ボイに云いつけて食卓を予約させる手もあるが、そうしておいて行って見た時、あたりがこんでいたりすると横暴を働いた様で気が引ける。まあ御順にお詰めを願われて、その上で尻《しり》を長くするに若《し》くはない。

行って見ると、丁度その時間だから、果してばたばたしている。女の子の給仕がこちらの註文を聞くのも上《うわ》の空《そら》で、第一、誂《あつら》えた物がなんにもない。今に新部隊と代れば、何でもある。だから逆らわずに待って、新顔が、入らっしゃいませとお辞儀をする迄《まで》おとなしくしていなければならない。そのこつを心得ているので、膝《ひざ》に手を置いて彼女等の引き継ぎを妨害しない様にする。テーブルクロースを引っぺがしに来たら手伝ってやる。

門司を発車する迄にその騒ぎがすっかり静まり、旧部隊が降りてしまって、乗り込んだばかりの新鮮な女の子のお給仕が始まった。誂えた物は何でも持って来る。お銚《ちょう》子《し》も途切れない様に要領よく運んで来る。

関門隧道に這入っている事は、気配でわかる。ところが、隧道の中で雨が降っている。窓硝子に雨滴が飛んで来て、伝って流れる。

「おかしいじゃないか、貴君」

「何がです」

「トンネルの中に雨が降っている」

「雨がですか」

山系が窓硝子を指でこすった。

「雨が降ってはいませんよ。屋根にたまった滴《しずく》が落ちて来るのです」

「そうか。そうだろうね。それはそうだろう」

「トンネルの中で雨が降るもんですか」

「威張らなくてもいい。電気機関車に代っても、煤《すす》が降って来るものね」

「そんなことはありません」

「ありますよ。蒸気機関車の時の煤が屋根にたまっていれば落ちて来るさ」

「雨と煤とは違います。雨は雨、煤は煤」

無口で、萬事どっちだって構わない山系君でも、お酒が廻れば黙っていない。

「先生は何でもあんな事云うから」

「なぜ」

「だから僕、何だかよく解《わか》らなくなってしまう。あっ、もう出た。あっ、また光った。盛んに降ってますね」

下ノ関を出てから間もなく目につき出したが、いつ這入《はい》って来たのか知らなかったけれど、私共のテーブルの筋向いに、私の席からまともに見える位置で自衛隊が一人、麦酒《ビール》を飲みながら食事をしている。制服制帽のその制帽を被《かぶ》ったままで、むしゃむしゃやっているのが、段段目ざわりになり出した。そちらは四人席だから、彼の隣りにも前側にも相客がいる。連れではないらしい。外の席も大体ふさがった程度に大勢いるが、頭に帽子を載せた儘《まま》で食事している者は一人もいない。

食堂車は随分昔からの仕来《しきた》りで、私が知っている記憶をたどっても明治四十何年頃からの仕来りで、食堂車を通り抜ける専務車掌や給仕は必ず入口で帽子を脱ぎ、顔の高さに手に持った儘、食卓の間を通って行った。人の食事している所へ著帽のまま這入ってはいけないと云う立て前になっているのだろうと思う。昔の三等ばかりの三等急行の食堂で、しじみの味噌汁《みそしる》などを出した朝の食事時間に、お客はみんな窓の方を向いている。窓に沿って両側に長い板張りの食卓があり、丸い木の腰掛けでそれに向かっているのだから、両側のお客の列は真中の通路を挟んで各《おのおの》お尻を向け合っている。そのお尻とお尻の間を通るにも、車掌や給仕は必ず帽子を取って手に持った。古来非常によく守られた規則の様で、私は曾《か》つて一度も反則者を見た事がない。

しかしそれは乗務員に対する躾《しつけ》である。お客に向かって、食事中は帽子を取れと云《い》う筋はないだろう。だから自衛隊が周囲に構わず、帽子をかぶった儘で食事していても、はたから文句を云うわけはない。ただお行儀が悪い、自衛隊は躾が悪いと思うばかりである。そう云えば昔の軍人は、こう云う列車食堂の中などでは行儀よくする事を心掛けていた様で、彼等が食事したり酒を飲んだりしている所に何度でも居合わせたが、ついぞ目ざわりな振舞を見受けた事はなかった。つまり自分達の服装が人の目につき、他のものより区別されると云う事をいつも心に銘じているのであって、だから若い将校や士官は、軍服で汽車に乗るのを億劫《おっくう》がるのもいた。食堂車でなく座席にいる時でも、暑くても人前でボタン一つ外《はず》す事が出来ないとこぼした。自衛隊はまだ日が浅いので、そこまで神経が練れていないのだろう。

同席の自衛隊の帽子を目のかたきにした様だが、そもそもこう云う場所で、なぜ帽子を取らなければいけないのかと云う事になるとよく解らない。女の代議士が出来て、洋装して議会に登院する。議場内ではその婦人帽を脱げと云うと、いや脱がない、脱がなくていい筈《はず》だと反対したり、到頭脱がされたり、洋装の女が靖国《やすくに》神社に参拝するのはいいが、神前では帽子を取れと云われたり、取らない方が礼儀にかなっていると云う事になったり、結局取らされたり、人の頭に乗っかっている物をはたから気にすると、色色うるさくなる。

神前の婦人帽は取らない方が理窟《りくつ》だろうと私なぞは考えた。女の髪の毛は穢《けが》れと云う事になっている。帽子をかぶって、押さえておく方が、毛を落として神前をけがすのを防ぐ所以《ゆえん》である。男でも料理人は頭巾《ずきん》だか帽子だか被っている。料理の中に抜け毛が落ちない様にする心掛けであって、そうだとすれば自分が食事する時、御馳走《ごちそう》の中に毛が落ちない様にする為、帽子をかぶっていると云うのも一つの分別である。その他、禿《は》げているから如何《いか》なる場合にも帽子を脱がないと云う立ち場もあり得る。自衛隊はまだ若いから、つるつるだとは思えないが、若くても臺湾《たいわん》禿げが幾つかないとは限らない。

自衛隊君、著帽の儘よろしくやり給《たま》え。こっちも少少廻って来ているから、一つ事にこだわって、しつこくていかん。「貴君《きくん》どうだい」「何がです」「その頭は何だ。熊《くま》が死んだ様だ」「僕がですか」

二十二

下ノ関を出てから少し行った先の小月《おづき》は大雨の出水の為、単線運転をしていると、八代を立つ前に聞いて来たが、単線と云えども運転している以上、特に急行は先に通すに違いないからそこをいつ通ったか丸で知らなかった。どうも様子が、余り遅れている風ではない。

「何だか普通に走って行くじゃないか」

「どうもそうらしいです」

「すると一件は駄目だね」

「何です」

「東京駅の払い戻しさ」

「ああ、あんな事はいいです」

「大分《だいぶ》の金額だぜ貴君《きくん》」

「するする走るから仕方がありません」

「もっと降らせなさい」

「一たん払ったものはそれでいいです」

何か云い掛けて、ふと気がつくと、いつの間にか自衛隊はいなくなっている。その後の同じ場所に坐《すわ》っている男が、きたならしい赤い顔をしてじっと私の方を見据えている。私は急に、血の気が引く様な気がした。

自衛隊がいた席にいるその男は、一昨日の午後鹿児島から八代へ来る途中の汽車で乗り合わせ、人の顔ばかりじろじろ見るので気を悪くした相手である。私共は八代で降りたけれど、降りなかった同車の客は「きりしま」の行くもっと先へ乗り続けた筈だから、その時の相手と今日また一緒になるのはおかしい。或《あるい》は私は知らなかったけれども、私共と同時に八代へ降りたか、八代でなくてもその前後のどこかに降りて私共と同じく二晩を過ごし、今日また偶然この同じ列車に乗り込んで来たのか、そう云う事は丸でわからないが、今この食堂車の、私と筋かいに向き合った席から、一昨日と同じ様な目つきで人の顔をまじまじと見ている相手に気がついたら、むかむかする気持になった。

「困ったな」

「どうしたのです」

「変な男がいて、僕の方ばかり見る」

「どこにいるのです」

山系君が身体《からだ》をねじって、後を振り向こうとする。

「よしなさい。見っともないから。こちらで注意していると思われるのも癪《しゃく》だ」

「その男がどうしたのです」

「どうするって、何もしないけれど、一昨日の八代へ著《つ》く前の車中から僕の顔ばかり見ている」

「おかしいですね、それが今日乗っているのは」

「一昨日の時は、貴君はよく眠っていたから知らないけれど」

しかし、それが私の東京を立つ朝の猿に似ていると云う事は、云うのもいやだし、云って見たところで山系は私の夢の中をのぞく事は出来ないから話しは通じない。

不愉快になったが、お酒はまだ飲み足りない。今がすなわち酣《たけなわ》と云う所である。こっちはこっち、無視する事にする。その無視すると云うのが中中六ずかしい。

「どうだい貴君」

「まだ見ていますか」

「無視する事にした」

「それがいいです」

「だからそんな質問をしてはいかん」

「はあ」

しかし向うの視線が筋になって、こちらのテーブルの上を斜に走って来るのが、手でさわれそうな気がする。本当にさわれるものなら払いのけるのだけれど。

「だけど、なぜ先生は気にするのです」

「なぜって、東京を立つ前からだもの」

「何がです」

「つきまとっているから気になるさ」

「あの男がですか」

「そらそら、変な恰好《かっこう》をする。自分の持った杯を僕にさす様な手つきをする」

「そっちを見るのをおよしなさい」

厚狭《あさ》に一寸《ちょっと》停まって、すぐに又走り出したと思うと、窓の方へそらしている目の前に、揉《も》み込む様な火柱が立った。

「あっ落ちた。又落雷だ」

「音が聞こえますね」

「さっきから二遍目だ。貴君、落雷の数え方を知っているかね」

「落雷を数えた事はありませんから」

「一本二本と云う可《べ》きだと思うね、その度に火柱が立つから」

随分広い範囲の雷雨の様で、八代博多《はかた》から下ノ関のこちらの山陽道に掛けて鳴り続けている。汽車の響きに消されて、余程近くなければ音は聞こえないが、暗い空を稲妻が走るのは窓硝子《ガラス》を通してありありと見える。急行列車「きりしま」は稲妻を縫って走っている。それがどこ迄行ってもまだ光っているのは、普通の夕立の様に局所的のものでないからで、東支那《しな》海の低気圧に雷がついて九州にぶつかると、いつでもこうなるらしい。先年の「雷九州」の時も正にこの通りであった。

何しろ音が聞こえないのは難有《ありがた》い。窓から稲妻が見えても、よそ事の様に眺めていられる。まだ時間はそう遅くもないし、まわりの席はこちらの長尻で人が迷惑すると云う程にこんでもいない。まだまだゆっくりしていいが、しかしもう峠だと云う気持にはなった方がいいだろう。そう思って気になる席の方をちらりと見たら、いつの間にかもういない。

「いなくなったよ」そう云ったので山系君も後を振り返った。

「あの空いた席ですか」

「そうなんだ。さあおいしく飲み直そう」

さっき変な手つきで杯をさしそうにしたのが、きっともう帰ると云う合図だったのだろう。

少しも衰えない窓外の稲妻を見ながら、それからどの位いたかよく解らないが、まだ食堂車が看板にならない前に切り上げた。そうしてゆらゆら揺れる通路をふらふらする足許《あしもと》で踏み締めながら帰って来た。

食堂車の次に普通二等車が一輛《りょう》、それから特別二等車が二輛、その内の一輛と次の二等寝台車と最後部の一等寝台車との三輛は博多から増結したのであるが、その通路を伝って帰って来る途中、特別二等車の二輛目、即《すなわ》ち博多からつないだ車室の中に這《は》入《い》って行ったら、酔歩が硬直しかけた。通路の左側の中程の席に、さっきの男がリクライニング・シートに靠《もた》れて薄目を開けている。その横を通り掛かる時、薄目の儘こっちを向いた様な気がしたが、急いで通り過ぎた。

二十三

コムパアトの寝台に寝ていて、どの辺を走っていたのかわからないが、入口のドアの硝子戸に人影が映った。中はバアス・ランプの外明かりが消してあるから、廊下の燈火がドアに射《さ》している。ドアのカアテンは取れた儘《まま》になっているので遮蔽《しゃへい》がない。だから映った影がはっきり見える。どうもさっきの男らしい。そう思ったが、そう思ったもう一つ奥の所に、もっとはっきりしているのは、猿の影だと云う事である。

ドアは立てつけの工合が悪く、ひとりでに開いたりしたが、寝る時に鍵《かぎ》をかけたから外からは開かない。その影が這入って来る事はないが、見ただけで息苦しくなり、うなされる様な気持になった。だから眠っていたのかも知れない。

後先はわからないけれど、影が消えて、或はそっちの方を見なくなって、列車の震動ばかりが寝ている身体《からだ》に伝わって来た。

いきなり足許を押えられた様で、何かがのしかかって来て、身動きが出来ない。

「猿がどうしたと云うのです。

人の事をしつこい。

どこまで行っても同じ事ばっかり。

そんなに気になるなら、キキキ」

跳ね起きようとしたが、身体が動かない。

「だけど、憂鬱《ゆううつ》ですよ。猿、猿と云いなさるが。

その身になって御覧なさい。

のぼせて、いらいらして。

毛は生えているし、方方が痒《かゆ》くて。

手の届かない所は、どうしたらいいんだろ。

嚙《か》んでも蚤《のみ》は中中潰《つぶ》せやしない。

尻《し》っ尾《ぽ》も痒《かゆ》い。

じれったい。

尻っ尾をしごくと、

ほら」

窓が明かるくなってから目がさめた。大阪と京都の間らしい。山系君はいない様である。早早と朝食に出掛けたか、或は隣りの一等車の片附いた座席で一服しているかなのだろう。寝た儘手足をうんと伸ばした。身体の方方が痒い。又二度寝をして、眠り続け、米原《まいばら》を出た頃本式に目をさました。もう十時が近い。雨はまだ降っている。

山系君が銜《くわ》え煙草《たばこ》で帰って来た。

「お目ざめですか」

「お早う」

「米原でホームに出ていますとね、ここのボイがそばへ寄って来て、お連れの方はまだお目ざめではないかと云うのです」

「それで」

「まだだと云ったら、もう起きて戴《いただ》かない事には、と云うのです。外のお客が乗って来るかも知れないから、と云いますから」

「だって二人きりのコムパアトへ外のお客が来るわけがないじゃないか」

「不愉快だから返事をしてやりませんでした。馬鹿《ばか》にしていますよ」

廃止前の一等車は、ぼろ屋敷のぼろ車であるばかりでなく、ボイの接客態度も廃止前になっているのだろう。

支度をして、身なりを整えて、隣りの一等車へ出て行った。雨の関ヶ原を眺めていると、手にお酒の罎《びん》と弁当の折を抱えた例の男が這入って来た。

こっちに向った席に座を占め、人の顔を見ながらちびりちびり始めた。そうして何か話し掛けそうにする。

そもそも現実の彼は何者だろう、と思う。山系君の意見では、彼はその肩書で一等パスを持っているに違いない。ところが寝台券はパスには含まれない。だから昨夜は特ロに寝て、その分を倹約し、今朝になって一等車に這入って来たのだろうと云う。

そうかも知れない。何だかバッチをつけている様である。

彼は恐らく東京まで行くのだろう。向うの席で何だか頻《しき》りにもじもじしている。こっちへ来るつもりではないか。関ヶ原の勾配《こうばい》を降りて大垣がもう近い。雨空が又かぶさって暗くなった。

解説

阿川弘之

此《こ》の第三阿房《あほう》列車の中で、内田百閒先生が乗って歩いたのは、「長崎」「房総」「四国」「松江」「興津《おきつ》」「不知火《しらぬい》」阿房列車の六本で、これら阿房列車の走行キロ数を計算し通計すると、九千九百三十六・五キロになる。それに、大阪高知間三百五キロ、小松島大阪間百二十六キロの航路と、高松鳴門《なると》間及び鳴門小松島間その他の自動車旅行のキロ数を加算すると、総計は一万キロを大分オーバーする。これは北海道の網走《あばしり》と九州の鹿児島との間を二往復するほどの距離で、何の為《ため》に百閒先生は東奔西走、こんな長い汽車の旅をして歩いているかというと、それはもともと何の為でもない。したがって目的地へ着いても、百閒先生はいつも何もすることが無くて、退屈しているのだ。大体、目的地といっても、何も目的の無い目的地で、百閒先生の汽車旅の用は、謂《い》わば無用の用である。そうしてそれが、百閒先生独特の一種反俗の精神に通じている。

毎日毎刻、いそがしい用事で汽車旅に出かける人は無数にあるが、百閒先生のような無用の汽車旅を純粋に楽しみに出かける人は、めったにいるものではない。阿房列車が読者に愛される所以《ゆえん》は、俗用に追われて日々夜々走り廻っている時に、ふと、旅の自由と純粋さとを味わされるこころよさであろう。

電気機関車の汽笛の音を評して「鼻へ抜けたかさ掻《か》きの様な」声だと云《い》ったり、列車が小さな鉄橋を通過する情景を、「腰掛けの下から持ち上げる様な響きで、ぐわっと云ったと思うと、すぐにもとの通りレールの継ぎ目を刻む規則正しい音が返って来た」と描写したりするのは、よほど無心に自由に汽車の旅を愛していなければ、ただの文筆の才、ユーモアの才で書ける事ではないのである。

阿房列車は、汽車に関し、風景に関し、旅宿に関し、およそ旅の全般に関して、人がそのまま見過ごしている事、当然として疑わない事柄に、いつも渋いウイットに富んだメスをあてて見せてくれる。あたりまえだと思っていた事が、そう云われてみればあたりまえでなかった事に気づいて、人は感心し、俗気を抜かれたような気がし、時には少々眉唾《まゆつば》な気持になり、そして笑い出し、愉快を感ずるのであるにちがいない。

四国阿房列車の途次、病を得た百閒先生は、ふだんなら時間をつぶすのに苦労をした事はなく、じっとして、ぼんやりしていて、いくらでも時間をたたせる事が出来るのに、此の時ばかりはそれが出来ないので、「なまけるには体力が必要である」という真理を発見し、それを読者に教えてくれる。

松江阿房列車で宍道湖畔《しんじこはん》の宿に宿った百間先生は、出雲芸妓《いずもげいぎ》がうたう正調の安来節に一々口をはさみ、関の五本松を一本伐《き》って四本になったのが、後は伐られぬめおと松だというのは、「おかしい事を云うじゃないか」「野郎松ばかりが四本突っ起《た》っているかも知れないし、かみさん松が四本列《なら》んでいるのかも知れない。一本だけが雄松で一夫多妻の松かもわからない」とつむじを曲げるのである。松江のかえり、大阪の動物園で、申し分のない威容を備えたライオンを眺めると、百間先生は、ライオンが「どことなくよごれた感じで薄ぎたない」のに気づき、「はたきを持って来て埃《ほこり》をはたいてやりたいと思う」のである。

かつて百間先生が法政大学に教鞭《きょうべん》をとっていた時、同僚の教授が或《あ》る朝、忽然《こつぜん》として其《そ》の鼻下の美髯《びぜん》を剃《そ》り落して来た。先生は同僚の顔をつくづく眺めて、「あなた、あの髯《ひげ》は人に見せる為に蓄えていたのでしょう、人に見せる為のものを、見る人に相談せずに勝手に剃ってしまうというのは、けしからんじゃないですか」と云ったという逸話がある。

これらの事を、百間先生は他人を笑わす為に云っているのではない。先生はいつでも大真面目《まじめ》で本気であるにちがいない。私は百閒先生に面識が無いけれども、阿房列車を読んでいると、どうしても大真面目で渋い顔をしている著者の顔しかうかんで来ないのである。笑いはそれの結果であって、そしてそれが、ほんとうの意味のユーモアというものであろう。

阿房列車もしかし、第一、第二、第三と総走行キロ数が増し、年月を経るにつれて、一つけしからぬ事は、百閒先生が愛好する一等車が、国鉄から段々姿を消し始めている事である。現在一等と名のつくものは、東海道線の特急「つばめ」と「はと」以外、日本にはもう残っていない。そして其の「つばめ」と「はと」の一等展望車は、古い、あまり乗り心地のよくない車輛《しゃりょう》で、しかもビジネス特急「こだま」の好評に応じて、早晩完全に姿を消し、電車化されてしまいそうな情勢である。汽車を愛する明治生れの百閒先生には、これは淋《さび》しい事であろう。ただに百閒先生の為ばかりではないが、私は、国鉄がヨーロッパ諸国の鉄道にならって、早く完全な二階級制を採用し、ただし二階級制を採用する以上は、二等三等と呼ばずに、金のかかる事ではなし、今の二等を一等に、三等を二等に格上げして、一二等だけの二つにして、全国に一等車をたくさん作ってくれればいいと思うものである。

東京博多《はかた》間の特急「あさかぜ」の新しい車輛の二等寝台などは、昔の一等以上の快適なものがすでに出来ている。あと百閒先生にとって問題は、「乗っている諸氏」が「概してお行儀がいい」かどうかであろう。

いずれ「あさかぜ阿房列車」や「こだま阿房列車」、さては「東北特急はつかり阿房列車」の姿にわれわれは接する事が出来るであろう。百閒先生が、なまけていられるだけの体力を保持して、かの忠実なるヒマラヤ山系氏と共に、また各地の何樫（ナニガシ）君や甘木《あまき》（某）君や垂逸（タレソレ）君と共に健在で、第四、第五の新式阿房列車をダイヤにのせる日を期待しよう。百閒先生が、飽くことなく阿房列車の旅をつづけるかぎり、読者の方も、飽くことなく阿房列車を読みつづけるだろうから。

（昭和三十四年三月刊行新潮文庫版解説）

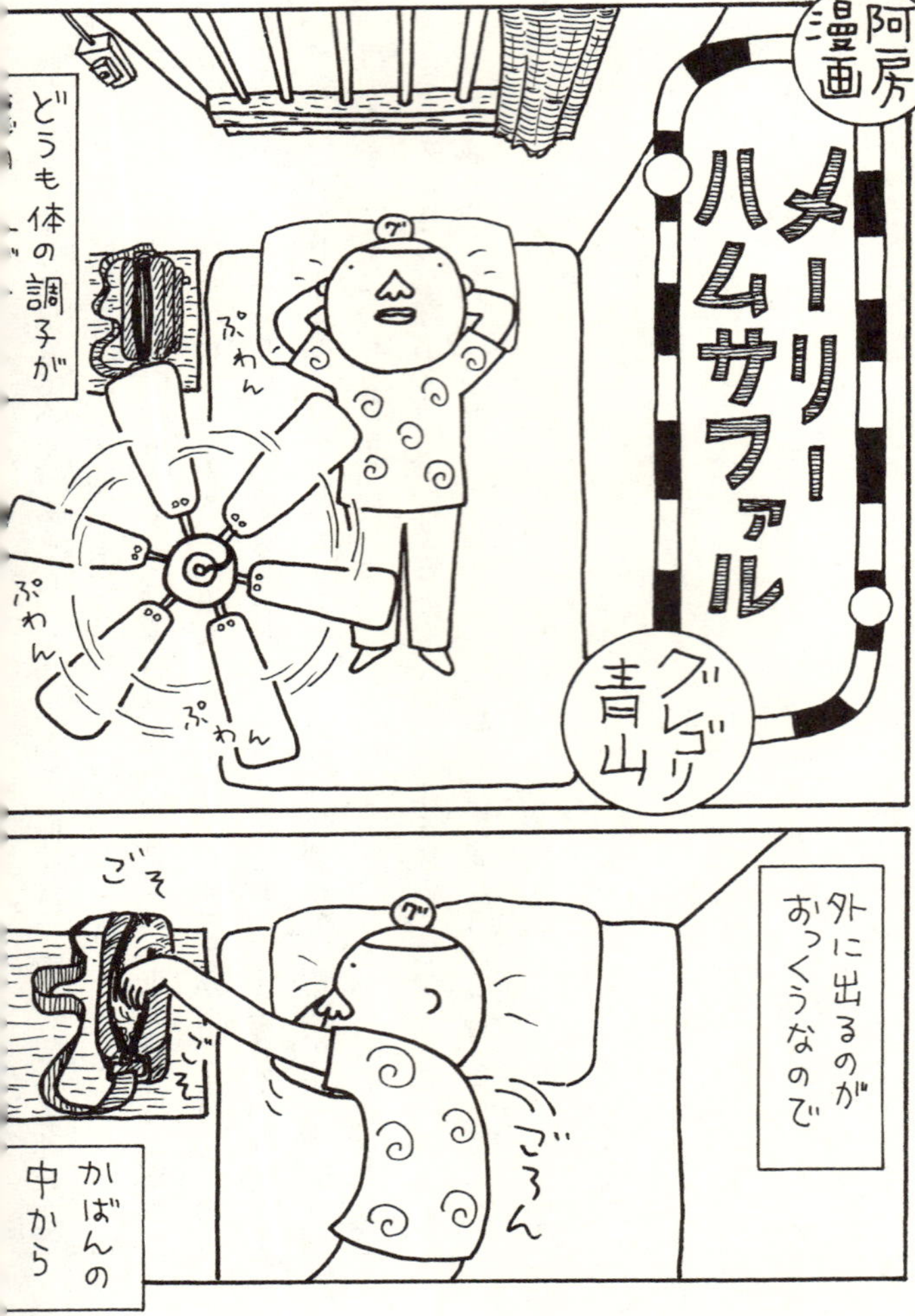
阿房漫画
メーリーハムサファル
グレゴリ青山
どうも体の調子が
ぷわん
ぷわん
ぷわん
外に出るのがおっくうなので
ごろん
ごそ
ごそ
かばんの中から

内田百閒をとり出した
百閒先生……
ぷわん
ぷわん
何だね

ごろーり
どうも体がだるいんです
起きていたくないから寝ているだけではないのかね
え？
なまけるには体力がいるからね
そうかもしれません

ところで
ここはどこかね
ああここですか
よいしょ
ここは　ですね
インドです
インド

……インドはかまわんがこの鉄格子はどういうことかね
あぁこれ
インドの安宿にはたいてい泥棒よけの鉄格子が入っているのです
火事になったらどうする
窓からは逃げられませんね でもインドは火事より泥棒が多いですから
……
あ…おいやですか こんな部屋
どこかへ出かけましょうか
貴君の旅行なのだから貴君の好きにすればいい
そうですね

ガタン
BABA
VOLCANO
百閒先生
駅に来てみたのですが行きたいところがありますか
行きたいところはないが列車には乗りたい
ごそっ
では乗ってみましょう

おや
この車両は御婦人ばかりではないか
そう
インドにはレディースコンパートメントというのがあるのです
貴君は女なのかい
そうですよ
ガタン
男女一緒の車両もありますが……
いやここでいい

タン
ガコン
ガタン
ガコン
ガタン
おい貴君
見たまえ
ガコン
婦人車両に婦人でない者が乗ってるよ
あれは子供だからいいのでしょう
ガタ
ガタン
ガコン
あれも婦人ではないだろう
あれはヒジュラーといって多分紳士というわけでもないのです
ガタン
ガコン

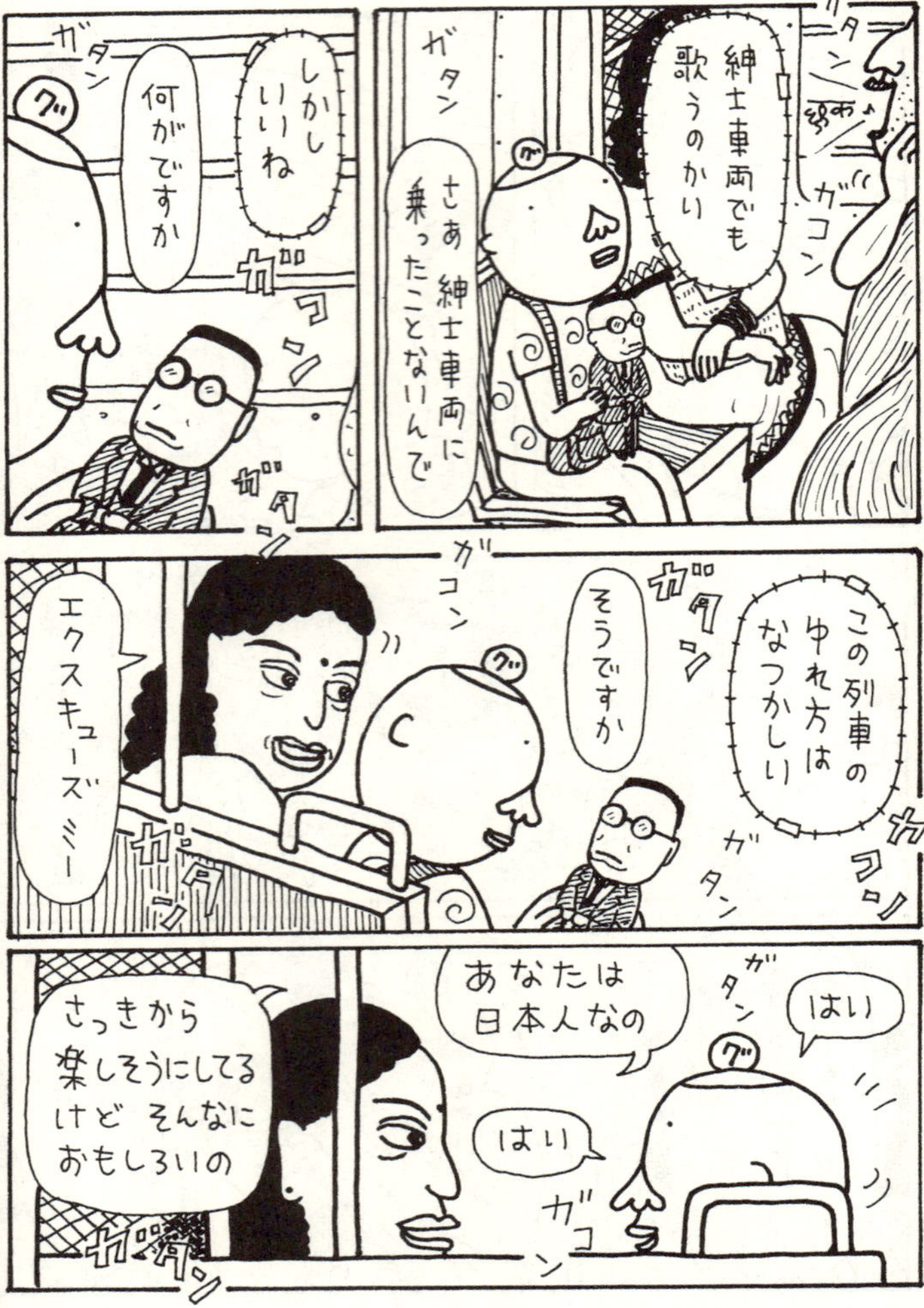
ガタン
紳士車両でも歌うのかい
ガコン
ガタン
さあ 紳士車両に乗ったことないんで
ガタン
しかしいいね
何がですか
ガコン
ガタン
ガタン
ガコン
この列車のゆれ方はなつかしい
ガタン
そうですか
ガコン
エクスキューズミー
ガタン
ガタン
はい
あなたは日本人なの
はい
ガコン
さっきから楽しそうにしてるけど そんなにおもしろいの
ガタン

ガコン
その本
ガタン
ガコン
ガタン
グ
ガコン
ガタン
内田百閒
第三阿房列車
カコン
ガタン
あ〜……
内田百閒
第三阿房列車
ガコン
ジー（はい）
ガダン
カーコン
イエーキターブ（この本は）
ガコン
ガタン
ガコン

〜メーリー ハムサファル 白間先生 インドに現わるの巻 おわり

初出誌

長崎の鴉　長崎阿房列車　文藝春秋　昭和二十九年一月号
房総鼻眼鏡　房総阿房列車　文藝春秋　昭和二十九年四月号
隧道の白百合　四国阿房列車　書下ろし
菅田庵の狐　松江阿房列車　週刊読売　昭和三十年一月一日号
～二月五日号
時雨の清見潟　興津阿房列車　国鉄　昭和三十年八月
列車寝台の猿　不知火阿房列車　週刊読売　昭和三十年十月二十三日号
～十二月十一日号

この作品は昭和三十一年三月講談社より刊行された。

表記について

新潮文庫の文字表記については、原文を尊重するという見地に立ち、次のように方針を定めました。

一、旧仮名づかいで書かれた口語文の作品は、新仮名づかいに改める。
二、文語文の作品は旧仮名づかいのままとする。
三、旧字体で書かれているものは、原則として新字体に改める。
四、難読と思われる語には振仮名をつける。

なお本作品集中には、今日の観点からみると差別的表現ととられかねない箇所が散見しますが、著者自身に差別的意図はなく、作品自体のもつ文学性ならびに芸術性、また著者がすでに故人であるという事情に鑑み、原文どおりとしました。

（新潮文庫編集部）

内田百閒著
百鬼園随筆
昭和の随筆ブームの先駆けとなった内田百閒の代表作。軽妙洒脱な味わいを持つ古典的名著が、読やすい新字新かな遣いで登場！

内田百閒著
第二阿房列車
百閒先生の用のない旅は続く。弟子の「ヒマラヤ山系」を伴い日本全国を汽車で巡るシリーズ第二弾。付録・鉄道唱歌第一、第二集。

内田百閒著
第一阿房列車
「なんにも用事がないけれど、汽車に乗って大阪へ行って来ようと思う」。借金をして一等車に乗った百閒先生と弟子の珍道中。

阿川弘之著
雲の墓標
一特攻学徒兵吉野次郎の日記の形をとり、大空に散った彼ら若人たちの、生への執着と死の恐怖に身もだえる真実の姿を描く問題作。

阿川弘之著
春の城
読売文学賞受賞
第二次大戦下、一人の青年を主人公に、学徒出陣、マリアナ沖大海戦、広島の原爆の惨状などを伝えながら激動期の青春を浮彫りにする。

阿川弘之著
山本五十六
新潮社文学賞受賞（上・下）
戦争に反対しつつも、自ら対米戦争の火蓋を切らねばならなかった連合艦隊司令長官、山本五十六。日本海軍史上最大の提督の人間像。

夏目漱石著
倫敦塔《ロンドンとう》・幻影《まぼろし》の盾《たて》

謎に満ちた塔の歴史に取材し、妖しい幻想を繰りひろげる「倫敦塔」、英国留学中の紀行文「カーライル博物館」など、初期の7編を収録。

夏目漱石著
硝子戸の中

漱石山房から眺めた外界の様子は？　終日書斎の硝子戸の中に坐し、頭の動くまま気分の変るままに、静かに人生と社会を語る随想集。

夏目漱石著
二百十日・野分

俗な世相を痛烈に批判し、非人情の世界から人情の世界への転機を示す「二百十日」、その思想をさらに深く発展させた「野分」を収録。

夏目漱石著
坑夫

恋愛事件のために出奔し、自棄になって坑夫になる決心をした青年が実際に銅山で見たものは……漱石文学のルポルタージュ的異色作。

夏目漱石著
文鳥・夢十夜

文鳥の死に、著者の孤独な心象をにじませた名作「文鳥」、夢に現われた無意識の世界を綴り、暗く無気味な雰囲気の漂う、「夢十夜」等。

夏目漱石著
明暗

妻と平凡な生活を送る津田は、かつて将来を誓い合った人妻清子を追って、温泉場を訪れた――。近代小説を代表する漱石未完の絶筆。

芥川龍之介著
地獄変・偸盗《ちゅうとう》
地獄変の屏風を描くため一人娘を火にかけて芸術の犠牲にし、自らは縊死する異常な天才絵師の物語「地獄変」など〝王朝もの〟第二集。

芥川龍之介著
蜘蛛《くも》の糸・杜子春
地獄におちた男がやっとつかんだ一条の救いの糸をエゴイズムのために失ってしまう「蜘蛛の糸」、平凡な幸福を讃えた「杜子春」等10編。

芥川龍之介著
奉教人の死
殉教者の心情や、東西の異質な文化の接触と融和に関心を抱いた著者が、近代日本文学に新しい分野を開拓した〝切支丹もの〟の作品集。

芥川龍之介著
戯作三昧・一塊《いっかい》の土
江戸末期に、市井にあって芸術至上主義を貫いた滝沢馬琴に、自己の思想や問題を託した「戯作三昧」、他に「枯野抄」等全13編を収録。

芥川龍之介著
河童・或阿呆《あるあほう》の一生
珍妙な河童社会を通して自身の問題を切実にさらした「河童」、自らの芸術と生涯を凝縮した「或阿呆の一生」等、最晩年の傑作6編。

芥川龍之介著
侏儒《しゅじゅ》の言葉《ことば》・西方《さいほう》の人
著者の厭世的な精神と懐疑の表情を鮮やかに伝える「侏儒の言葉」、芥川文学の生涯の総決算ともいえる「西方の人」「続西方の人」の3編。

川端康成著
掌の小説

優れた抒情性と鋭く研ぎすまされた感覚で、独自な作風を形成した著者が、四十余年にわたって書き続けた「掌の小説」122編を収録。

川端康成著
山の音
野間文芸賞受賞

得体の知れない山の音を、死の予告のように怖れる老人を通して、日本の家がもつ重苦しさや悲しさ、家に住む人間の心の襞を捉える。

川端康成著
みずうみ

教え子と恋愛事件を引き起こして学校を追われた元教師の、女性に対する暗い情念を描き出し、幽艶な非現実の世界を展開する異色作。

川端康成著
眠れる美女
毎日出版文化賞受賞

前後不覚に眠る裸形の美女を横たえ、周囲に真紅のビロードをめぐらす一室は、老人たちの秘密の逸楽の館であった——表題作等3編。

川端康成著
古都

捨子という出生の秘密に悩む京の商家の一人娘千重子は、北山杉の村で瓜二つの苗子を知る。ふたご姉妹のゆらめく愛のさざ波を描く。

川端康成著
千羽鶴

志野茶碗が呼び起こす感触と幻想を地模様に、亡き情人の息子に妖しく惹かれ崩壊していく中年女性の姿を、超現実的な美の世界に描く。

三島由紀夫著

花ざかりの森・憂国

十六歳の時の処女作「花ざかりの森」以来、巧みな手法と完成されたスタイルを駆使して、確固たる世界を築いてきた著者の自選短編集。

三島由紀夫著

春の雪
（豊饒の海・第一巻）

大正の貴族社会を舞台に、侯爵家の若き嫡子と美貌の伯爵家令嬢のついに結ばれることのない悲劇的な恋を、優雅絢爛たる筆に描く。

三島由紀夫著

女神

さながら女神のように美しく仕立て上げた妻が、顔に醜い火傷を負った時……女性美を追う男の執念を描く表題作等、11編を収録する。

三島由紀夫著

ラディゲの死

〈三日のうちに、僕は神の兵隊に銃殺されるんだ〉という言葉を残して夭折したラディゲ。天才の晩年と死を描く表題作等13編を収録。

三島由紀夫著

小説家の休暇

芸術および芸術家に関わる多岐広汎な問題を、日記の自由な形式をかりて縦横に論考、警抜な逆説と示唆に満ちた表題作等評論全10編。

三島由紀夫著

殉教

少年の性へのめざめと倒錯した肉体的嗜虐の世界を鮮やかに描いた表題作など9編を収める。著者の死の直前に編まれた自選短編集。

大江健三郎著

空の怪物アグイー

六〇年安保以後の不安な状況を背景に〝現代の恐怖と狂気〟を描く表題作ほか「不満足」「スパルタ教育」「敬老週間」「犬の世界」など。

大江健三郎著

われらの狂気を生き延びる道を教えよ

おそいくる時代の狂気と、自分の内部からあらわれてくる狂気にとらわれながら、核時代を生き延びる人間の絶望感と解放の道を描く。

大江健三郎著

われらの時代

遍在する自殺の機会に見張られながら生きてゆかざるをえない〝われらの時代〟。若者の性を通して閉塞状況の打破を模索した野心作。

大江健三郎著

同時代ゲーム

四国の山奥に創建された《村＝国家＝小宇宙》が、大日本帝国と全面戦争に突入した!? 特異な構想力が産んだ現代文学の収穫。

大江健三郎著

ピンチランナー調書

地球の危機を救うべく「宇宙?」から派遣されたピンチランナー二人組！ 内ゲバ殺人から右翼パトロンまでをユーモラスに描く快作。

大江健三郎
古井由吉著

文学の淵を渡る

私たちは、何を読みどう書いてきたか。半世紀を超えて小説の最前線を走り続けてきたふたりの作家が語る、文学の過去・現在・未来。

第《だい》三《さん》阿《あ》房《ほう》列《れつ》車《しや》

新潮文庫　う-12-5

平成十六年七月一日発行
令和六年十月二十五日九刷

著者　内《うち》田《だ》百《ひやっ》閒《けん》

発行者　佐藤隆信

発行所　株式会社新潮社

郵便番号　一六二―八七一一
東京都新宿区矢来町七一
電話　編集部(〇三)三二六六―五四四〇
　　　読者係(〇三)三二六六―五一一一
https://www.shinchosha.co.jp

価格はカバーに表示してあります。

乱丁・落丁本は、ご面倒ですが小社読者係宛ご送付ください。送料小社負担にてお取替えいたします。

印刷・三晃印刷株式会社　製本・株式会社植木製本所

ISBN978-4-10-135635-8 C0195